河出文庫

プロヴァンスの贈りもの

ピーター・メイル
小梨直 訳

kawade bunko

河出書房新社

プロヴァンスの贈りもの

ジェニーと、
そしてフランスのぶどう畑で懸命に働き、
素晴らしいワインを醸しているすべての人々に捧ぐ

はじめに

これは架空の物語である。登場人物や名前はすべて著者の創作によるもので、現実の世界とは関係がない。ただ部分的には、実在の人物を絡めて描いたところもある。

本書の生みの親ともいえるリドリー・スコットに感謝したい。いい話を見つけるのがうまい彼がいなければ、この小説を書くことはなかっただろう。リュベロンのアレン・シュヴァリエやメドックのアンソニー・バートンらワインの専門家から詳しい説明やアドバイスを受けることができたのも、とても幸せなことだった。そしてエイリー・コリンズと仕事をするのは、いつもながら楽しかった。

ミル・メルシー・ア・トゥス。みんな、ありがとう。

第一章

　夏の盛りのロンドン。生温かいような雨に頰を打たれながら、マックス・スキナーはラトランドゲートを走り抜け、ハイドパークに入った。サーペンタイン池に沿って進むと、やはり朝食前にみずからに鞭打つ覚悟を決めた走り好きたちが、朝まだきの灰色の靄のなか、同じように雨と汗に顔を濡らしながら小さな水しぶきを上げて走っている。

　天候のせいで、行き来しているのはいわば筋金入りのジョガーばかりだった。いつもなら頰をピンク色に染めて飛び跳ねるように走る若い女性と行き交うこともあって、ちょっとした目の保養になるのだが、今日はそれは期待できそうにない。野外ステージ近くの茂みに身を潜め、通行人の視線をとらえてはレインコートの前を開ける機会をうかがっている公園住まいの露出狂の姿も、今日はない。前から来る人間の足首に嚙みつくことを生き甲斐としているジャックラッセル二匹とも、そのたびに決まり悪そうに相手に詫びを入れながら重たい足取りで引きずられるように歩いていく飼い主とも、今日は行き合うことがない。

この雨だ。いや、それとも、まだ時間が早いからか。このところマックスは朝が遅くなりがちで、オフィスに入るのが七時半近くになることもあり、上司であり天敵でもあるエイミスに苦い顔をされていた。今朝はそうはなるまい。誰よりも早く出勤して、あの男に思い知らせてやるのだ。マックスはそう心に決めていた。会社で抱えているいちばんの問題は、それだった。仕事は好きだが、同僚の存在が不愉快でしかたない。その最たるものが、エイミスだった。

サーペンタイン池の端まで行って曲がり、アルバート・メモリアル方面へもどりながら、今日一日の予定を考えた。マックスの手元にはいま、仕込みに何か月もかけ念入りに温めてきた案件があった。その取引が成功すれば、莫大なボーナスが手に入り、ひたすら辛抱強く待ちつづけてくれている仕立て屋につけを払うことができるだけでなく、銀行とのトラブルも一気に解消する。貸越限度額を超えています、という不満げな手紙をたまに受けとる程度だったのが、いまや脅迫めいた言葉の並ぶ警告にとってかわってしまっているのだから、マックスとしても年収の激減を意識しないわけにはいかなかった。しかし、その流れに終止符を打つ自信が、いまはあった。急に楽観的になってマックスはラトランドゲートを走り抜けると、犬のように入口で身震いして水しぶきを飛ばし、正面の化粧漆喰はそのまま中身だけ開発業者の手によってそっくり「都会で働くエグゼクティヴのための理想的なねぐら」に改装された、ジョージ王朝様式の建物に入った。

管理人は地下生物を思わせる土気色の顔をした小柄な老人で、動かしていた掃除機から顔を上げると、マックスがカーペットに点々とつけた濡れた足跡を見て、舌打ちした。

「なんちゅう人だ、まったく、あんたは。見てくださいよ、この泥を。せっかくの絨毯が台無しだ」

「悪いな、バート。つい忘れちゃうんだよ、靴を脱ぐのを」

バートはふんと鼻を鳴らした。雨が降るたびに交わされるお決まりのやりとりで、終わり方もいつも同じだった。バートは熱心に株をやっていて、インサイダー取引の機会を日頃からさりげなくうかがっているのである。「で、今日はなにか、耳よりな情報は？」

マックスはエレベーター前で足をとめ、人差し指を唇に当てながら言った。「安く買って、高く売るんだ。誰にも言うなよ」

やれやれ、とバートは頭をふった。小生意気な若造めが。それでも、いつも誕生日を覚えていてスコッチをプレゼントしてくれるのはマックスくらいのものだし、クリスマスにそっと手渡される封筒にも厚みがある。ま、悪いやつじゃないのはたしかだ、そう思いながら、バートはふたたび掃除機を動かして足跡の汚れを吸いとった。

二階にあるマックスの住居は改装中のままで、儲け仕事に目のないインテリア・コーディネーターの友人はこの現場を「未完成交響曲」と呼んでいた。実際には、寝に帰る以外ほとんど利用していない。モダンアートの絵画が二枚壁にたてかけられ、あとはどこもかしこも鋭角的なデザインのアヴァンギャルドな家具が何点かに、埃だけで元気のない観葉植物と、オーディオ・セットが置かれているだけである。借りて二年以上にもなるというのに、暮らしやすさ、快適さを求めてなにを工夫するでもない、所有者マックスの趣味やセンスを匂わせるものといえば、隅に山と積みあげられたランニングシューズだけだった。一度も使ったことのない狭いキッチンに向かい、冷蔵庫を開けてウォッカとオレンジジュース以外空っぽのそこから紙パック入りのジュースをとりだすと、マックスはバスルームに入った。

熱い湯に、冷たいジュース。走ったあとにシャワーを浴びるのは、数少ない健康的な日課に対する褒美のようなものだった。それ以外はというと、まずもって働き過ぎだし、独り身ゆえ食生活は不規則だし、睡眠不足はもちろん、食事ともいえない食事を口にしながら摂取しているアルコールの量が、会社の健康診断で上限とされた「週に五単位」をはるかに超えていることはまちがいない。ただ、ジョギングだけは欠かしたことがなかった。それに年もまだ若い。四十になるまでにまだあと数年あるし、その頃までには生活も懐具合も安定させるのだ、とマックスは自分に言い聞かせていた。四十になって、いろいろな意味で落ち着けば、男らしく結婚生活に再挑戦する気も、ひょっとして湧いてくるかもしれない。

洗面所の鏡で自分の顔と向き合った。瞳は青く、白目は充血しているというほどではなく、鳶色の髪は短く刈りこんだ流行のヘアスタイルで、高い頬骨のあたりを見れば、肌もまだじゅうぶん張りがある。皺もなければ弛んでもいない。いいほうだ。そう思いながら、濡れたタオルや脱ぎ捨てた服をまたいで、バスルームを出た。

五分後には現代の若手企業幹部のひとりとして然るべき服装と必要欠くべからざる装備品をすべて身につけ、いつなんどきでも金融界制覇にのりだせる態勢がととのっていた。ダークスーツにダークブルーのシャツ、ダークな色のネクタイ、分刻みで戦う男のためのごついダイバーズウォッチ、携帯電話に車のキー。霧雨に首をすくめながら乗りこんだ車は金融街《シティ》に向かうための足としては当然の黒いBMWで、今日こそは待望久しい契約がかの地で日の目を見ることになるはずだと、マックスは信じていた。その結果もたらされるボーナス。それさえ手に入れれば、だらだらとつづいてきたアパートの改装に終止符を打ち、人を雇って常に塵ひとつない状態に掃除してもらうこともできる。何日か休みをとって、車でサントロペへ下れば、パリへもどる前、まだヴァカンス中の若い娘たちとの出会いも期待できるかもしれない。ところにより雨、のちには豪雨となる恐れ、場所によっては雹が降るでしょう——というラジオの天気予報に気勢をそがれることもなかった。今日こそは、最高の一日となるのだ。

朝のこの時間なら、二十分もあれば余裕でロートン・ブラザーズのオフィスに着くはずだった。場所はロンドンの金融の中心地スレッドニードル・ストリートの北端にあって、顧客獲得のさいには「イングランド銀行が近くて便利」と自慢げに話すのが、ロートン兄弟の兄のお気に入りとなっている。八〇年代後半に設立されたロートン・ブラザーズは九〇年代に入ってから資本市場活性化の波にのり急成長、とりわけ水面下工作、容赦ない資産収奪を得意とする企業買収で名をあげ、まだ少しは倫理的であったり情け心もあったりする競合相手の羨望の的となっていた。不況の現代に適応した、冷酷かつ効率的な経営モデル、と近頃では金融紙に書かれることも少なくない。ロートンズで数年を生き抜いた若手幹部なら、どこへ行ってもやっていけることだろう。

ラドゲートヒルにさしかかったとき、携帯電話が鳴った。時刻は六時半少し前である。

「ずいぶんと、ごゆっくりだな」エイミスだった。鼻にかかった声で一方的にそう言うと、マックスに応じる隙すら与えず、エイミスはつづけた。「大事な話がある。昼までには出社してくれよ。打ち合わせ場所はトレーシーに伝えてある」

最高の一日が早くも台無しだぜ、とマックスは思った。しかしそれを言うなら、エイミスがいるかぎり最高の一日など訪れようはずもない。火花を散らすような嫌悪感はお互い出会ったときから――ニューヨークで三年働いたエイミスが偉そうに舞いもどり、ロンドン・オフィスのボスに居座ったときからだった。最初から、ふたりの関係はスムーズではなかった。イギリスではよくあることで、その根本的原因はというと、ちょっとした話し方のちがい、つまりは英語のアクセントである。

マックスは名門とまではいかないにせよ一応は私立学校《パブリックスクール》の出身で、住みやすく緑豊かな中流階級の多いロンドン郊外のサリーヒルズに育っている。エイミスは生まれも育ちも、緑や快適さとはほど遠い、貧しく荒廃したロンドン南部の街。実際にはこのふたつの地域は二十マイルも離れていないのだが、育った世界には二万マイルもの隔たりがあった。マックス自身は、ひとつも気取っているつもりはない。エイミスもまた、自分が喧嘩っ早いとは思っていない。しかし現実はさにあらず。それでも、互いの能力には敬意を払わざるをえず、渋々とそれを認めたうえで、我慢しながら、どうにかつきあっているような恰好だった。

地下駐車場の指定区画にBMWを入れながら、いったいなんの話だろう、とマックスは考えた。ロートンズでとる昼食は、たいていデスクにかじりついたままコンピュータ画面を睨みながらのサンドイッチと決まっている。エイミスがニューヨークで仕入れてきた意味での「ランチ」をとるのは、やる気のない落伍者のみ。ところが、そのまともなランチ——ナイフとフォークを使った落伍者のランチを、レストランでとろうというのだ。妙な話だった。首をかしげながらエレベーターを降り、無数に仕切られたオフィスの小部屋のあいだを縫って、自分のデスクへと向かった。

ガラスとコンクリートでできた箱のようなそのフロアすべてを、ロートンズは占領していた。家具調度にマホガニーや革張りなどの贅沢が許されているのはロートン兄弟が使う広い続き部屋二間だけで、残る内装は社の企業精神を見事に反映している——華美装飾はいっさいなし。ここは「金をつくる工場」なのだ。簡素が鉄則。ロートン兄弟は機関室と呼ぶこのフロアへ顧客を案内し、働くスタッフの姿を垣間見せては、こう語るのが好きだった。「ご覧ください、四十名からなる、シティきっての頭脳集団。彼らが一丸となって、御社の問題解決に当たっているのです」

電話だけでは満足せず、エイミスはランチに遅れるなよという確認のメールまでご丁寧に入れていた。コンピュータ画面から顔を上げ、ガラスで仕切られたエイミスの角部屋を見やった。いつもなら受話器を耳に当てたまま落ち着きなく行き来しているはずの姿が、今朝は見えない。どこかで客と朝食をとりながら商売の話か。それとも、とマックスは思った。相手を黙らせ唸らせる会話術セミナーにでも出席しているのだろうか。

上着を脱ぎ、デスクに向かって、トランスアクスとリチャードソン・ベルの経営状態を示す数字にいま一度目を通した。この二社が買収対象としていかに魅力的かは、ロートンズの上客となったある大手企業幹部にすでにそれとなく伝えてあった。話がまとまれば、首相の年俸をはるかに超える額の莫大な報酬がもたらされるはずである。何度目を通しても答えは同じで、問題ない。ロートン兄弟にそっくり話を持っていく準備は、これですべてととのった。彼らは即座に動きだすだろう。そして手元には一挙に六桁のボーナス。椅子の背にもたれ、伸びをし、腕時計に目をやった。もう十二時をまわっていた。エイミスのいうランチの場所をたしかめていないことに、そのとき気がついた。

フロアを横切り、エイミスの部屋のすぐ外にすわるトレーシーのもとへ向かった。胸にも肩にもパッドを入れた姿できぱきと仕事をこなす衛兵さながらの若いトレーシーは、つい最近エイミスの秘書からアシスタントに昇格したばかりである（昇進がかなったのはほかでもない、パリでエイミスと淫らな週末を過ごしたからだという噂が社内ではもっぱらだった）。悲しいかな、おかげで近ごろは尊大なふるまいが目につくようになっていた。

マックスは彼女のデスクの端に腰かけ、エイミスの部屋を顎でしゃくった。「ランチの約束は、まだ有効かい？　それとも、相変わらずどこかで株式市場を混乱させるのに忙しいとか？」

駐車違反の切符を切るわよ、とでも言いたげなしかめっ面をトレーシーは見せた。

「レドンホール・セラーズでお待ちです。十二時半きっかりに。遅れないで」

マックスは眉を吊りあげた。セラーズはレドンホール・マーケットの倉庫を改装してつくられたワイン・バーで、シティの若き企業戦士たちが集い、分厚いステーキにスティルトンチーズという精力剤顔負けの昼食をとりながら、不当表示を疑いたくなる値段の赤ワイン《クラレット》をかたむけ、午後の激闘に備えて最後に強烈なポルトをあおる場所として知られている。壁は剝きだしの煉瓦、床には大鋸屑といった内装だが、シティでも指折りの高級レストランであることはまちがいなかった。

「ずいぶんと張りこんだもんだな」マックスは言った。「話の中身に心当たりは？」

トレーシーは目を伏せ、手元の書類を揃えはじめた。「ないわね、まるで」つっけんどんな口調がなにかを物語っているようで、マックスは苛立った。

「トレーシー、前々から聞きたいと思っていたことがあるんだ」

トレーシーは顔を上げた。

「パリはよかったかい？」

やはり、ほんとうだったのだ。赤面する彼女に背を向け、上着と傘をとりにもどって、雨のなかレドンホール・ストリートまで急ぐ覚悟を決めた。建物を出るときに一瞬たじろぐほど、歩道は大きなゴルフ用の傘で混み合っていた。必要以上に大ぶりなその手の傘がこの夏の流行で、極彩色のキノコのようにあちこちに花開き、通りを埋め尽くして行く手を阻んでいる。これでは遅刻だ。

アーチ形天井の混雑した店に入ると、エイミスはすでにテーブルにつき、携帯電話を耳に当てていた。ウォール街のやり手たちと働くあいだに身につけた派手な服装の趣味——目の覚めるようなストライプのクレリックシャツ、緋色のサスペンダーに強気筋と弱気筋すなわち雄牛《ブルズ》と熊《ベアーズ》の模様を散らしたネクタイという恰好は、あまりにどぎつすぎて、唇の薄い荒削りな風貌や囚人のように刈りこんだヘアスタイルとはまるでそぐわない。なにをどう着ても凶暴きわまりない悪党に見える。とはいえ契約をまとめる腕はたいしたもので、それゆえロートン兄弟には秘蔵っ子として大いに可愛がられていた。

電話を終えるとエイミスはわざとらしく腕時計に目をやった。マックスのそれよりもごついゴールドの腕時計で、文字盤にはいくつものダイアルがついている——深度計、積算計、おまけに特別仕様のナスダック指数計……。「どうしたんだ、え？　道にでも迷ったか？」

勝手にテーブルのボトルから赤ワインを一杯注いであおり、マックスは言った。

「すまん。レドンホール・ストリートで傘の渋滞にひっかかった」

エイミスは唸り、ウェイトレスのひとりに合図を送ってから、急に陽気な笑顔を見せた。「俺にはこういうのを持って来てくれると、最高に幸せなんだけどな」片目をつむって、にやりとしながら、「柔らかくて、とびきり旨いサーロイン。よく火を通したやつだ。そこいら中に血が滴るようなのは困る。オフィスで毎日目にしているからね」ウェイトレスはつくり笑いを返した。「付け合わせにはチップス。デザートにはクレーム・ブリュレを頼む。いいね？」携帯電話が鳴った。エイミスが相手と話しているあいだに、マックスは仔羊の骨付き肉とサラダを注文した。

携帯電話をしまうと、エイミスはワインを勢いよくあおった。「さて、と。それじゃ、ざっと聞かせてもらおうか。例の二社、トランスアクスとリチャードソン・ベルの件だ」

三十分かけて、マックスは今年の初めから労を惜しまず調べ、まとめあげてきた数字を説明した。決算報告書の内容、業績見通し、経営分析、買収による資産収奪の勝算。エイミスは食事をしながら耳をかたむけ、ときおり皿の横でなにかメモしていたが、質問や意見で口をはさむことはしなかった。

話し終えると、硬くなった骨付き肉の残りをマックスは脇へどけた。「以上だ。これがランチの目的かい？」

「そうじゃない」エイミスは爪楊枝で奥歯をせせり、とれたなにかをのんびりと眺めながら、マックスを焦らして楽しんでいる。

ウェイトレスが皿を下げに来た。それを待っていたかのように、エイミスは切りだした。「実はロートン兄弟とも話したんだが……思ったとおり、ふたりとも、やはりとても心配していてね」

「なんの話をしてるんだ、いったい」

「きみの勤務態度だよ。生産性。この一年は社に出てきているだけで、まったくの役立たず。負傷兵さながら。目も当てられない状態だった」

「そりゃ……理由はよくわかってるだろう。この半年間、なにかかかりきりだったか——いま話したばかりじゃないか」声を荒げまいと、自制せねばならなかった。「わかりすぎるくらい、わかっているはずだ。半月やそこいらで準備できる案件じゃない。こういう取引は、仕込みにとにかく時間がかかるものなんだ」

クレーム・ブリュレを運んできたウェイトレスに、エイミスはまたウインクをした。「甘いな。そりゃ、あくまでも言い訳だ。通用しない。教えてやろうか、ほんとの問題はどこにあるか」マックスを見据え、二度、三度とうなずいてから、「私生活にかまけすぎなんだよ。夜遊びがすぎる。女の尻を追いかけまわしてばかり。闘争本能を失っているのは、もはや明らかだ」手に持ったスプーンを、エイミスはデザートの真ん中に突き刺した。

「ふざけたことを言うな、わかっているくせに。この二社は買収されるのを待ってるようなものだ。あとはこっちが動けばいいだけの話で……」

黄色いクリームを口の端につけたまま、エイミスはマックスを見上げた。「そりゃもちろん」

「え？」

「引き継ぐよ、俺が」エイミスはクレーム・ブリュレをまたひとすくい口に運ぶと、焦げたカラメルを嚙み砕いた。

マックスは大きく息を吸った。「ロートン兄弟がなんと言うか、聞いてみようじゃないか。彼らの……」

「もう遅い。話はついてる。今朝ゴーサインが出た」

数か月の労苦が水の泡となった。それだけではない、期待していたボーナスもエイミスの銀行口座へと逃げ、未払いの請求書の山だけが残って、銀行に縛り首にされる自分の姿がマックスの瞼に浮かんだ。「そんな無茶な。ずうずうしいにもほどがある。人の契約を横取りするなんて」

「なにを寝ぼけたことを言ってるんだ。こいつはビジネス。仕事だぜ。別に悪気があって陥れようとか、そんなんじゃない。代わりに、そうだな、これでどうだ。土建会社絡みでちょっとした情報があるんだが、あいにくと俺には調べてる暇がなくてね。譲るよ、そいつを」

何年も前、叔父ヘンリーから聞かされた人生訓がふっと頭に浮かんだ——立って死んだほうが、ひざまずいて生き延びるよりまし。マックスは意を決した。「俺にかい、え？　で、分析が終わって、準備万端ととのったところで、また同じ手を使いとりあげる。そういうことか？」マックスはテーブルに身をのりだした。「ちょっとした土建会社かなにか知らないが、自分でやれよ。ぜんぶひとりで。おまえみたいなこそ泥の下で働くのは、金輪際ごめんだぜ」

エイミスは内心にんまりしながら、テーブルを押しやるマックスを見つめていた。すべては筋書きどおり。いや、予想以上にうまくいったと言っていい。契約の現時点における詳細は把握し尽くしたし、マックスは辞職するというのだから、解雇手当を払う必要もない。見事なものだ。「勝手にしろ」エイミスは言った。「そっちが決めることだ。今日の夕方までにはデスクをきれいにしとけよ。いいな？」

立ちあがるマックスに、エイミスは追い打ちをかけた。「おっと、なにか忘れてやしないか、え？　会社の車」手を差しだしながら、「キーを返してもらえると、ありがたいんだが」

マックスはポケットからキーをとりだし、一瞬ためらったのち、狙いを定めて、それをエイミスの食べかけのクレーム・ブリュレのど真ん中に落とした。

エイミスはマックスの後ろ姿を見送ると、即座に携帯電話でトレーシーに連絡をとった。


オフィスへもどるべく歩きだしたマックスの胸の内は、自分が選んだ道に対する不安と、それをやってのけた高揚感の入り混じった、なんとも奇妙なものだった。いま失業するのは、まずい。それは否定しようのない事実である。一方でこれから毎日エイミスと顔を合わせずにすむ、うるさく言われずにすむと思うとほっとするが、残念ながら、それでは逃したボーナスの埋め合わせにはまったくならない。事態は深刻だ。すぐに代わりの職を探す必要がある。ロートンズでの最後の一日、午後は数か所に電話をかけて費やすことにした。ニューヨークも、場合によっては候補に入れるべきかもしれない。

ところがオフィスに着くと、自分のデスクに辿り着くにもやっとという有様だった。トレーシーと警備員ふたりが待ちかまえていたのである。

「なんだよ、おい。なにを疑ってるんだ。俺がカーペットでも盗むと思ってるのか?」

「通常の退社手続きを踏んでいるまでよ」トレーシーは言い、警備員たちをきっとふりむいた。「荷造りが終わるまで目を離さないで。終わったら報告をお願いね」立ち去るさい、トレーシーはマックスの前で足をとめ、大きくにっこりとした。「どう、ランチは楽しかった？」

この一年半、起きているあいだのほとんどを過ごしてきた自分の机まわりにマックスは目をやった。なにを持ち帰ればいい？　許されるものはなんだ？　データの入ったディスクか？　とんでもない。会社のデスク・ダイアリーは？　まさか。それ以外になにがある？　ほとんどなにもないではないか。警備員たちに向かってマックスは肩をすくめてみせた。「好きにしてくれ」

スレッドニードル・ストリートに出ると、船首波のごとく水しぶきを上げながらタクシーが近づいてくるのが見えた。手を上げ、とめようとしてすぐ、自分はすでに失業者なのだということを思い出し、そのまま手をふって追いやった。最後に地下鉄に乗ったのはいつだったろう。新鮮な体験が待ちかまえていることだけはたしかなようだ。バンク駅まで歩くうちに、雨水が靴底から染みてくるのがわかった。

アパートにも、慰めとなるものはなにひとつなかった。マックスは靴と靴下を脱ぎ捨てた。窓から射しこむ午後の光は鉛色で、夏とは思えない、冬のようだった。留守番電話のライトが赤く点滅していた。

「ちょっと、ひどいじゃないの？　ゆうべはどこにいたのよ。あんな屈辱的な思いをしたの、生まれて初めてよ。おぞましい男どもに次から次へと触られそうになって……いい、もう二度と私に……」

マックスはたじろぎ、メッセージを途中で切った。仕事で遅くなって、すっかり忘れていたが、そうだ、声の主と昨夜はチェルシー・アーツ・クラブのバーで会う約束をしていたのだ。見知らぬ麗しき客を見つけると大歓迎して、つい露骨な態度に出てしまう男どもが大勢たむろしていたのはまちがいないから、どういう具合だったかは容易に察しがつく。ああ、まずい。花でも贈って、謝りの言葉を入れておかねば。

ネクタイをはずし上着を脱いでソファに倒れこんだときには、気力も楽観主義も失せていた。どうしようもないアパートに、どうしようもない人生。雑用を片づける気にも、ウォッカを飲む気にもなれず、テレビをつけた。料理番組。サンショウウオを追った科学ドキュメンタリー。髪を丁寧にブローした男が伝えるＣＮＮのニュース。強力な睡眠剤まがいのゴルフ中継。うとうとして見た夢は、巨大なクレーム・ブリュレの皿にエイミスを突き落とす夢だった。

電話の鳴る音で目を覚ますと、夕方になっていた。数時間前に寝入ったときから、ゴルフのプレーはひとつも進展していないかに見える。長いホールなのだろう。テレビを消し、受話器をとった。

「なんだ、帰ってたのか、こいつ。会社に電話したら、もういないっていうからさ。だいじょうぶか、おい」

無二の親友で、以前は義理の兄でもあったチャーリーである。

マックスはあくびをした。「ああ、まあ。いや、だいじょうぶじゃない。最悪だよ」

「じき元気が出るぜ。今夜はふたりで不動産業界の輝ける星、チャールズ・ウィリス様栄進の大祝賀会だ。今日の午後、決まったんだよ。これでビンガム&トラウトの正式な共同経営者《パートナー》だ。若手の時代だと言われてね。不動産業界は変貌を遂げつつある。時代とともに会社も変わって、実力ある人間に舵をとらせないことには、生きのびていけない、と」

「チャーリー、すごいじゃないか。おめでとう」

「そうさ、だから、そんなところにしけこんでいないで、出てきてクリュッグを空にするのを手伝ってくれよ」

「いまどこにいるんだ」

「昔の顧客のひとりが、ポートベロー・ロードに店を開いてね。ピノって名前で――こいつがなかなかのバーなんだ。ワインの品揃えも豊富だし、いまこうして話しているあいだにも、いい女がうじゃうじゃ。ノッティングヒルの美女が勢揃いだぜ。みんなきわどい服で、追い払うのが、いやあ、たいへんだよ」

笑みをとりもどしながらマックスは受話器を置き、支度をしに寝室へ向かった。学生時代に知り合って以来、チャーリーと過ごして元気の出なかったためしはない。窓の外を見ると、雨もいつのまにかやんでいた。力が湧いてきて、気づいたときには階段を下りながら口笛まで吹いていた。

ロビーを抜けて外へ出る前に、郵便受けに立ち寄った。いつもと変わらぬ請求書の束、広告チラシ、独身者向けパーティーの招待状、それだけかと思ったときに、おやと目と引いたのが、フランスの切手を貼った封筒だった。左上の隅に小さく見えるのはデザイン化された正義の女神像のロゴで、下に差出人の住所氏名が印刷してある――オーゼ公証人事務所、ランパール通り、八四九九三、サン＝ポン。封を切りかけた手をマックスはとめた。おぞましい地下鉄車内での気晴らしに、とっておくとしよう。その一通だけポケットに入れ、残りは郵便受けにもどして、サウスケンジントン駅へと向かった。

第二章

サウスケンジントンからノッティングヒルへ向かう地下鉄に揺られ、大勢の乗客に囲まれながら、公共輸送機関とはこういうものかとマックスはあらためて思った。周囲のほとんどすべての人間が、もはやこれは現代に生きる種族のしきたりというべきか、ピアスをしている。鼻にピアス、眉にピアス、唇にピアス、耳にピアス。シャツの下の青白い腹に目をやれば臍にもピアス。露出した肌でピアスのない場所には、かならずといっていいほど、刺青。鼻にも耳にも飾りをつけていない一部の保守的な年配層は、遠く過ぎ去った素朴な時代の遺物にしか見えなかった。その彼らは本や新聞に顔をうずめ、押されて寄ってくるピアス世代の若者とは目を合わすまいとしている。

体を斜めにしながらマックスはどうにか車両の隅のほうまで進み、ポケットから封筒をとりだした。ざっと目を通し、もう一度読みかえすうちに錆びついていたフランス語がよみがえり、あらたまった表現の意味するところがなんとなくわかりかけてきた。考えこんでいるうちに乗り過ごしそうになり、依然ぼんやりとした頭のまま、分厚い磨りガラスのドアを押し開けて、約束のレストランに入った。

とたんに流行の店独特の喧噪にのみこまれた。細長い店内の低い天井が音をことごとく跳ねかえして巨大なアンプ代わりとなり、昨今では誰もが信じてやまない楽しい食事には不可欠の大音響をつくりだしている。カップルで訪れたあかつきには、愛のささやきを恋人の耳元で怒鳴らねばならないような場所だった。が、それもまた店の売りのひとつらしく、その証拠にテーブルはほぼ埋まっていた。

黒い食品包装用ラップを思わせる素材にぴっちり身を包んだ若い女性が、くねくねと踊るようにマックスに近づき、眉を吊りあげ、濃い睫毛をしばたたかせた。「ご予約ですか?」

「ミスター・ウィリスと待ち合わせなんだけど」

「ああ、チャーリーね。もちろん。さあ、どうぞ、ご案内するわ」

「ついていくよ、地の果てまでも」マックスが言うと彼女はくすりと笑い、ファッションショーのモデルやレストランのホステス以外の人間がまねしたら途端にぎっくり腰にでもなってしまいそうな気取った歩き方で、体をくねらせつつ、歩きだした。

チャーリーは隅のテーブルでアイスバケツを隣に置いて待っていた。マックスに気づくと、にやりとして、「あらためて紹介するまでもなさそうだな。モニカだよ。いい女だろう？　ハイヒールでテニスができるのは彼女くらいのものだぜ、俺の知るかぎり」

にっこりしてモニカは入口のカウンターへとまた滑るようにもどっていった。上機嫌で赤ら顔の相棒と、マックスは向き合った。親友チャーリー。誰が見てもハンサムとは言えない――小太りで服装には無頓着で、髪はいつも寝癖がついたままで――けれども、なんとも言えぬ魅力があり、茶色の瞳は濡れたようで、女性といると楽しくてしかたない様子は、当の女性たちにも抗しがたいものであるらしい。未だに独身を貫き通してはいるが、それも苦労しながらかろうじて、というところだった。マックスのほうは、それほど運がよくはなかった。

過ちを犯したのは数年前――チャーリーの妹のアナベルと結婚したのである。最初から嵐のような結婚生活で、終わり方も惨めなものだった。チャーリーの大反対を押し切ってアナベルは映画監督と駆け落ちし、ロサンゼルスへ渡って、いまではマリブ海岸に建つ四百万ドルの木造家に暮らしている。最後にチャーリーが会ったときには、永遠の若さを約束する皺とり治療のボトックスとパワー・ヨガに夢中だったらしい。救いがたいよ、とチャーリーはあとでマックスに言った。前から俺にも我慢ならないものがあったんだ、あいつには。おまえ、別れて正解だよ、と。そんなわけで結婚生活は破綻したが友情はつづき、逆に以前より絆は深まっていた。

「さて、と」チャーリーはシャンパンを注いだ。「いいか、聞いてくれ。給料は一挙に二倍、車はメルセデスに、正式な共同経営者としての持ち株付きで、思い切り自由にやっていいと言われた。だから今夜は俺の奢りだ」そこでグラスをかかげ、「ロンドンの不動産高騰に乾杯――このまま、天井知らずで行け」

「おめでとう、チャーリー。おまえみたいな悪党には考えられない運のよさだな、まったく」マックスはグラスをかたむけ、底から立ちのぼる泡に目をやった。シャンパンは昔から祝いごとの酒――楽観主義者が飲むものと決まっている。

チャーリーは小首をかしげてマックスを見た。「最悪の日だと言ってたな。なにがあったんだ？」

苦労して買収してみたら、ぶんどるはずの資産がゼロだったか？」

エイミスとのランチ、車のキーを返せと言われ、デスクにもどってみたら制服の警備員ふたりが立っていたことなど、屈辱的な一部始終をマックスは話した。「以上が悪い知らせ――ボーナスなし、仕事もなし、車もなしだ。ところが、そこへいきなり、こいつが届いた」テーブル越しに、フランスから来た手紙をマックスは押しやった。

ひと目見て、チャーリーは頭をふった。「だめだ、俺のフランス語じゃ読めない。訳してくれないことには」

「覚えてるか、学生の頃、俺、よく夏休みにはフランスへ行って過ごしてたろう？親父の兄弟にヘンリーって叔父さんがいて、アヴィニヨンから車で一時間くらいの場所の古い大きな家に暮らしていた。ブドウ畑に囲まれた家で、近くに小さな村があって。行くと、ふたりでテニスをしたりチェスをやったり、夜になると水で薄めたワインを飲まされて、俺が半分酔っぱらうとかならず、人生とはなにかって話になる。いろいろと教えてくれた。数少ない昔ながらの本物の紳士って感じだったな、あの叔父さんは」マックスはそこでシャンパンをひとくちすすり、「もう何年も会っていない。もっと頻繁に会っておけばよかったと、いまになって思うよ。というのは、つい二週間前に亡くなったらしいんだ」

お気の毒に、というようなことをチャーリーはつぶやき、マックスのグラスにシャンパンのお代わりを注いだ。

「生涯、結婚はしなかった。子供もいなかった」マックスは手紙をとりあげ、「で、遺書によると、残された身内は俺しかいなくて、俺が全財産——家も二十ヘクタールの土地も、家具も、そっくり受け継ぐ、という話になってるらしいんだ」

「ほんとかよ、おい。二十ヘクタールっていったら、四十エーカー以上だろ？　そりゃ大地主だぜ。大邸宅じゃないか」

「そんなすごいところだったかどうか、記憶にはないんだが、まあ、広い家だったことはたしかで……」

「ブドウ畑もあるって？」

「ああ、まわりじゅうにね」

「ようし。となりゃ、こっちも、今日は特別なのを選ばないとならないな」チャーリーは手を上げ、大きく弧を描く仕草をして給仕にワインリストを頼んだ。マックスに向きなおると、「俺が以前からワイン好きだったのは知ってるだろ。実はこのところ、もっと真剣に凝っててね。いろいろ買うようになったんだ。試飲の講座にも通ってる。こいつがまたおもしろいんだよ。ああ、来た来た」あらわれたソムリエに、チャーリーは事情を説明した。

「お祝いだ。友達がフランスの古城とブドウ園を相続することになった。だから、そう、なにか自家製ワインでいいやつはないかな」そこでソムリエに向かって人差し指をふり、「ただし産地はボルドー限定。昔ながらのクラレットだよ。新世界のワインはお断り」

チャーリーがソムリエといっしょにリストをのぞきこみ、なにやら知ったふうなやりとりを交わしているあいだに、マックスは店内を見まわした。きらびやかな女たちと羽振りのよさそうな男たち、ロンドンの特権階級がひとり残らず大声張りあげ会話している。突然マックスはどこか静かな場所に行きたくなった。誰もいない自分のアパートが思い浮かんだ。いいや、そこまで静かでなくていい。手元の手紙を見つめ、相続した不動産を売却したら、いくらになるだろうと考えた。いまの穴蔵を抜けだすにはじゅうぶんすぎる額にちがいない。こっそりグラスをかかげ、叔父ヘンリーに乾杯した。

「よし」チャーリーがうなずいた。「それで行こう」

ソムリエは唇をすぼめ、無言でうなずくと、指定のワインを探しに行った。

「これだよ」チャーリーはリストの一点を指さした。「八二年もののレオヴィル・バルトン。トップ・ヴィンテージ・ボトル。今日はこいつしか考えられない」

マックスは目でチャーリーの指先を辿った。「おい、本気かよ。三百八十ポンドだぜ」

「たいした値段じゃないさ、いまどきの相場からすれば。少し前に山師みたいな連中が——若い投資銀行家連中だぜ、たぶん——セントジェームズのどこかに集まって、どんちゃん騒ぎした。空けたワインが六本で四万四千ポンド。シェフは大喜びでディナーをただにしたらしい。噂になったから、聞いてるだろう、おまえも」

ソムリエがもどってきたので、チャーリーは話すのをやめ、開栓の儀式を見守った。これでございます、と恭しくラベルを見せるソムリエは、素晴らしく顔立ちのととのった赤ん坊を自慢げに披露する母親さながらである。次に口金《キャップシール》をはずし、細長く品のいいコルク栓を抜き、異状がないかにおいを嗅いでチェックしてから、濃いルビー色の液体を注意深くデカンタに移して、ひとくち分だけグラスに注いだ。

次はチャーリーの出番である。「手順は五段階あって」チャーリーはグラスに手をのばした。「じっくりと芸術的に味わうか、ただごくごくと飲むかの、大いなるちがいはここにある」ソムリエが横で辛抱強く待ちつづけているのは、気前のいいチップを期待してのことだろう。「まずは、心の準備だ」崇めるようにグラスをしばし見つめてから、チャーリーはそれを光にかざした。「次に、目で楽しむ」グラスをかたむけて見るのは色の濃淡をたしかめるためで——よく見れば底の濃い赤から液面へ上るにつれ栗色へと変化し、縁はほんの微かに茶色がかっているのがわかる。「それから、鼻だ」グラスの脚を持ってチャーリーはそっとワインを渦巻き回転させ、空気に触れさせてから、鼻を近づけ、香りを大きく吸いこんだ。「ああ」ゆったりと笑みを浮かべ、目を閉じる。「ああ」

なにやら見てはいけない私生活の一瞬を垣間見てしまったかのような気分にマックスはなった。長いつきあいのチャーリーがなにかに興味を持って夢中になる姿を見るのは、いつもながら愉快だった。学生時代のスケートボードから去年の空手にいたるまで、その対象は数えあげたら切りがない。いまはそれがワインとなったようだ。純粋な歓びに浸るチャーリーの表情を見つめ、頬をゆるめつつ、マックスは言った。「順調ですか、いまのところ」

その問いをチャーリーは無視して、「さて、いよいよ口、舌、味覚の出番だ」ワインを少しすすり、口にふくんだまま、控えめにスルスルと音を立てて唇の両端から空気を吸いこんだ。それから顎を大きく上下に動かして嚙み砕き、飲みこんだ。「ううむ」と唸り、「最後は評価。舌からのメッセージを脳で判断する。ワインの余韻を楽しむ」ようやくソムリエに向かってうなずいた。「いいね、いいワインだ。少し空気に触れさせておこう。いや、それよりこう言ったほうがいいな――少し落ち着くまで待つとしよう」

「お見事」マックスは言った。「思わず身をのりだしちゃったね。つまり、いまのをぜんぶ講座で習ったわけか？」

チャーリーはうなずいた。「初歩の初歩。それでも、驚きだね、まったく味がちがってくるんだから――心と神経を集中させるだけで。それに、おい、今晩は俺たち、運がいいぜ。待っているあいだにちらとメニューをのぞいたんだが、仔羊の鞍下肉がある。旨いボルドー・ワインとは最高の組み合わせだ。もちろん、その前に、まずブリニから始めて、シャンパンの残りを空けてしまおうと思うんだが。どうだい」

エイミスとのランチで残したまま硬くなった仔羊肉が、遠い過去のことに思えた。

「いいね。文句なしに失業者向きのメニューだよ」

よせやい、とチャーリーは目の前で手をふり、「だいじょうぶ、心配するなって。それに遺産相続があるだろうが。いまやおまえは地主階級のひとりなんだぞ。どんな城《シヤトー》なのか、くわしい話を聞かせてもらおうじゃないか」

「ただの家だよ、チャーリー、ごくふつうの家だ」マックスはしばし口をつぐみ、記憶のなかの情景を思い起こそうとした。「造りは、えらく古かったな。たぶん十八世紀頃に建てられたもので、向こうじゃバスティードと呼ばれる――農家を少し大きく贅沢にしたようなやつ。部屋はどれもだだっ広くて、天井も高くて、床はタイル張りで、窓はみな細長く、壁は分厚い。家のなかに入るといつもひんやりしていたのを覚えているよ。ひんやりとして、乱雑で。あんまりきれい好きなほうじゃなかったんだ、叔父さんは。なんだかやけに気のいい、憎めない感じの婆さんが週に一回、自転車でやってきては、合間に一杯やりながら掃除していた。で、昼飯時には決まって酔って動けなくなって、キッチンの奥に狭い洗い場があるんだが、午後はずっとそこで寝ていた」

チャーリーはうなずいた。「いまもその造りは変わっていないかもしれないな。ほかはどうだ、不動産屋の喜びそうな特徴が、ほかにもあるんじゃないか――寝室、応接室、バスルームの数――業界で呼ぶところの汚物処理施設は当然のことながら――贅沢品の範疇に入る設備のあれやこれや、建築様式の特徴でいうなら、たとえば小塔とか、狭間付きの胸壁とか」給仕がキャヴィアとブリニの皿を運んできたので、チャーリーはいったん身を引いた。取り調べは一時中断。こんがり焼けた風味ゆたかなパンケーキにキャヴィアをたっぷりのせて口に運ぶと、塩気のある艶々とした黒い粒が弾け、ブリニと混ざり合って絶妙の味が舌に広がった。

「病みつきになりそうだ」マックスは残ったブリニで皿をぴかぴかに拭った。「ただの〈魚卵〉て名だったら、こんなに旨いと感じるかな」

チャーリーはナプキンで口を拭き、シャンパンをあおった。「くわしく説明するまで、次のワインは飲ませないぞ。もっとちゃんと情報提供しろよ、おい。なにからなにまで」

「情報提供？　なんだよ、田舎暮らし向け不動産誌に広告でも出すつもりか、〈カントリー・ライフ〉とか」にやりとしてうなずくチャーリーに、マックスはつづけた。「もう長いこと行ってないからな。何年も前の話なんだから、ほんとに。あとは、ええと、そう、図書室があって、いつも大きなクマのぬいぐるみが置いてあって、食堂ももちろんあったけど、食事はいつもキッチンでしてたから、そこは一度も使ったことがなかった。あとは丸天井の広い居間に、ワイン貯蔵庫に……」

「おう、いいねえ」チャーリーは言った。「まずはそいつがなきゃ始まらない」

「……三階部分には、小さな屋根裏部屋がいくつも並んでて……」

「屋根裏部屋じゃない、マックス。使用人部屋だ」チャーリーは訂正した。「ますます文句なし。小間使いや執事を雇うにも、困らない」

「……寝室は六つに、バスルームは二つか三つ、だったかな。そうだ、あと芝のテニスコートがついてて、離れも、納屋とか、そんなのがいくつか敷地内にあった。それから前庭には古い噴水」

「見えてきたぞ、だんだん。立派なもんだ。修理や改装は？　ここ百年以内に業者が入った形跡は？」

マックスは頭をふった。

「一度もか？　ふうん、そりゃきっと、誰もがわが国の湖水地方への出稼ぎで忙しかったんだな。内装はどんな状態なんだ、見た感じ、だいたいでいい」

「あんまりきれいじゃなかったよ。なんて言うか、こう、みすぼらしい感じで」

チャーリーは頭をふって否定した。「そうじゃない、マックス。みすぼらしいなんて言葉は使わずに、そういうときは、趣がある、風情がある、歴史を感じさせる、と言うんだ」

「うん、ま、そうだな。どこをとっても、そういう感じだった」

柔らかで肉汁の滴るような仔羊が運ばれてきた。注がれたワインの色と香りを楽しんでから、マックスはひとくちすすった。チャーリーは依然グラスに鼻を近づけたまま、上目遣いにマックスを見ている。「どう思う？」

マックスはもうひとくちすすり、さきほどチャーリーがやって見せたように、舌で転がしてみた。「旨いよ。すごく旨い」

呆れたようにチャーリーは天を仰いだ。「なんて言い方だ、まったく。芸術品にそんな乱暴な表現をするやつがいるか。もう少し洗練された言葉を使えよ。通が使うような言葉を」チャーリーは手を上げてマックスの機先を制した。「わかってるって。不動産の業界用語からして、いつもけなしているおまえのことだ。ま、いいから話を聞け。ワイン狂いの連中からしたら、俺たちなんて、新入りもいいとこなんだぜ」間をおいてからチャーリーはグラスの脚を持ってかかげ、ゆっくりと弧を描くように揺すった。「色褪せたチューリップ？　それとも円熟期のベートーヴェンか？　ゴシック建築のように、複雑な……」マックスの表情に気づいて、チャーリーはにやりとした。「そう、あんな形容詞の羅列は俺も初めて聞いたよ。でも連中はほんとに、そんな調子で評価し合うんだ」

ワイン業界で働く知り合いのビリーに誘われ、若手ワイン愛好会の集まりに初めて参加したときのことを、チャーリーは話しはじめた。ワインには目がないけれども決して通とは言えない六人の若い男たちが集まったのは、セントジェームズにある老舗ワイン商会の、由緒正しき雰囲気に満ち満ちた二間つづきの応接室。隅に吐き出しバケツが置かれ、蠟燭の炎がゆらめき、頰ひげをたくわえた創業者たちの肖像画が見下ろすなか、知る人ぞ知るボルドーのシャトー・ワイン数本と、オーストラリアおよびカリフォルニア産で注目される新規参入銘柄を試飲させてくれるというのである。

試飲会を主催したビリーはワイン商としてはまだ若い。入社を許されたのは業界年配者たちの判断によるもので、自分たちと同じ年代の顧客相手では売れ行きは減るいっぽう、その主たる理由である自然の流れ（寿命、という言い方もあるかもしれないが）には逆らえないことに、彼らも気づいたからだった。ビリーの使命は、まだあとゆうに三十年や四十年はワインを飲みつづけてくれそうな若い貪欲な消費者を見つけ、教育したうえで、言うまでもなく信頼できる固定客に仕立てあげること。ワインに夢中ではあるが無知、というチャーリーはその最初のグループの一員に選ばれたわけで、ビリーは参加者を前にまずは試飲の初歩を実践してみせることから始めたのだった。

いいかい、諸君。僕に倣って、やってみたまえ。

生徒たちが戸惑いの表情を見せたのは、まず最初にビリーが自分のネクタイ——水玉模様を散らしたジャーミン・ストリート仕立ての絹の厚地のネクタイを手にとったときだった。その先端をズボンのベルト部分に丁寧に押しこみ、生徒たちにも同じことをするようにと彼は言った。

次にグラスを、無造作につかむのではなく、台の部分を親指と人差し指、中指でそっと挟んで持った。一列に並んだ参加者たちも、ネクタイの端をズボンに押しこんだ姿で空のグラスを持ち、次なる指示を待った。

スワーリング、とビリーは言った。ワインに渦巻き回転を与えて、まんべんなく空気に触れさせる、呼吸させるんだ。まねをして小さく弧を描くようにグラスを揺らし、中にワインが入っているつもりで渦巻き回転を与える練習をしているうちに、一同はなにか滑稽な気分になってきた。さらにもっと滑稽なまねをさせられるはめになっても、それを乗り越えないことには、本番にはたどり着けないのである。

空のグラスを蠟燭の炎にかかげ、ワインが入っているつもり、色の微妙な濃淡がそこにあらわれているつもりで、生徒たちは目を眇めた。空のグラスに鼻を近づけ、香りがそこにあるつもりでにおいを嗅ぐ。少量口にふくんだつもりで、吐き出すまねをし、最後はネクタイにはねが飛ばなくてよかったと喜んだつもりになった。誰もがもはやスコッチをぐいとあおらずにはいられない気分になっていたが、そうはいかない。

ようやく最初の試飲用ワインが注がれることになり、ワイン入門講座の第二課程が始まった。いわば解剖学である。ワインにはにおい《ノーズ》がある、とまずビリーは言った。こく《ボディ》があり、脚《レッグ》がある。色《ローブ》、芳香《ブーケ》、個性《パーソナリティ》、そして真髄《エッセンス》がある。試飲するさいには、ただその手順を踏むだけでなく、味わったワインを表現する術も学ばねばならない。というわけで、講座の参加者が揃って言われたとおりワインに渦巻き回転を与え、口に含み、吐き出す前で、ビリーはそれぞれの細かな特徴を実況中継しはじめた。

一本目は活力があり、しっかりした構成で、豊満ささえ感じられる。二本目はさながらビロードの手袋をはめた鉄拳のよう。三本目は輪郭が少し粗いが、時間をおけば飲めなくはない。四本目は若くして夜更かししすぎたワイン、などなど。自称ワイン愛好家たちもそれぞれ試飲を進めるうちに、表現はしだいに過激さの度を増していった――トリュフ、ヒヤシンス、干草、雨降り、湿ったツイード、イタチ、野ウサギの腹、古い絨毯、当たり年の靴下。なかの一本を評するさいには音楽用語も登場し、フィニッシュの余韻がラフマニノフのピアノ協奏曲第二番（アダージョ）になぞらえられた。驚いたことに、主たる成分についての言及は一切ない。たとえ正直で味や質を大きく左右する必要欠くべからざる存在であっても、ブドウそのものはあまりに当たり前すぎて、奇抜さを旨とするワイン通の辞書にはそぐわない、ということなのだろう。

「初日だけでそんな具合だ。その後は少しましになったけどな。たしかにいろいろと勉強になったよ」チャーリーは真顔になって、濃い赤をたたえたグラスの中心部を見つめた。「それにしても、ほかじゃ考えられないよな」マックスに対してではなく、ひとりごちるように彼は言った。「この世でもっとも優雅な酒。ひと稼ぎして落ち着いたら、毎日でも味わって楽しみたいよ。自分のブドウ園を持つことも考えるかもしれない」はっとわれに返って、チャーリーはにやりとした。「おまえはもう持ってるんだからなあ。うらやましい話だぜ、まったく」

「束の間の夢だよ。きっとすぐに手放すはめになる」

チャーリーは一瞬たじろぎ、それからなにやら厳めしい不動産業者の顔つきを精一杯装って、こう言った。「土地を売るのに焦りは禁物だ。ひとつも得にはならない……という話だぞ。人に貸すか、そのまま持っておくか……するならいいが、手放すのはやめろ。そもそも二十ヘクタールものブドウ園があれば、それだけで立派に暮らしていけるぜ」

古い家を囲む一面緑のブドウ畑をマックスは思い起こした。地平線にはかならずトラクターに乗った男がひとり。叔父ヘンリーはラッセルと呼んでいたが、もちろんそれが本名であるはずはない。家を訪ねてくるときにはいつもニンニクとエンジンオイルのにおいをぷんぷんさせていた。握手をすると、温かな煉瓦のようなごつい手だった。

「どうかな、チャーリー。そう簡単に、素人にできるもんじゃないだろう、ブドウ園なんて」

チャーリーは仔羊をひと切れ食べ、グラスをかたむけて、じっくりとワインを味わった。「でも昔と変わってきてるのは、まちがいないぜ。大手のワイン輸入会社に勤めてるやつが講座の参加者のなかにいて、いろいろとおもしろい話を聞かせてくれたよ。たとえばガレージ・ワインの話とか。聞いたことあるか、ガレージ・ワインて」

マックスは頭をふった。

「気取った言い方をしたけりゃ、そう、ブティック・ワインだの、オートクチュール・ワインなんて呼び方もあるな。小さなブドウ園で、限られた量しか生産していなくて、値段がものすごく高い。その手でいまいちばん有名なのは、ル・パンだ、たぶん。一ケース五千ポンドか。すぐに飲むためのワインじゃない。ブドウ園をやるなら、そういうのを目指すのも悪くないだろう?」フォークに刺した肉を口へ運ぶ途中でマックスに目をやり、「二十ヘクタールあったら、かなりの量が収穫できるぜ」うつむき額に皺を寄せたまま、上目遣いで、意味ありげに長々と相手を見つめるやり方は、連れを口説くときや誰もがうらやむ物件を顧客に売りつけるときに効果抜群とチャーリーが心得ている方法だった。

転職してブドウ園をやれ、とあからさまに言われているような気がマックスはしてきた。デカンタのワインが減るにつれ、疑念は確信に変わっていった。マックスのかねてからの夢はフランスで農夫になることであったかのような、それを望んでいるかのような発言がチャーリーの口から飛びだしたときには、説得も理性の枠を越えたとしか思えなかった。「ベレー帽を買え! トラクターの免許を取るんだ! 泥まみれになって働け! 最高だぞ、きっと」

長いつきあいゆえ、会話が途切れてもまるで苦にはならない。のんびりと食事をし、ワインをかたむけながら、時おりマックスに目をやりつつ、チャーリーは友の真意を探ろうとした。実際にはマックス自身、自分がどうしたいのか、わからないでいた。生活を変えたいと以前から思っていたのは事実で、鬱陶しい天気のロンドンと失業の現実から逃れ、暖かな陽光あふれる南フランスに移住するという案には、たしかに抗しがたい魅力がある。記憶のなかの情景をあらためて自分の目でたしかめてみたい、という思いもあった。家はほんとうに記憶に残っているような広い家なのか。部屋に入れば昔のようにハーブやラヴェンダーの乾いたにおいがするのか。夏の午後に聞こえてくるさまざまな音に変わりはないのか。村にはいまも可愛い娘たちがいるのか。ノスタルジアにふけるのは自由だが、残念なことに、現実を見に行く予算がない。

「問題は」とマックスは口を開いた。「いま俺は文無しってことだよ。それどころじゃない。家賃やカードの支払いや、ほかにも借金があって——経済的に完全に破綻してる。優雅に南フランスなんかへ遊びに行ってる場合じゃない。仕事を見つけないことには。というわけで、結論は、単純明快だな」

「チーズでも頼むか。ワインがまだ少し残ってるから。それに、おい、言っとくが、話はひとつも単純明快なんかじゃないぞ」チャーリーはテーブルに身をのりだし、人差し指でクロスを叩いて強調した。「まず第一に、いま、おまえは願ってもない自由を手に入れたんだ。なんの時間的制約もない、約束もない、責任もない……」

「金もない……」とマックスはつづけた。

「……まあ、待て、それは、あとで話す。いいか、こいつはまたとない転機なんだ。ここいらでひと休みして、運命と、ヘンリー叔父さんが偶然にもなにをプレゼントしてくれたか、よく考えて、ほんとうはどうしたいのか、決めたほうがいい。向こうへ行けば素晴らしい青空が待ってるんだ。おまえのためにならないはずがない。その冴えない顔色も、きっとよくなる」

「チャーリー、さっきから言ってるように……」

「最後まで聞け。最悪、家は売る気になるかもしれない。その場合は現地で不動産屋に話を持ちこむまでだ。逆にひょっとしたら……そう、ひょっとしたら、そのまま向こうに住んで、俺が夢に描いているようなことを、やる気になるかもしれない――小規模ながら最高品質のワイン造り。それ以上贅沢な暮らしが、考えられるか？　理想的な労働条件のもと、大金が転がりこんでくる。しかもワインは飲み放題。もし実現したら、天国だぜ」

例によって自分の興味ある話題に熱中するあまり、現実面での問題――今回はさきほどからマックスが再三指摘している資金欠如の問題に、まったく目を向けることなく、チャーリーは話しつづけていた。イギリスを出ようにも港町ブライトンまで行く列車の切符代すら払えるか払えないかの懐具合で、南フランスへ自己発見の旅に出かけられるはずがないではないか。

「そう、そいつをいま話そうと思ってたところさ」チャーリーは上着のポケットを叩き、小切手帳をとりだして、パシンと景気よくテーブルに置いた。「こっちはなにしろ、えらい額が転がりこんできて、どうやって使えばいいのか、わからないような状態だ。それがまだ序の口ときてる。家賃は払いこみ済みだし、車は会社持ちだし、ヨットや競走馬には、あいにくとまるで興味がない」ふんぞり返って、チャーリーはにやりとした。

「女は？」

「そりゃ当然。でも、そんなのは小遣い程度ですむ話だ」ポケットからペンをとりだし、チャーリーは小切手帳を開いた。「つなぎ融資と思ってくれればいい」そして金額を書きこんだ小切手を、マックスに差しだした。「ほら。これだけあれば一、二か月滞在して、今後どうするか決められるだろう」

小切手に書かれた数字を見て、マックスは目を丸くした。

「チャーリー、こんな大金、受けとれるはずが……」

「なに馬鹿なこと言ってるんだ。家を売ったら、返してくれればいい。売らないなら、抵当という形にしてもいい。とにかく、話を進めない手はないだろう。一生に一度あるかないかの、こいつはチャンスなんだぜ。どうする、食後にカルヴァドスでも一杯やるか？」

杯を重ねながら、押し問答はつづいた。知らぬ間にほかの客はいなくなり、店は静かになっていた。カルヴァドスのボトルを手に待機しながら傍らであくびを嚙み殺すソムリエは、早く煙草が吸いたくてたまらないという顔をしている。厨房から笑い声が聞こえ、給仕たちはテーブルからクロスをはがしはじめた。黒の革のスーツに着替えヘルメットを手にした愛しのモニカが、テーブルに立ち寄ってチャーリーの頭を軽く叩き、ふたりに「おやすみ」と言った。

ついにマックスは折れ、酔ったおぼつかない手で小切手をたたみ、ポケットにしまった。さらにおぼつかない手でナプキンに「一万ポンドの借り」と書き、借用証書代わりに、それをチャーリーの胸ポケットに押しこんだ。

第三章

朝のジョギングを終えてバスルームに入り、アルコールでふやけた頭に熱いシャワーを浴びながら、過去二十四時間以内に起きたことをふりかえって、どれも悪くないぞ、という結論にマックスは達した。運がいい。けっこうな話じゃないか。そう思いながら着替え、無意識のうちにフランス国歌「ラ・マルセイエーズ」を口笛で吹きつつ、ナイツブリッジへコーヒーを飲みに出かけた。

曇天だが、雨は落ちてきていない。そこで、少なくとも夏のあいだだけパリのカフェの真似をすべくしつらえられた歩道のテーブル席に、陣どった。周囲では誰もが携帯電話で話したり、書類をめくったり、そろそろ出勤時刻かと落ち着かない様子で腕時計に目をやったりしている。もうそのひとりではないことに、罪悪感まじりのスリルと快感をマックスは覚えた。今日やるべき仕事はチャーリーからもらった小切手の現金化と、フランスの公証人への連絡、それに飛行機の切符の手配だけである。

まずは公証人に連絡をとる必要があった。イギリスで朝の八時半ということは、フランスでは九時半。事務所はもう開いているだろう。カルヴァドスの染みがついたオーゼ事務所からの手紙をとりだし、皺をのばしてテーブルの上に置くと、乗り越えねばならないひとつの試練と思って、十数年間使っていなかったフランス語会話に再挑戦する覚悟を決めた。自転車のようなものさ、体が覚えているはずだ、と自分に言い聞かせながら、マックスは電話番号を押した。それでも甲高い、ちょっと不機嫌そうな女性の声が雑音混じりに聞こえてきたときには、一瞬たじろがずにいられなかった。

「アロー?」これはフランス人の得意とするところで、こんな忙しい時間にかけてくるなんて、いったいどこの誰、と言わんばかりの口調である。

オーゼ先生の秘書だという相手の声は、マックスがヘンリー・スキナーの甥、遺産相続人である旨名乗ると、少し人当たりがよくなった。何回かくりかえし待たされるあいだに秘書は先生の都合を聞いたとみえ、翌日の午後会う約束になった。マックスはコーヒーを飲み終え、旅行会社を探すべく席を立った。

「エールフランスでマルセイユまで?」カウンターの女性はコンピュータ画面を見ようともしなかった。「あいにくとエールフランスではもう直行便は飛んでいません。ブリティッシュ・エアウェイズでお調べしましょうか」

マックスは航空会社という航空会社に激しい嫌悪感を抱いていて、それは以前、スーツケースが行方不明になったときに、行き先のタグをきちんと確認しなかったほうが悪いと逆に非難されたからだった。数日後にもどってきたスーツケースは荷物トレーラーに轢かれたらしく、ぺしゃんこで、タイヤの跡までくっきりついていた。なのに謝罪も弁償もない。プロヴァンスへのはやる思いさえなければ、列車を利用するところである。

結果的には、直行便はどの航空会社のフライトもすべて満席で、まずパリへ飛び、乗り換えてマルセイユに昼頃着く便しか予約はできなかった。チケットをポケットに収め、銀行に立ち寄り、細々とした雑用を片づけるうちに、滞在が長引くような気がしはじめて、それなりの手配をしておくことにした。

夕方、荷物をまとめ準備がととのうと、最後のウォッカをグラスに注ぎ、窓の外に目をやった。夕闇がすでに仄かな残照をもかき消そうとしている。昼間片時も頭を離れることのなかった期待と興奮は、高まるいっぽうだった。明日は燦々と輝く太陽を見上げ、異国のベッドで眠ることになるのだ。なんの問題もなく家を相続することになれば、紛れもない異国の地の、自分の《・・》ベッドで。人生再出発への可能性に軽いめまいすら覚えながら、マックスは留守番電話のメッセージを入れ替えた――「フランスに滞在中。帰国は半年後かな、たぶん」

ヒースロー空港は相変わらず気が滅入るような混雑ぶりで、パリに着くと曇り空だった。青空が見えだしたのは、エールフランスのラ・ナヴェット・シャトル便がサンテティエンヌ上空を通過したあたりからである。南へ向けて見渡すかぎり、絵葉書のような紺碧の空が広がっていた。マリニャーヌ空港に着き、レンタカーを借りようと外に出たとたん、今度はいきなり猛烈な熱気に包まれた。半袖を着てサングラスをかけたタクシー運転手が車の横の日陰で休みながら、夏服姿の娘たちを目で追っている。微風に運ばれてくるディーゼル車のにおいは、マックスにとってはこれぞフランスの象徴とも言うべきもので、空港の背後に見える石灰質の懸崖の皺一本一本をくっきりと浮かびあがらせる陽光は眩しく、あくまでも澄みきっている。芸術家の光。ロンドンから着てきた服が、重苦しく野暮に感じられた。

ルノーの小型車を運転してリュベロンへ向かう途中の風景は、新鮮であると同時に懐かしく、叔父ヘンリーに迎えられて過ごした遠い夏休みの始まりを思い起こさせずにはおかなかった。国道7号線をローニュ方面へと折れ、マツやカシの林を縫うように狭い道をうねうねと進めば、開け放した窓から入りこむ空気は暖かく、ラジオからは〈聞かせてよ愛の言葉を〉を歌うパトリック・ブリュエルのささやき声が蜂蜜のように甘く流れてくる。

愛の言葉を押しのけて自然の呼び声が高まり、マックスはもはや我慢できなくなった。路肩へ寄って、埃だらけの白いプジョーの脇に車をとめ、適当な茂みはないかとあたりを見回した。先客がいたと思ったらプジョーの運転手で、ふたりはうなずき合いながら、急ぎの用足しに専念した。

しばらくしてマックスは沈黙を破った。「いい天気ですね。陽射しが気持ちいい」

「セ・ノルマル。毎日のことさね」

「それがちがうんですよ、私の国では」

男はズボンのチャックを上げ、煙草を吸いつけ、もう一度うなずいて、車へともどっていった。残されたマックスは自然の営みに対するフランス人の大らかさについて思案した。同じ場面を、祖国イギリスの、たとえばキングストンのバイパスあたりで想像しろと言われても不可能に等しい。仮に実践を決意したにしても、こそこそと人目を避けて行動せねばならないのは確実で、後ろめたい思いに駆られながら首を捻って何度も背後を確認し、パトカーは通らないか、公然猥褻罪で逮捕されたらどうしようかと、びくびくしながら用を足さねばならない。

デュランス河にかかる橋を渡ると、滔々たる流れは初夏の渇水の影響で泥色の小川のようでしかなく、それを境にヴォークリューズ県へと入った。正面に見えるリュベロン山は、こんもりとした低い山塊の連なりが常緑のヒイラギガシに柔らかに覆われた、実に写真写りのいい、こぢんまりとした山脈で、観光客向けの山のブランド品のように一部では言われている。しかし以前マックスが探検に出かけたときの記憶によれば、見た目より傾斜は急で、ヒイラギガシの生える岩肌は珊瑚のようにごつく粗く、登るのは決して容易ではなかった。

幹線道をはずれ、標識に従ってサン＝ポンへと向かいながら、最後に訪れてから村はだいぶ変わったろうか、あれは何年前のことだ、とマックスは考えた。いいや、変わってはいないだろう。同じ村でも洗練された小粋な佇まいが人気のゴルドやメネルブ、ボニュー、ルシヨン、ラコストといったプロヴァンスの村々とは山脈を挟んだ反対側に、サン＝ポンは位置しており、加えて高台ではない、単なる平地という地理的条件のため、「丘の上の美しい村」を謳い文句にすることもできない。標高の低さが住人の気質にも影響しているのだろう、岩山の頂に居座り、数世紀前までは互いに口もきかないような諍いを何十年も続けていた北の村人たちとちがって、サン＝ポン人はこの土地の人間にしては気さくだし親切という評判だった。

街路樹にプラタナスが生い茂る美しい通りをしばらく進むと、それが自然の玄関口となって、いつのまにか村に着いた。ほかの村でもそうだが、プロヴァンスにこれだけのプラタナスを植えたのは、聞くところによるとかの皇帝ナポレオン、進軍する兵士たちに休息用の木陰を与えるためであったという。いったい、いつ戦争をしながら——あるいは、そう、ジョゼフィーヌの相手をしながら——これだけの植樹を完遂したのかといったあたりの事情は、歴史はくわしくは伝えていない。

木陰に車をとめ、中央広場までぶらぶらと歩いた。カフェも煙草屋も役場も泉も、ほぼ記憶にあるとおりだった。覚えがないのは一軒の小さなレストランだけで、パラソルのつくる日陰のテーブル席では客たちがまだのんびりと昼食をとっていた。あそこには、以前はなにがあったろう。たしか理髪店だったような気がする。香水を匂わせた太り肉《じし》の女主人に髪を切ってもらうあいだじゅう、耳だか目の前だかに豊満な胸が突きつけられた恰好で、思春期の想像力をえらくかきたてられたことをおぼろげに思い出した。

広場から放射状にのびる通りはいずれも狭く薄暗く、歩道よりやや広い程度にすぎない。店の扉の上にかかる看板を読んでいくと、パン屋、肉屋とあって、片隅にもう一枚、色褪せ剝げかけた公証人事務所の案内板が見え、矢印が通りの先を示していた。マックスは腕時計に目をやった。約束の時間まで、まだ三十分ある。陽射しに脳天を直撃されたままではかなわない。喉を潤すことにしてカフェに入ると、トランプに興じていた老人たちがいっせいに手をとめ、スーツ姿の余所者に探るような視線を投げかけてきた。マックスは軽く会釈だけして、パスティスを注文した。

バーカウンターの女性は腕を大きくふって、背後の棚を示した。「ルケル？　リカール？　カザニス？　バルドゥイン？　ジャノ？　ペルノ？」マックスが肩をすくめると、わからなくて当然よね、と言わんばかりに彼女はにっと笑った。「アロー、アン・リカール」じゃ、リカールにしとくわ。グラスにたっぷり注いで、エンボス加工をほどこしたメッキのカウンターに置く。隣には水滴のついた水差し。酒に水を足してテラスのテーブルに着くと、カフェの犬が寄ってきてマックスの膝に頭を乗せ、親友チャーリーを思わせる憂いを含んだ大きな茶色い瞳でじっと見上げた。

白く濁った酒をひとくちすすったとたん、アニスの強烈な風味が清涼剤となって口のなかに広がり、なぜこの土地ではこの酒がこれほど旨いのだろうと思わずにいられなかった。ロンドンでも何度か試したことがあるが、味が全然ちがう。暑さが関係していることは言うまでもない。この酒は寒い土地には合わない。それから周囲の雰囲気もあるだろう。パスティスはペタンクの球のぶつかり合う音やフランス語のおしゃべりに耳をかたむけながら飲むのがいちばんなのだ。スーツを脱ぎ捨て、靴も脱ぎ捨てて、素足なら、もっといい。公証人からの手紙をとりだし、再度目を通すうちに、チャーリーの言葉が頭によみがえった。新しい生活……宝の山の可能性……これからはブティック・ワインの時代。マックスはグラスをかかげて、ひとり来たるべき未来に乾杯した。

　広場の向かいに目をやると、レストランで昼食を終えた客たちが、強烈な陽射しに一瞬たじろぎながらもサングラスをかけなおし、満ち足りた腹と重たい足取りで午後の所用をすませるべく店を離れようとしていた。そのうちのひとり、太鼓腹の男が、短くなった葉巻をくわえたまま公証人事務所のある通りへと姿を消すのが見えた。事務所の主かもしれない。マックスはグラスを干して席を立った。いざ向かわん、相続手続きへ。

　事務所は通りのどん詰まり、村が終わって広大なブドウ畑が始まる手前にあった。小さな建物で、陽射しを遮るべく窓にはシャッターが下ろされ、扉に真鍮の札がかかっている。マックスは呼び鈴を押した。

「ウイ？」返ってきたのは甲高い、これまた不機嫌な、誰がなにしに来たと言わんばかりの声だった。名前を名乗ると錠がはずれたので、マックスは中へ入り、声の主と対面した。

　中年女性が大きな古びた机に向かい、書類の山を相手にしていた。髪にきつくパーマをかけ、ひと昔前、自分の母親の娘時代にでも流行ったようなヘアスタイルをしている。笑みをつくりながら彼女はさっと手をふり、隅に置かれた背もたれの真っ直ぐな二脚の椅子にどうぞとマックスを促した。いまオーゼ先生がいらっしゃいますので。

それだけ言って、彼女はファイルに目をもどした。

椅子のあいだに置かれたテーブルから、くたびれた半年前のククゥ誌をマックスは手にとった。相も変わらずゴシップ記事満載の雑誌で、お決まりの有名人たちが俎上に載せられている――モナコのステファニー王女、ハリウッドで話題の人物、ジャン＝ポール・ベルモントの息子に、ウィリアム王子、ジョニー・アリディ。熱愛中であろうが独り身だろうが関係ない。彼らの日々の暮らしぶりを、待合室の人々はのぞき見せずにいられないのだ。

ブラジル一の腕を誇る美容整形外科医の独占インタビューに目を通していたとき、オーゼ先生のオフィスらしき部屋から怒声が聞こえてきた。罵るような唸り声とともにドアが開き、農夫とおぼしき陽焼け顔の無愛想な男が大股にあらわれて、マックスを一瞥し、立ち去った。秘書は顔を上げようともしない。おぼろげに、どこか見覚えのある顔のような気がしたが、どこの誰だかマックスには思い出せなかった。美容整形外科医の記事にもどると、ヒップアップ手術に画期的な新技術を取り入れたことが注目を集めているらしかった。

しばらくしてタイルの床にこつこつとヒールの音が響き、オーゼ先生があらわれて、マックスに微笑みかけた。「スキナーさんですね？　初めまして。どうぞ、こちらへ、お入りください」

マックスは一瞬ぽかんとしてから、われに返って立ちあがり、差しだされた手を握った。オーゼ先生は肩書きが男性名詞であるにもかかわらず、まだ若い女性だった。すらりとした体型で肌はオリーヴ色、髪はフランスでしか見られない艶やかな濃い赤茶色をしている。パリでもじゅうぶん通用する洒落たジャケットにスカートというでたちで、エレガントな脚に似合いのエレガントなハイヒールを履いていた。

「スキナーさん?」啞然としたマックスの反応を楽しむように、彼女は言った。「どうかなさいましたか?」

マックスは頭をふって、いや、国の自分の弁護士チャップマンのハイヒール姿は見たことがないもので、といったことをもそもそとつぶやき、彼女のあとについて部屋に入った。秘書のいる殺風景な薄汚い待合室とちがって、オーゼ先生のオフィスはすっきりとモダンな印象のベージュと焦げ茶色でととのえられていた。机の上にはラップトップとメモ用紙、シャクヤクを活けた花瓶、それにモンブランの万年筆をおさめたクリスタルのタンブラーしか置かれていない。

「なにか身分証明書をお持ちでしたら、拝見できますか?」彼女はもう一度にっこりした。「いちおう、形だけですけど」マックスはパスポートを見せた。彼女は読書眼鏡をかけ、写真と目の前にすわる本人とを交互に見比べてから、頭をふった。「写真だと、どうしてみなこうなってしまうのかしらね。不思議だわ、ほんと」机越しにパスポートを押しかえすと、抽斗を開け、分厚いファイルと、古めかしいごつい鍵の束をとりだした。

彼女はファイルの中身の説明を始め、いくつかの書類から重要事項を読みあげた。マックスは半分耳をかたむけながら、むずかしい法律用語は聞き流して、書類にかがみこむ彼女からは見えないのをいいことに、じっくりとその容姿を観察した。絹のブラウスの襟元がふわりと開いて、控えめながら、ほんの少しだけ、胸の谷間がのぞいて見える。地中海の陽に輝くばかりの肌、豊かな髪、ほっそりとした手、マニキュアなしでも艶のある爪、それに、そう、結婚指輪もしていない。ひょっとしたら、ほんとうに運が向いてきたのかもしれないぞ。仕事抜きで次の約束をどう取りつけたものかと、マックスは説得力のある言い訳をあれこれ考えはじめた。

「……というわけなので、固定資産税の心配をなさる必要は、とりあえずありません。通知が来るのは十一月以降ですので」彼女はファイルを閉じ、鍵束をいっしょに押してよこした。「ヴォワラ。以上です」

そしてなにか走り書きのあるメモに注意を向けた。

「残念ながら」――とそこで、公証人の仕事が決して楽ではないことを強調するかのように、彼女は口をすぼめ――「相続手続きが、なんの問題もなくスムーズになされることは、まずありません」読書眼鏡の縁越しにマックスを見ると、彼女は可愛らしく小首をかしげた。

「お待ちになっているあいだに、問題のひとりが出ていくのをご覧になったかしら」

仏頂面の農夫をマックスは思い出した。「なにか腹を立てているようでしたが。誰ですか？」

「クロード・ルーセル。ヘンリー・スキナーさんの下で働いていた男です」

やっと思い出した。ラッセルだ。年をとって贅肉がつき、髪はさらに薄くなり、陽焼け顔にもいっそう年季が入っていたが、叔父の家で何度か顔を合わせたことのある、あの男にまちがいない。「なにに腹を立てていたんです？」

オーゼ先生は薄いゴールドの腕時計に目をやった。「ちょっと込み入った話で、今日はもう時間が……」

マックスは片手を上げて先を制した。

「いい考えがある」

彼女は片笑みを見せた。

「明日。ランチをどうです。公証人の先生でも、お昼ごはんは食べるでしょう？」

彼女は眼鏡をはずした。一瞬ためらい、片方の肩をぴくりと動かしてから、「ええ」と答えた。「先生でも、お昼は食べますけど」

マックスは立ちあがり、軽くお辞儀をして、「では、明日また」と帰ろうとした。

「スキナーさん?」彼女の笑みが大きくなった。「鍵をお忘れにならないように」

マックスは鍵束を手にとりファイルを抱え、部屋を出て秘書の机の前で足をとめた。

「素敵な夜になるといいですね、マダム。シャンパンを飲みながら、踊れるような夜に」

秘書は顔を上げ、うなずいた。「もちろんですとも、ムッシュー」口笛を吹きながら出ていくマックスを、彼女は見送った。オーゼ先生と初めて会った若い男が浮かれて帰るのは、珍しくもないことだった。

第四章

村を出て、ヘンリー叔父の家へ向かいはじめると、カーブを曲がるたびに、ひとつまたひとつと記憶がよみがえるようだった。路肩の深い側溝も、ところかまわずはびこる雑草も、ヘンリー叔父に頼まれて毎朝おんぼろ自転車を走らせながらパンを買いに行ったときと変わりなく、クロワッサンがまだ温かいうちに帰れば五フランもらえる約束だったことをマックスは思い出した。前日の記録更新を狙って、毎朝それこそ夢中でペダルを漕ぎ、もらった五フラン硬貨は必ず枕元の古いマスタードの壺に入れて、たくさん貯まるのを楽しみにしたものである。夏休みの初めには空だった壺が、しまいにはずっしりと重たくなり、生まれて初めて金持ちになった気分を味わったのはそのときのことだった。

二百年のあいだ風雨にさらされて脆くなり、黒ずんだような石柱の前でいったん車をとめた。そこが入口で、母屋まで砂利道がつづいている。石柱に刻まれた領地名

「ル・グリフォン」は、よく見なければそれとは読めないほどに風化し、苔むしていた。手入れの行き届いたブドウ畑を両脇に眺めながらさらに進むと、プラタナスの大木——ナポレオン時代以前にさかのぼる古木——が大きな石造りの農家、この辺りで呼ばれるところのバスティードの南壁面に長い影を落としていた。整然と刈りこまれたブドウ畑とちがい、庭は荒れ放題で、家の外まわりも負けず劣らず傷んでいた。貴婦人の化粧の崩れかけたさまを見るようだ、とマックスは思った。煉瓦積みの立派なファサードは目地の塗り直しが必要だし、閉まった鎧戸のペンキも色褪せたままいつの頃からか放置され、正面扉の濃緑色のニスもまたひび割れ剝がれ落ちそうになっている。前庭は砂利を押しのけるように雑草がはびこり、角石でつくられた水盤の水はどろりと濁ってスイレンの首を絞めにかかっていた。樹上で鳩の群れがなにやらうるさく言い争っている。

心寂しいものを感じた。とはいえ昔の名残が見られないわけではないし、ちょっと手を入れさえすれば、あちこち立派によみがえるのはまちがいない。母屋の片側に屋根つづきで建てられた二棟の納屋へと、マックスは歩いていった。オープンフロントのその納屋に、ヘンリー叔父はポンコツの黒いシトロエンDSを入れていたものだが、いまは見当たらない。錆びついた農機具ひと揃いと、マックスが初めて目にしたときすでにして古びていた——赤いタイヤがいかにもエキゾティックな——自転車が二台残されているだけだった。

正面玄関へもどり、鍵束のなかの一本を鍵穴に差し入れたが、なかなか回らず、何度目かでようやく錠がはずれた。そこで思い出したのは、いかにもフランス的旋毛曲がりのいい例として、錠の開け閉めはアングロサクソン方式と逆向き、ということだった。やれやれとマックスは頭をふりながら扉を押し開けた。外国人を困らせるのが好きだからな、フランス人は。単純なことでさえ一筋縄ではいかない。

足を踏み入れると、鎧戸の閉まった薄闇のなか、石造りの幅広の階段を上るようになっていた。玄関ホールの左右それぞれに両開きの扉があって、それを開けると一階の広間、というのがバスティードの典型的な間取りである。洞窟のようなキッチンへ向かい、鎧戸を開けて午後も遅い陽射しをいっぱいに入れると、淀んだ空気に埃のゆっくりと舞うのが見えた。片側には大きな鋳鉄の料理用レンジに、浴槽と見紛う大きさのシンク。反対側にはガラス張りの戸棚があり、大きな一枚板のテーブルが昔と同じように中央に置かれている。天板に指を這わせると、少年のころに彫った自分のイニシャルがそのまま残っていた。なにひとつ変わっていない。

背の高い長方形の窓のはるか向こうには、リュベロン山脈のなだらかな裾野を望むことができた。その手前に広がるのもまたブドウ畑で、例によってトラクターに乗った男がひとり行き来しながら、後部に取りつけた機械で整然と並んだ緑の樹列に青い霧のような農薬を散布している。ルーセルにちがいない。公証人事務所ではなにやら怒りをぶちまけていたが、機嫌はまだ直っていないだろう。顔合わせは落ち着いてからにしたほうがよさそうだ、とマックスは思った。

　外のブドウ畑にいながらも、ルーセルは周囲の田園風景のどんな些細な変化も見逃すことのない農夫の目で鎧戸が開いたことにすぐに気づき、携帯電話をとりだして、妻のリュディヴィーヌに知らせた。

「来たぞ、イギリス人が。いま家にいる。いいや、まだ会ってはいない。オーゼ先生の事務所で見かけはしたけどな。若いよ」いったん話すのをやめ、ブドウの畝の端でルーセルはトラクターの向きを変えた。「サンパかって？　どうして俺にそんなことがわかる。気のいいやつかどうかなんて。どうせイギリス人だ、あてにはならんさ」母屋をふりかえりながら、ルーセルは携帯電話をポケットにしまい、溜息をついた。そうともさ、イギリス人ときたら。まったく連中はどうしてフランスを侵略するのが好きなんだ。犬の鳴き声が聞こえたので、ルーセルは後方をふりむいた。くそっ《メルド》。トラクターを追いかけてきた愛犬がブイィ・ボルドレーズ、ボルドー液の名で知られる安全農薬の誤射を受けて水色の頭になり、もとの容貌に輪をかけて滑稽な姿になっていた。

マックスは鎧戸を次々に開け放って家のなかを歩きまわり、箪笥や抽斗をのぞいたり部屋や家具調度の位置関係をたしかめながら、現実と記憶のなかの情景とを比べようとした。これは思っていたよりも、広い。大げさなチャーリーの業界用語をもってしても、正しく評価し直さなければならないくらいだ——寝室が六つに図書室、食堂、広い居間、キッチン、裏の小さいキッチン、食料貯蔵庫が二つ、食器洗い場兼収納室、馬具収納室——それに、どこか奥にワイン貯蔵庫もあるのはまちがいない。石の床に足音を響かせながら居間を横切るさい、埃をかぶった古いピアノの上に写真が何枚か飾ってあるのを見つけて、足をとめた。セピア色の写真の一枚に写っているのは、陽射しに目を眇《すが》めた男と少年——ヘンリー叔父と、その甥っ子が昔懐かしい木のテニスラケットを抱えて立っている。

暖炉の横の小さなドアをくぐって短い階段を下りると、そこがワイン貯蔵庫になっていた。錠をはずし、ドアを押し開けて、ひんやりと冷たい空気を顔に受けながら電気のスイッチを探した。

裸電球ひとつに照らしだされたのは、飾り気のない狭い一室だった。床は砂利敷きで天井は低く、収納棚は煉瓦でつくられている。黴臭いような、湿った蜘蛛の巣のにおいがした。壁の一方に掛けられた凝った装飾の古いエナメルの寒暖計を見ると、摂氏五十度から氷点下十五度まで目盛がついていて、それぞれの数字の横に不思議な説明がしてあった。たとえば五十度はセネガルで快適な温度。三十五度はミツバチの活動に最適で、氷点下十度になると川は凍結。そして氷点下十五度の横には一八五九年のある一日の日付だけが入っている。貯蔵庫の温度は摂氏十二度で、外の天気がどうあれ、ここの気温が二度以上の変化を見せることはない、とヘンリー叔父が言っていたことをマックスは思い出した。安定した温度が質のいい、旨いワインを保つ秘訣だ、と。

壜を調べてみた。シャトーヌフ＝デュ＝パープが数本にラストーやカシスが二ケースか三ケース――という具合に地物の赤や白も貯蔵されてはいたが、大半がヘンリー叔父自身のデザインによる青と金の派手なラベルがついた自家製ワインだった。一九九九年産のル・グリフォンを見つけて手にとり、テーブル代わりに縦に置かれた樽へと持っていった。栓抜きと薄汚れたグラスがのっている。グラスを逆さにふってハサミムシの死骸を捨て、ハンカチで拭いてから、マックスはワインの栓を抜いた。少量注ぎ、光にかざしながら、自家製ブティック・ワインで大儲け、という楽観的な夢にしばし浸ってみる。

香りを嗅いだ。すすって口のなかで転がした。身震いして、すぐさま吐き出し、人差し指を歯に当てて、こびりついたようなタンニンのえぐみを擦り落とそうとした。酢と紙一重、肝臓が縮みあがりそうなワインだった。こいつはひどい。

選んだ壜が悪かったのかもしれない。もう一本抜いて、同じ手順をくりかえしてみたが、やはりとても飲めないワインであることに変わりはなかった。

宝の山だなんて、とんでもない。チャーリーに電話をし、最悪の結果を伝えることにした。

「いまワイン貯蔵庫にいる。試飲してみたよ」

「それで?」

「若い。当たり前の話だけど」

「そりゃそうだ。でも熟成したら行けそうか?」

「まあ、もしかしたら。フィネス——品がない。躾が必要だ。きちんと面倒を見て、尻をひっぱたかないことには……」それ以上つづけようがなかった。「正直に言うよ、チャーリー。まるで憲兵の靴下の味だ。飲みこむ気にもなれなかった。それほどひどい」

「ほんとか?」チャーリーはなおも興味があるようで、がっかりした様子ではない。

「そりゃ、ブドウじゃなく、造り手が悪いのかもしれないな。よくあることなんだ。エノロジストを呼べばいい」

「誰だって?」

「ワイン醸造の専門家だよ。ちょうど本で読んだところなんだ。魔法使い並みのがいるらしいぜ。畑の何か所かのブドウをうまく配合して、バランスのいいワインを造りあげる。言ってみりゃ、レシピだな。料理じゃなくて、ワイン造りのレシピ。安酒がペトリュスに変わるわけじゃないけど、実際問題、ちがいはかなりのものらしい。聞いてみろよ。近くに何人かいるはずだ。それはともかくとして、どうだ、おい、お城は。いや、なにも言うな。そのうち見に行くよ、泊まりがけで。仕事の手が空いたらな。美女を待らせて待っててくれ」

　貯蔵庫をあとにしながら、マックスは考えた。ワインの魔法使いなんて、いったいどこにいるというのだろう。そんな名称で職業別電話帳に載っているとは思えないし。オーゼ先生なら知っているかもしれない。明日のランチで会ったら、聞いてみよう。

　ランチといえば、朝、ゴムのようにまずい機内食を口にして以来なにも食べていないことをマックスは思い出した。ヘンリー叔父が使っていた――大きな暖炉があり下手な油絵が何点か壁に飾ってある――贅沢なほど広い寝室にスーツケースを運びあげ、楽な服装に着替えて、早めの夕食をとりに村へ行ってみることにした。

楽しいひとときが、サン＝ポンでは始まっていた。皺と褐色の陽焼けとでなめし革のような顔をした男たちが、仕事を終えた埃だらけの体でカフェのバーカウンターに並び、煙草の煙と同じ、まとわりつくような訛りのあるフランス語で陽気に賑やかに語らっている。マックスはリカールを注文し、生白い肌の余所者をひとり意識しながら、隅のテーブルについた。開け放したカフェのドアの外では男たちがペタンクの試合の真っ最中で、のんびりとした足取りながらも、なにやら大声でわめきつつコートを行き来するその姿がよく見えた。夕陽が広場に斜めに射しこみ、石造りの家々を蜂蜜色に染めている。カフェのジュークボックスは〈アズナブールの夕べ〉に徹して曲を流している。二十四時間前には窓からロンドンの灰色の空を眺めていたのが、にわかには信じられなかった。ここはどこか別の惑星ではないのか。しかも、そう、こちらのほうがはるかに快適な星と認めざるをえない。陽光あふれるこの地にも欠点があるとしたら、自家製ワインの味が期待はずれに終わったことと、ムッシュー・ルーセルがなにやら不機嫌なこと、それだけだろう。

ほんの数キロ離れた場所で、そのルーセルは苛々を抱えたまま夕食のテーブルに向かい、細君と熱論の真っ最中だった。筋金入りの悲観論者と長年連れ添いながらも未だかろうじて楽観主義者でいられるマダム・ルーセルは、実に見上げた女房というほかなかった。

「……問題になるのは目に見えてる」ルーセルは信じて疑わなかった。「変わってよくなったためしがない。おまけに、まだ若いときてる。きっとブドウの木をぜんぶ引っこ抜いて、あれをつくる気だ、アン・ゴルフ……」

「クスクスのお代わりは？　それとも、そろそろチーズにする？」

皿を差しだし、香辛料の効いた煮込み料理をもう一杯よそってもらいながらも、ルーセルはお先真っ暗な予言の連鎖を断ち切ることができないでいた。「……いや、ひょっとしたら、あの家をいま流行のホテルかなんかに改造して……」

「ホテルって？」

「ほら、古道具みたいな家具を入れて、揃いのベストを着た従業員が客を迎えるような、ちっぽけで気取ったホテルだよ。それとも、もしかしたら……」

「アー・ベ・ウイ！　ああ、そうね！　じゃなかったら原発でしょ、もちろん。ねえ、クロクロ、どうしてそんなことが言えるの？　まだ本人に会ってもいないわけでしょう。ひょっとしたら、前の旦那さんよりお金持ちで、ブドウ畑にもっと投資してくれるかもしれないじゃないの。あたしたちにそっくり譲ることだって、考えてくれるかもしれない」身をのりだして、マダム・ルーセルは夫の顎についたソースを拭いてやった。「どっちにしたって、行って、本人に直接会って、話してみなけりゃわからないでしょ、ノン？」ちがう？

ルーセルの呻き声はイエスとノーのあいだを行くような煮えきらないものだった。彼女は食い下がった。

「認めなさいな、あたしの言うとおりだって、クロクロ。ついでに、お願いだから、そんなひどい顔のまま行くのはやめて。行くなら、にっこり笑って、ね。手土産に一本さげて。それから、会ったら、姉さんの話をするのを、忘れないでちょうだいよ」

ルーセルは目を剝いて天井を仰ぎ、チーズに手をのばした。「忘れようったって、忘れられるもんかい」

酒を飲み終えたマックスは、カフェを出たところで足をとめ、しばしペタンクの試合に見入った。その昔、ヘンリー叔父が天気のいい日の夕方に砂利敷きの前庭へ出て、ポワンにティール、ラスパイユにソテ、といった用語の説明をしながら——意味は忘れても、音だけはしっかり覚えているのだから、不思議なものだ——正しい構えかた、投球法を教えてくれたことがある。いろいろあるが、選手の資質としてなにより大事なのは、口で相手に負けないことだな、とよく言っていた。口達者でなければまともには戦えないし、試合を楽しむこともできない、と。

ちょうどひとりが投げるところだった。両足を揃え、軽く膝を曲げ、眉根を寄せ集中して投げた球は、ふわりと長い必殺曲線を描いて二個の球を弾き飛ばし、小さな木の的球、コショネと髪の毛一本ほどのところで止まった。勝負あり、とマックスの目には映ったが、どうやらちがうらしい。とたんに激しい口論の火ぶたが切って落とされた。ミリ単位、何分の一ミリ単位で球とコショネのあいだの距離を測る必要が生じ、それも一度ではすまされず、結果が出れば文句がつき、当然のことながら再計測という話になる。声がますます大きくなり、肩がすくめられ、信じられん、と両腕を大きく広げる仕草が飽きずにくりかえされた。試合が先へと進む気配は、当分のあいだなさそうだった。マックスはその場をあとにし、広場を横切ってレストランへと向かった。

ファニーの店《シエ・ファニー》はタイル張りの床に籐の椅子が置かれ、テーブルクロスやナプキンは紙で、壁にはマルセル・パニョルの古いポスターが貼ってある、こぢんまりとした気取りのないレストランだった。それでも、この店にはふたつの秘密兵器があった——パリの有名店ラミ・ルイで修業し、然るべき腕を身につけたベテランの料理人と、どんな店でも繁盛させるには不可欠の目に見えない材料、アンビアンス——雰囲気づくりに長けた女主人のファニー自身である。

　雰囲気は食えるものではない、とはよく言われることで、たしかにそれはそうだが、料理がすべてかというと、そんなことはない。食事はいい気分でするもの、すべきものであって、冷たく、よそよそしい雰囲気においてはそれは不可能という事実を誰よりもよく心得ているのが、ファニーだった。この店に食べにくる客は——男性だけでなく、誰もがみな——愛されている気持ちになる。入ってくる客、帰る客みなにファニーはキスをした。相手の冗談にはかならず声を上げて笑った。体のどこかを触れ合わずには会話のできないたちで、しょっちゅう腕に手をのばしたり、肩をぎゅっと揉んだり、頰を軽く叩いたりした。なにひとつ見落とすことなく、忘れることなく、みんなお気に入りよ、という態度で接客していた。

　言うまでもなく屋敷の新しい持ち主の話は、その耳に伝わっていた。サン＝ポン住まいで耳のある人間なら、村役場で公に情報を仕入れるか、肉屋の内儀《おかみ》から聞くか、カフェの老人たちと世間話をするかして知っていることだった。広場を横切るマックスを見て、その足が自分の店へ向かっていることに、すぐにファニーは気づいた。鏡をのぞいてヘアスタイルと大きく開いた胸元をすばやくととのえると、彼女は外へ出た。

　マックスはプラタナスの幹に打ちつけられた木枠入りのメニューの検討に、すでに入っているところだった。

「ボンソワール、ムッシュー」こんばんは。

マックスは顔を上げた。「ハーイ。じゃなかった、ええと、ボンソワール、マダム」

「マドモワゼルよ」

「もちろん、失礼」ほんの何秒間か、ふたりは無言で笑みを交わし合った。互いにまんざらでもない様子、と傍で見た人は思ったことだろう。「早すぎるかな?」

いいえ、そんなことないわ。混みだす前の、ちょうどいい時間よ。ファニーは小さなテラスのテーブル席にマックスを案内し、グラス・ワインと艶光りした黒オリーヴの皿を置いて、メニューを手渡した。品数は少ないながら、見ればマックスの好きな料理ばかりが並んでいた——前菜はスライスしたズッキーニのフライ、野菜のテリーヌ、またはパテのなかから一品、メインは牛ステーキのエシャロットソース、鱒のロースト、鶏肉のブロシェットのうちから一皿選ぶようになっていて、チーズと、デザートには頼もしいお馴染みの二品、リンゴのタルトとクレーム・ブリュレが控えている。ミシュランの星はつかなくても客には魅力のシンプルなメニューだった。

注文を決めて椅子の背にもたれ、満足感に浸りつつ期待に胸膨らませながら、マックスは入ってきたばかりの四人連れを抱きしめるように迎えるファニーの姿を観察した。家系のどこかで北アフリカの血が混ざっているにちがいない。コーヒー色の肌や縮れたような黒い癖毛、褐色の瞳は、そう考えて初めて説明がつく。袖無しの窮屈そうなシャツが、ほっそりした首筋や潑剌とした胸を見事に際立たせていた。下はジーンズにエスパドリーユをはいている。脚もやはり腕や首のように長くてきれいなのだろうか、とマックスは想像をめぐらせた。

その視線に気づいて、ファニーはにこにこしながらテーブルへ寄ってきた。「アロール、ヴ・ザヴェ・ショワズィ？」さて、ご注文はお決まりですか？　向かいにすわり、メモと鉛筆を手に彼女は身をのりだした。

放っておくとあらぬ方向へ誘われてしまいがちな視線を懸命にメニューに釘付けにしながら、マックスはズッキーニとステーキ、それに赤ワインをカラフで注文した。

ファニーはそれを書き留めた。「ほかに、なにかご要望は？」

想像力をかきたてられる思いで両の眉を吊りあげながら、マックスはじっと彼女を見つめかえした。

「ポム・フリット？　グラタン？　サラッド？」ポテトフライや、グラタンや、サラダは？

食事を終えると、カルヴァドスと二杯目のコーヒーを前に、マックスは新たな人生の第一日目をふりかえった。夕食の味は申し分なく、夜風も暖かく心地よいとなれば、楽観論に際限なくかたむくのは当然のことで、期待はずれに終わったワインの質に少々問題がある点など気にはならない。あれはチャーリーに言わせるなら解決可能で、一方、ルーセルに対しては懐柔作戦を試みるなど慎重に対処していかなくてはならないだろう。けれども、ほかの面では、今日一日で明らかになったなにもかもに、勇気づけられていた――手入れさえすれば立派によみがえりそうな家、素晴らしい村、こしばらくはお目にかかれなかったほど素敵な女性ふたり。そして、たぶんなにより大事なのが、ここプロヴァンスでうまくやって行けそうだという直感、予感。少年の頃に授かったヘンリー叔父の言葉が、何年も前の記憶の奥底から浮かびあがってきた――なんでもないことで、これだけの時間を過ごし、これほど愉しめる場所は、世界中どこを探してもないぞ。いまに、おまえにもわかる。

勘定をすませ、チップをはずんだ。店はまだ混んでいたが、ファニーは接客の合間を縫ってテーブルにやってくると、おやすみなさいと言って、マックスの両頰にキスをした。彼女のいいにおいは、若い男の夢そのものだった。

「ア・ビヤントー？」また来てくれる？

マックスはにやりとして、うなずいた。「立ち入り禁止にしたほうが、いいかもしれないよ」

第五章

神様の目覚まし時計、朝陽が寝室の窓から射しこみ、ここ数年来絶えてなかった深い眠りからマックスは目を覚ましたが、その眠りが前夜ベッドに入るなり訪れたかというと、そういうわけではない。ロンドンでは子守歌代わりに遠い車の騒音が聞こえないことはなく、夜空も街の明かりを反射して常に薄ぼんやりと明るかった。田舎ではそれがまったき静寂に包まれ、正真正銘の夜の闇で、あくまでも深い。馴れるには時間がかかるだろう。意識半ばで自分がどこにいるのかわからないまま、両目を開けると、天井の梁と漆喰が見えた。窓辺では鳩が三羽、とりとめのないおしゃべりに興じている。空気はすでに暖かくなりはじめていた。腕時計を見ると、信じられないほどに遅い時間だった。プロヴァンスで初めての朝を祝うべく、マックスは朝陽を浴びてひと走りすることにした。

外国人の趣味や習慣、たとえばテニスなどは、サン゠ポン人にとってももはやお馴染みのものだが、人がただ走る光景は、生涯をブドウ畑で過ごす男たちの目をいまなお釘付けにせずにはおかない。のびすぎた枝の剪定に勤しむ数人が、おやと手をとめて、走りすぎるマックスを見守った。昼も近い暑さのなかで自発的に体を鍛えるなど、理解不能な自虐行為以外のなにものでもない。男たちは呆れたようにやれやれと頭をふって、上半身をかがめ、刈り込み作業を再開した。

マックス自身はハイドパークで走るより、はるかに楽に感じていた。何百台もの車の排気ガスの代わりに、甘く香しい空気を吸っているせいかもしれない。速度を上げ、胸に汗が垂れるのを意識しながら、背後に近づく車の音を耳にして路肩に寄った。

車はスピードを落としてマックスに並んだ。ちらと横目で見ると、巻き毛のファニーが大きくにっこりと笑っていた。先へまわって車をとめ、ファニーは助手席側のドアを開けた。

「メ・ヴ・ゼット・フ」馬鹿ねえ。そう言いながらも、首をちょっとかたむけてファニーはマックスの脚に見とれた。「乗って。村まで送るから。ビールが飲みたいでしょ」

ありがたい話だったが、心を鬼にしてマックスは頭をふった。「カルヴァドス酔いには、これがいちばんなんだ。イギリス人の性格は知ってるだろう。自分を痛めつけるのが大好きでね」

特異な国民性について一考し、肩をすくめると、ファニーは車を発進させ、走る彼の姿が小さくなる様子をミラーで眺めながらアクセルを踏んだ。変人揃いね、イギリスの男って。女の扱いを知らないのが多いんだから。もっとも、あの国の教育制度を考えるなら、それも驚くには値しない。以前、誰かに聞かされたパブリックスクールの説明によれば、男子生徒ばかり集めた学校で、風呂は水風呂、女の子の姿をちらと見かけることすらないというではないか。なんてつまらない生活でしょ。果たしてマックスは叔父の家に落ち着く気だろうかと考え、そう願っている自分にファニーは気づいた。サン＝ポンの独身男は、なにしろ数が限られている。

三マイル走ったところで、ファニーの申し出を断らなければよかったとマックスは後悔しはじめた。陽射しは脳天に狙いを定めているかのように強烈で、風はそよとも吹かず、暑熱がまとわりついてくる。家に帰り着いたときには体が溶ける寸前で、短パンもTシャツも汗びっしょり、ゼリーさながらの頼りない足で寝室への階段を上らねばならなかった。

シャワーは二十世紀後半につくられたフランスの配管設備の典型、不便を記念碑化したような代物で、蛇口からのびるゴムの臍の緒に付け忘れを免れた証といった程度の存在感でくっついているに過ぎなかった。手で持って使うタイプなので、体を洗うには空いたほうの手で石鹸を持って、あちこちごしごしやらねばならない。両手を使って、しっかり泡立てて洗うためにはシャワーはいったん下に置かねばならず、浴槽でのたうち湯を撥ね散らかすそれを回収し、体の各部位に順に当てて、やっと洗い流せるという具合だった。ロンドンでは、ただ立って浴びていればいいだけの話が、この地では曲芸師さながら持てる柔軟性を駆使して体を洗わねばならない。

　水浸しになったタイルの床にそっと足を下ろし、そのまま体を乾かしながらひげを剃った。洗面台のキャビネットをのぞくと、バンドエイドやアスピリンに混ざって、小さな壜にヘンリー叔父のオーデコロンが半分ほど残っていた。ずっと以前にロンドンはメイフェアの公衆蒸し風呂《ハマム》を訪れたときのものらしく、ラベルは紙幣さながらの凝ったデザインで、絹のドレッシングガウンを彷彿とさせる香りがする。少し手にとってつけ、髪を梳かし、オーゼ先生との昼食にふさわしい服装を選びに寝室へもどった。

　慎重を期すために彼女が選んだのは、詮索好き、噂好きのサン＝ポンの住民たちの目や耳に触れる気遣いのない、村から数マイル離れた山のなかにあるレストランだった。フランスの田舎では看板や道路標識がやたらと目につくことが多いが、おかげで店は難なく見つかり、約束の時間の何分か前には現地に着いていた。

　オーベルジュ・デ・グリーヴは建物はコンクリート二階建てのブロックハウス・スタイルだが、防御施設と見紛うようなその醜い外観は、長いテラスの一辺に枝を這わせた美しい藤の木によって見事に救われていた。地元のビジネスマンのグループと、中年の夫婦が一組、二組、小声で話しながらメニューをのぞきこんでいる。オーゼ先生の姿は見当たらなかったが、給仕によればいつもの席が予約してあるとのことで、案内されたテーブルからは、南へ向けてなだらかに広がるブドウ畑を一望することができた。

キールを注文すると、ラディッシュの皿と海塩もいっしょに運ばれてきて、メニューとワインリストを差しだされた。革表紙で綴じられたそれは厚みもかなりのもので、高価な銘柄がずらりと並んでいる。驚くまでもなく、ル・グリフォンの文字は見つからなかった。マックスは給仕を呼んだ。

「先日、知り合いに地物の赤を薦められたんだけどね。たしか、ル・グリフォンとかいったかな」

給仕はひとつも表情を変えずに言った。「ア・ボン？」さようで？

「どうなんだろう。旨いのかな」

給仕は上半身をマックスに向けてかがめ、声を落とした。「アントル・ヌ、ムッシュー」――ここだけの話ですが、と言って彼はそっと鼻をつまむ仕草をし――「ピピ・ドゥ・シャ」猫のおしっこですよ、とささやいて、マックスが理解するのを待った。「よろしければ、ほかにもっとお薦めのワインがございますが。夏ですと、オーゼ先生がお好きでよく召しあがるのは、ラ・フィギュイエールのロゼ。淡い色で辛口、ヴァールの産です」

「いいねえ」マックスは言った。「僕もそれにしようかと思っていたんだ」

オーゼ先生が到着すると、給仕は賓客並みの待遇であたふたと出迎え、テーブルに案内して椅子を引いた。今日はまた別の地味なスーツで、雰囲気ぶち壊しのブリーフケースを提げている。これはあくまでもビジネス・ランチと決めてかかりたいらしい。

「ボンジュール、ムッシュー・スキナー」

マックスは手を上げて制した。「どうか。マックスと呼んでください。僕もあなたのことを先生と呼びつづける気にはなれない。白髪に入れ歯の老人を、つい想像してしまう」

彼女はにっこりし、皿からラディッシュをつまんで塩をつけた。「ナタリーです。歯は本物の自分の歯よ」ラディッシュを齧り、ピンク色の舌で下唇についた塩をすばやく舐めとった。「話を変えましょう。家のなかは、なにも問題ありませんでした？そうそう、忘れないうちに……」ブリーフケースを開け、彼女はフォルダーをとりだした。「請求書がまだ何枚かあったの——家の保険に、ちょっとした電気工事の手間賃と、地元のワイン生産者協同組合から四半期の決算書」それをテーブル越しに滑らせてよこし、「ヴォワラ。これでぜんぶよ。もう驚かせるような連絡事項はないと思うわ。約束します」

マックスがなにか言う前に、給仕がアイスバケツとワインを持ってきた。ワインがグラスに注がれ、サラダに白身魚のフィレという軽い昼食の注文と社交辞令的やりとりも一段落したところで、ナタリーはルーセルとブドウ畑の関係を説明しはじめた。

プロヴァンスだけではない、ワインの生産地にはどこでも折半小作契約《メタヤージュ》というものがある。ルーセルとマックスの叔父は何年も前にこの契約を結び、ルーセルがブドウ畑の面倒を見る代わりに叔父ヘンリーが諸経費を負担して、できたワインを分け合ってきた。それが、ヘンリーが亡くなったいま、畑の所有者が変わったことでルーセルは動揺している。彼としては契約を更新したいが、マックスにその気がないのではないか、心配しているというのだ。

破棄することも可能なのか、とマックスが聞くと、ええ、それは、とナタリーは認めた。けれども現状を変えるのは容易ではないし、法律的にもおそらくややこしいことになるだろう、と。法律の専門家が誰でも好んでするように、ナタリーもそこで判例――実際に地元であった前例を持ちだした。もうだいぶ昔のことになるが意見の食い違いから、ある地主が契約を破棄しようとした。小作人は抵抗した。激しい言い争いが延々とつづいた挙げ句、小作人は契約更新を勝ちとって、いまなおブドウ畑の面倒を見ている。しかし両家の人間は一九二三年以来、互いにひとことも口をきいていない。

マックスはルージェと呼ばれる白身魚を口に運び、呆れたように頭をふった。「信じられない。それ、ほんとうの話なの?」

「もちろん。いくらでもあるわ、そうした例なら、昔から。土地や水をめぐる家同士の争いだの、身内の確執だの。兄対弟、父対息子。美味しいわね、この魚、どう?」

「最高だよ。そうだ、ひとつ教えてもらいたいんだけど。その、昨夜、家のワインを一本試してみたんだが——ル・グリフォンを——とても飲めたものじゃなかった。あなたがよく知っているここの給仕も、ひどいワインだと言っている」同情を求めて切りだしたのだとしたら、期待はずれだった。

ナタリーはただひょいと肩をすくめ、「残念《ドマージュ》ね。まあ、ここはメドックじゃないから」

「でも、そんなまずいワインでは、とても儲かっているとは思えない、でしょう?」

「私は公証人ですもの。わからないわ、ワインの商売のことは」

俺よりよっぽど知っていそうに見えるが、とマックスは思った。「僕が知りたいのは、こういうことなんだ。もし、それほどひどい出来のワインなら、ルーセルはどうして契約更新にこだわるんだろう」

ナタリーは皿に残ったソースをパンで拭った。「それが生活になっているからよ。

二十年来続けてきた仕事ですもの、いちばん楽なんでしょう」そして身をのりだし、「要はね、土地の人間はみな、変化を毛嫌いしているということ。慌ててしまうのよ、どうしていいかわからなくて」

マックスは降参するように両手を上げた。「わかった。彼がブドウ栽培を続けたいというのなら、こちらに異論はない。でも、どうせなら、もう少し質のいいワインを造ってもらいたいね。所有者の意向としては当然のことですよ、でしょう?」いったん言葉を切り、チャーリーが使っていた用語を思い出そうとした。「具体的に言えば、こういうことなんだ。誰か専門家を呼んで、畑を見てもらいたい。エノロジストに」

その言葉をマックスが口にするが早いか、ナタリーは目の前で人差し指をふった。母国語を愛するがゆえ外国人の妙なまちがいはどうしても正さずにはいられない、フランス人お決まりの仕草である。「エノローグ」

「そう、それそれ。ワインのドクター。この辺にも、たくさんいるんでしょう」

しばし口をつぐんで、ナタリーはかすかに眉を曇らせながら、グラスのなかのワインを見つめた。「さあ、どうかしら。ルーセルは、なんていうか……脅されているように思うかもしれない。信用されていないのか、と。彼だって、ほかの人と同じだと思うのよ。自分の仕事に口を挟まれるのは好きじゃない。気を遣うところだわね。ワインやブドウ畑が絡む問題は、常にそうだけど」問題の複雑さを考えて、彼女は頭をふった。

フランス人になったつもりでマックスも肩をすくめてみせた。「だけど、ですよ。ワインの質がよくなれば、彼の収入だって増えるかもしれないんだ。むずかしく考えることはない。損はないはずだと思うけどな、彼にとっても。いずれにせよ、もう決めたことです。僕は、そうするつもりでいる」

即答を迫られたナタリーに助け船を出すがごとく、給仕があらわれてテーブルの上の皿を片づけ、チーズ・ボードにのった各種チーズを片端から褒め称えて、特に山羊チーズのバノンは原産地統制呼称を獲得したばかりですよ、とその美味しさを強調すべく指先にキスをしながら説明した。邪魔が入って、却ってナタリーは踏ん切りがついたらしい。「ボン」いいわ、と彼女は言った。「もし、それがそちらのご要望なら、知り合いに聞いてみましょう。波風立てずにさりげなく様子を見てもらえるような人が、誰か見つかるかもしれない」

「素晴らしい」小さな勝利をひとつ手にしたような気がして、マックスは椅子の背にもたれた。「ついでに、もうひとつお願いして、いいですか?」

額の皺は消え、ナタリーは笑みを浮かべていた。「お願いの中身によるわね」

「屋根裏部屋に家具調度の類がいろいろあるんですよ。どれも古いものだけど、ひとつ、ふたつ、売れそうなのが、なくもない。うまい具合に処分できれば、諸経費の支払いにまわすことも可能だし。ひょっとして、信頼できる骨董商をご存じないですかね」

席について初めて、ナタリーは声をたてて笑った。「そりゃもちろん」彼女は言った。「ついでにサンタクロースとも知り合いよ。ご紹介しましょうか？」

「やっぱり。そんな気がしたんだ、なんとなく」マックスは残ったワインをグラスにあけ、「つまり、信頼できる骨董商なんて、この世にいるわけがない、みな油断のならない悪党だと？」

当たり前でしょう、と言わんばかりにナタリーは唇を尖らせた。「まずは、そう、日曜にリル＝シュル＝ラ＝ソルグへ行ってみることね。パリの次に骨董商の多いところだから。信頼できそうな顔がいるかどうか、探してみたらどうかしら」その助言にマックスは大きく息を吸い、頭をふった。ナタリーは不思議そうな顔をした。「どうしたの？」

「いや、その。見れば、わかるでしょう。僕はこんな世間知らずのお人好しだ。おまけに外国人、異国の地にひとりときてる。ものの五分で身ぐるみ剝がれてしまいますよ。土地の誰かよく知った人が子守役についてきてくれないかぎり、とてもじゃないけど、そんな場所へは出かけられない」

期待されている役割に未だ気づかぬまま、ナタリーはうなずいた。「誰かいそう？

そういう人」

「そこがまた問題なんだな。いないんですよ、誰も、知った人間は、あなた以外」

「じゃあ、どうなさるおつもり?」

「僕のこの大いなる魅力と美味しいランチの約束で、引き受けていただけるとうれしいんですけどね、案内役を。いくら公証人の先生でも、日曜日まで仕事、ということはないでしょう?」

ナタリーは頭をふった。「日曜は仕事はしません。知り合いとお昼を食べることは、あります。ふつうの人とよく似たところがたくさんあるんです、公証人には。お気づきになりませんでした?」

マックスは一瞬ひるんだが、「言いなおしたほうがよさそうだな。もし日曜にあなたがいっしょに来てくれたら、僕はプロヴァンス一幸せな男になれるんですけどね。もちろん、なにもほかにご予定がなければ、の話だけど」

昼食はこれでおしまい、さあ行かなくては、という意思表示にナタリーはサングラスをかけた。「ないわ、特に」

レストランからの帰り道、マックスは二度ハンドルに突っ伏して意識を失いそうになり、そのたびにはっと目を覚ました。前方の道路は陽炎に包まれて眠気を誘うようにゆらめき、車内の温度は摂氏三十度を超えて、家に辿り着いたときには、さあ、二階へ行って横になり目を閉じるんだ、と昼食時に飲んだワインがしきりに耳元でささやきかけていた。

その言葉に従うにはなぜか抵抗があって、学生時代に歴史科のファーネル先生から幾度となく聞かされた言葉を思い出しながら、マックスはにやりとした。ファーネル理論によれば、シエスタ、つまり昼寝は有害にして自堕落な外国人の習慣にほかならず、それに意志を吸いとられて彼らの文明は衰退した。昼食のあとに眠る習慣のないイギリス人はその隙に領土を拡張し大英帝国を築きあげることができたのである。以上、証明終わり。

けれども家のなかはひんやりとして心地よく、やむことのない蟬の鳴き声もセレナードを聴くようで心安らぐ思いがする。マックスは図書室へ行って、棚から本を一冊手にとった。三十分ほどを読書に費やして、それから午後の仕事にかかるとしよう。古びた革張りの安楽椅子に腰を下ろして開いたのは、E・I・ロブソン著「プロヴァンスの旅人」――初版は一九二六年の擦りきれた書物だった。冒頭からいきなり、プロヴァンスは「残虐な略奪者」によって侵略されつづけてきた、という記述が目に入り、ほう、とマックスは興味を持った。なかなかおもしろい話の展開になりそうだったが、残念至極、ほんの二ページを読破することさえできなかった。

雷鳴さながらの音を耳にして目を覚まし、それから気づいた――いいや、誰かが玄関扉を蹴破ろうとしているだけらしい。眠気を追いやるように頭をふって、マックスは扉を開け、相手の顔をまじまじと見つめた。赤銅色に陽焼けした男が、水色の頭の犬を連れて立っていた。

第六章

男ふたりはしばし見つめ合い、それからルーセルのほうが来る途中で予行演習を重ねてきた笑顔を見せ、肉付きのいい手を差しだした。

「ルーセルです。クロード・ルーセル」

「スキナーです。マックス・スキナー」

ルーセルは足下に向けて顎をぐいとしゃくった。「こいつはうちの飼い犬の、トント」

「なるほど、ルーセルに、トントね」マックスがかがんで犬を撫でると、青い埃が舞いあがった。「いつもこんな色をしているの？　変わった犬だなあ。初めて見るよ、青いテリアなんて」

「畑に薬を撒いてましてね、そしたら風向きが急に変わって……」ルーセルがひょいと肩をすくめた隙に、トントはマックスの横をすり抜けてキッチンへ向かった。

「まあ、どうぞ」マックスは言った。「お入りください」ルーセルは平たい帽子を脱ぎ、マックスについて家に入った。

ふたりがキッチンに入ると、小さくても見くびるな、とばかりにトントがテーブルの脚に洗礼をほどこしているところだった。ルーセルが怒鳴ってしきりに謝り、こう言い添えた。「旦那が気に入った証拠ですよ」

濡れた床にマックスは古新聞を広げた。「気に入らないと、どうするわけ？」

ルーセルの笑顔は、それとはわからないほどに揺らいだだけだった。「はっはー、ル・サンス・ドゥ・ルムール・アングレ」イギリス式ユーモアってわけですか。

「私の仕立て屋は裕福《マイ・テイラー・イズ・リッチ》ですってね？」

なぜ英語というとフランス人はみなその一文を持ちだすのか、なにがそんなに可笑しいのか、かねてから不思議に思ってきたマックスだが、いっしょに笑ってすませることにした。ルーセルにはどこか憎めないところがあり、愛想よく接しようと努力している様子が手にとるようにわかった。

力になろうとしていることも。「そういやあ、配管ですが」と彼は切りだしてきた。「井戸の水位が低いときは、ちょいと厄介なことになるかもしれません。なにせ造りが古いもんで、叱咤激励してやらないと。それから浄化槽にもちと問題《イストワール》があって、ミストラルが吹くと、気まぐれを起こす可能性がある」ルーセルはややうつむき、陽に焼けて色褪せた太い眉を寄せて、上目遣いにマックスを見ながら小鼻を軽く叩いた。どう考えても、ありがたくないイストワールのようだ。

「どれも、ここ何年かは、あたしが面倒見てきたんです、スキナーの旦那の眼が悪くなってからは」ルーセルは敬虔な信者の顔つきになり、故人の名を口にして十字を切った。「アン・ブレ・ジェントルマン」正真正銘の紳士でいらした。「親しくさせていただいてましたよ。父と息子のように」

「あなたのような人に面倒を見てもらえて、よかったですよ」応じながら、マックスは脚にしがみつき求愛行動を始めたトントを振り払おうとした。

「ベ・ウイ。まるで親子同然のつきあいというか……」そこでなにか思い出したようにルーセルは身をかがめ、テーブルの天板に人差し指を這わせた。放ったらかしにされていた空き家になぜ埃が、とでも言いたげに、彼は目を丸くした。「ちぇっ《ビュタン》。見てくださいよ。こりゃあ、いい家政婦《ファム・ドゥ・メナージュ》に頼んで、きれいに掃除してもらわなくちゃ」

ルーセルは汚れた指先をマックスに見せ、はたと掌で自分の額を叩いた。「そうだ！　マダム・パスパルトゥに頼みゃあいいんだ、うちの義理の姉に」それ以外考えられない、と言わんばかりにテーブルを叩くと、よけい埃が舞いあがった。

マックスはトントといっしょに小首をかしげ、ルーセルを見た。

「部屋を駆け抜ける姿は紛れもない人間竜巻。いかなる塵や埃もあとには残らない。その几帳面な仕事ぶり。汚れと見るやはらい清める。サッ、パッ！」

「教会も顔負けだね。でも、その人、ほかに……」

「メ・ノン！　いまはちょうど手があいてるんです。明日からでも来られるはずです」

早いに越したことはない、とルーセルは内心つぶやいた。いい義姉なのだが、野放しにしておくと、これがちょいと厄介で、いつも訪ねてきてルーセルの家のなかで動かせないものは片端から磨いてまわり、模様替えをし、美しく見映えよく、と整理整頓に励んでくれる。いちばん片づけたいのは、きっとこの俺だろう、と思うことがルーセルにはたびたびあった。

ルーセルとよい関係を築きたければ、マダム・パスパルトゥとやらに来てもらうほかないだろう、という結論に達して、マックスはうなずいた。「それはありがたい。掃除はどうしようかと思っていたんだ」

気に懸かっていた交渉を無事まとめあげることができて、ルーセルはにっこりした。マダムも女房も大喜びだろう。「お近づきのしるしに、なにかお祝いをしなくちゃ」そう言って、ルーセルはキッチンを出ていった。「待っててください」

トントがマックスの脚相手に求愛行動を再開した。どうして小型犬は人の脚と見ると興奮するのか。小作りの男が背の高い女性を好むのと、なにか関係があるのだろうか。いや、ひょっとしたらトントはこれまでイギリス人の若い男の脚に出会ったことがなかったのかもしれない。二度目で振り払うことに成功し、代わりにバゲットの切れ端を与えて追いやった。

もどってきたルーセルは酒を一本マックスに差しだした。「マール・ドゥ・プロヴァンス」プロヴァンスの滓とりブランデー。「自家製です」ラベルのない壜には油のようにとろりとした薄茶色の液体が入っていた。長旅に耐える類の酒であるよう、マックスは祈った。グラスに注いで、男ふたりは乾杯した。燃えるような強烈なひとくちめで潤んだ目を拭いながら、マックスが思い出したのは、貯蔵庫で試飲したやはりひどい味のワインだった。「ひとつ聞かせてくれないか」マックスはルーセルに言った。「うちのワインをどう思う、ル・グリフォンだけど」

こびりついたマールで唇が腫れないよう、ルーセルは手の甲で口を拭った。「ユヌ・トリスト・イストワール」あいにくな話ですがね。「ちょいとナイーブで、未熟で、切れ味に欠けるかもしれない」そこで言葉を切り、頭をふって、にやりとした。「いや、正直に言いましょう。それどころじゃない。口の悪い連中はみんなけなしてますよ。まずいコーヒーと同じで飲めたもんじゃないってね。いずれにせよ、なにか物足りないところがある」もうひとくちマールをすすると、ルーセルは溜息をついた。「ブドウの手入れが悪いんじゃありません。見てください、畑を。雑草一本生えてやしない。うどん粉病《オイデューム》にかかった葉も一枚もない。子どものように毎日、世話してやってますからね。そう、育て方が悪いんじゃない」ルーセルはそこで片手を上げ、人差し指、中指と、親指を擦り合わせて見せた。「金の問題ですよ。木はどれも古くて、株自体が弱ってる。もう何年も前に植え替えてなきゃならないとこなんですが、前のスキナーの旦那は、これ以上の投資は不可能だとおっしゃって。悲しいかな、ひどいワインしか造れなかった」グラスを見つめ、ルーセルは頭をふった。「あたしに奇跡《エラース》は起こせませんからね。いい卵がなきゃ、旨いオムレツはつくれない」

ブドウ畑からいきなりオムレツが登場してマックスは面食らったが、気をとりなおして話をブドウへともどした。「だいじょうぶ、それについては、いい知らせがある。人を呼んで、見てもらうつもりなんだ、木の状態やらブドウの出来やら、くわしく。エノローグに」

グラスを見つめていたルーセルは、えっと驚いて顔を上げた。「どういうことですか?」

マックスは両手を上げ、目の前の空気を撫でるような仕草で、相手の気持ちを落ち着かせようとした。「いや、別にいまのあなたの働きぶりについて、どうこう言おうというんじゃない。よくやってくれているのは、わかります。ただ専門家のアドバイスを受ければ、質の改善にかかる費用の中身もはっきりして、こちらも投資する決心がつくと思うんですよ。そうすれば、いいワインができて、お互いのためになる。理不尽な話じゃないでしょう?」

　とても納得できない、という不満げな表情をありありと浮かべながら、ルーセルはマールの壜に手をのばした。

「オーゼ先生にもそう話したんですよ。いい考えだと彼女も言っていた」マックスはつづけた。「実は誰か紹介してもらうよう、彼女にもう頼んであってね。ワイン業界にも知り合いはいるらしいから」

　それを聞いて、ルーセルはようやく同意する気になったらしい。ぐいとあおったマールは狙い違わず喉に流れこんで、腹にパンチを食らったボクサーのように、彼は呻いた。「ま、考え方としちゃ、悪くないかもしれないな。なに、いきなりの話で面食らっちまって。セ・トゥ」それだけのことです、とルーセルは額の、いつも帽子をかぶっているあたりだけ白く筋になった赤ら顔をマックスへ向けた。「ということは、ブドウ園はつづけられるおつもりなんだ。そいつはよかった。料理はなさるんですか、ところで」

　マックスは頭をふった。「ベーコン・エッグならできるけどね。典型的なイギリスの朝食。あとはだめだな」

「来週にでも、夕食にいらしてくださいよ。女房は野生のイノシシの煮込み《シヴェ》が得意で

——血と赤ワインで煮込む昔ながらのやつです。イギリス料理とは、だいぶちがいますぜ」帽子をかぶりながら、ルーセルはにっと笑った。「みんなよく言いますよ。イギリス人は肉を二度殺す——まずは鉄砲で、次に料理でってね。ドロール、ネス・パ？」おかしいでしょう、え？

「笑えるね、大いに」マックスは応じた。「さっきの、仕立て屋の話に負けず劣らず愉快な冗談だ」

堪えきれず大笑いしながら両肩を揺するルーセルを見送るべく、マックスは外へ出た。これは案外うまくやっていけそうだと、互いに感じていた。

屋敷をあとにし、しばらく車を走らせてから、ルーセルは電話をかけた。「エノローグを連れてくると言ってる。あんたに紹介してもらうことになったって。ほんとかい、そりゃ」

ナタリー・オーゼは苛立たしげに机を指で叩きながら、腕時計に目をやった。たまには早く事務所を出ようと急いで仕事を片づけたのに、ルーセルの手を握って、安心させてやらねばならないらしい。「そのとおり。心配する必要ないわ。畑はだいじょうぶよ。あなたの仕事に変わりはないはずだから」

「いや、どうだか。ひょっとして……」

遮るようにナタリーは言った。「ルーセル、いいから信用して。誰か話のわかる人を、ちゃんと紹介するつもりだから」

「ほんとに？」

「ええ、ほんとに。さ、もう行かなくちゃ」

切れてしまった。ルーセルは電話を見つめ、ひょいと肩をすくめた。ナタリー・オーゼがすべて心得たうえで行動しているよう、祈るしかなかった。

マールのグラスを洗うと、きつい、強烈なにおいが鼻をつき、その粗悪な味を思い出さずにはいられなかった。夜これを飲んだ日には、脳障害を起こしかねないのではないか。流しにぜんぶ捨ててしまおうかとも思ったが、持ってきた本人のためにとっておくことにした。また訪ねてくるだろう。さきほどやりとりした限りでは、好感の持てる男で、それは非常に幸いなことだった。都会では隣人といってもエレベーターにたまに乗り合わせる程度だが、田舎ではその存在が日々の生活のすべてを左右しかねない。仲良くつきあうに越したことはなかった。

翌朝あらわれるであろうマダム・パスパルトゥのことに頭を切り換え、マックスは部屋を順に見てまわって、どこから掃除してもらおうかと考えた。それともルーセルのワインといっしょで、口を挟むのを慎むべきか。仕事の進めかたは本人に任せたほうが、波風が立たなくていいかもしれない。やるべきことは山ほどある。埃と虫の死骸に覆われて壮観というほかないグランドピアノの横で、マックスは足をとめた。銀せ古ぼけて見えた。もっとよく見ようと手にとったそのとき、擦りきれたビロードの背板がはずれて、奥にもう一枚、写真がのぞいた。叔父ヘンリーの過去の生活、知られざる一面が、そこに浮かびあがった。

　二枚目に写っているのも叔父ヘンリーで、ただし、かなり若い頃の写真だった。トラックのような車の横に立ち、ブロンドの美女の肩に腕をまわしている。腰をぴったりと寄せ合った恰好で、カメラに向かって微笑み、叔父ヘンリーの胸に当てられた女性の片手がさりげない独占欲を物語っていた。ふたりの仲が親密であることは疑いようもない。

　細部に目をやった。服装からすると、夏に撮ったものらしい。が、トラックの型から判断して、場所はたぶんフランスではない。明るい窓際に持っていくと、さらに細かな部分までが明らかになった――女性の手には結婚指輪、トラックのラジエーターにはシボレーのマーク、そしてぼやけてはいるが、たしかにカリフォルニアのライセンス・プレートが写っている。叔父ヘンリーは、カリフォルニアでブロンド美女といったいなにをしていたのだろう。やるじゃないか、叔父さんも。

第七章

翌日も快晴の眩しい朝を迎え、マックスはまたひと走りして、湯を撥ね散らかしのたうつシャワー相手に曲芸を演じた。短パンとTシャツに着替え、昨日のパンはまだ食えるだろうかと考えていたところへ、家の前に車のとまる音が聞こえ、呼びたてるようなクラクションが三回鳴った。

階下へ下りて玄関のドアを開けると、派手な色の布地に包まれた逞しい二本の脚が、中古ながら磨き抜かれたルノー5の後部座席からのぞいていた。脚の持ち主は上半身も車内から引き抜いてまっすぐに立つと、手に持った掃除機とポリバケツを地面に並んだモップやらブラシその他の掃除道具の横に置いた。マダム・パスパルトゥのおでましである。

「あら、ごめんなさい、驚かせてしまったかしら?」彼女はマックスの手を握り、胴体からもぎとらんばかりに上下に勢いよくふった。「いいえね、せっかくなら朝食を召しあがる前に、と思ったものですから」車にとってかえし、彼女は紙袋を持ってきた。「ヴォワラ。さあ、温かいうちにどうぞ」

マックスは礼を言い、クロワッサンを胸に抱えたまま、(昔とはすっかり変わってしまった)フランスパンおよび(あってはならない)パン屋の娘のモラルの低下についていきなり現状報告を始めたマダム・パスパルトゥの話に耳をかたむけた。返事は特に期待されていないようだった。掃除道具をキッチンへ運ぶマダムを手伝いながら、新しい生活に加わった、このおしゃべり台風のような女性の様子を、マックスはそれとなく盗み見た。

おそらく五十代前半だろうが、その年で肉付きもいいわりには、若かりし頃の服にまだ大いに未練があるらしい。タイトで派手なのがお好みのようで、オレンジ色のタンクトップとターコイズ・ブルーのレギンスを窮屈そうに身につけ、驚くほど小さな可愛らしい足には真っ白なテニスシューズをはいている。黒髪は男のように短く刈りこみ、好奇心に焦げ茶色の瞳をきらめかせながら、彼女はキッチンを見回した。

そして、すっと大きく息を吸ってから、「オ・ラ・ラー! メ・セ・タン・ボルデル」まあ、ひどい散らかりようだこと。「老人のひとり暮らしじゃ、無理もありませんけどね」両手を腰に当てて立ち、不満をあらわに彼女は唇をきっと結んだ。「せっかく若い男前の家主さんが引っ越してらっしゃるのに、これじゃいけないわ。なにもかも、埃だらけじゃありませんか！　ネズミだって、きっといるにちがいありません！　もしかしたらサソリも！　ケル・オルール」ああ、恐ろしや。コーヒーを淹れるべくやかんを火にかけ、カップと受け皿と皿一枚を食器棚からとりだすと、マダムは疑いの目でよくよく調べてから、流しですすぎにかかった。呆れたように頭をふり、舌打ちしながら、埃だらけのテーブルを拭いて、マックスにすわるよう彼女は言った。

朝食の準備を誰かにしてもらうなどマックスには初めての経験で、このうえなく愉快だった。クロワッサンを食べ、コーヒーを飲むあいだじゅう、マダムのおしゃべりはつづいた。すべてお任せください、（サソリ避《よ》けに有効な）ラヴェンダーのエッセンスから家具磨きからトイレットペーパーに至るまで――一般家庭ではふつうピンク色ですけど、ムッシュー・マックスのお好みは、きっと洗練された白でしょう、ええ、もちろん――なにもかもこちらで揃えて差しあげますので、心配はご無用。話しつづけながら戦闘開始に向けての準備も怠りなく、まずは料理用レンジ、これはフランス革命以来一度も掃除をしていないようだわね、とプロの目でマダムは厳しい評価を下した。

「ボン」さあ、これでよし、と最後に彼女はレギンスと色もお揃いのゴム手袋をはめた。「お昼には見ちがえるようになっていますよ。さ、どいてどいて。そこに居座られたんじゃ仕事になりませんからね。アレ！」行った行った！

学生時代にもどって、優しさと厳しさを兼ね備えた寮母の世話になりはじめたような、そんな気分に浸りながら、喜んでマックスはその言葉に従った。絶え間ないおしゃべりの音量を下げる手段さえ見つかれば、これほど頼もしい人もいないかもしれない、そう本能的に感じさせるものをマダム・パスパルトゥは持っていた。

前日の夕方ルーセルがいきなり訪ねてきたせいで、土地を見回るつもりでいたのをマックスは忘れていた。新たに地主となったからには、やはり隅々まで自分の目でたしかめておきたい。マダムにキッチンから追いだされたおかげで、出かける決心がついた。オーゼ先生から手渡された書類にはプラン・カダストラル——地籍図が含まれており、屋敷を囲む二十ヘクタールの土地が区画ごとに番号入りで、詳細に記されている。その地籍図を持って外へ出、前庭にしばし佇んで蝉の鳴き声や鳩のおしゃべりに耳をかたむけると、毛布をかけられたように体が真夏の昼の暑さにじんわりと包まれていくのがわかった。

初めてルーセルの姿もトラクターも見当たらず、ブドウ畑は——それが紛れもない自分のブドウ畑であることを思い出して、うれしさにぞくりと鳥肌が立った——緑の海さながら、なだらかに四方に広がっていた。家の裏手には、のび放題で姿の乱れたイトスギに挟まれて細い道が一本、テニスコートまでつづいている。その昔はやたらと広く、ネットも高く感じられたものだが、いまはみすぼらしいただの空き地も同然で、ネットはだらりと垂れさがり、白線は石灰が消えてほとんど見えなくなっていた。ブドウ畑の畝間を歩くと、一歩踏みだすたびに土埃が舞いあがった。土地は瘦せて乾いて、ひび割れていたが、木は元気そうで、房があちこちに垂れ、まだ薄い色の小さな粒を実らせている。かがんで二粒もぎ、口に入れた。苦くて種ばかりだった。陽に当たり、汁気をたっぷりと含んで大きくなるには、まだあと数週間、飲めるワインになるまでにはさらに何年もかかることだろう。ワイン生産者に課せられた忍耐がどういうものか、わかるような気がしてきた――忍耐と、天候の良し悪しという運。そして、エノローグ。ナタリー・オーゼは誰か頼りになる専門家を見つけてくれただろうか。

すでに母屋から数百メートル離れたそこには、低い石垣で囲まれた一画があった。地籍図と照らし合わせると、石垣の向こうはもうよその土地らしい。ほかの区画がどれも平坦であるのに対し、この一画だけは東向きのなだらかな斜面が道路までつづいていた。

石垣を飛び越えると、土がまったくちがっていた――というより、ほとんど土がないのである。ほかはどこも砂混じりの粘土質だったのが、この畑は石ころだらけで、表面は石灰岩のかけらのような礫に覆われ、陽光に白くきらめいて、触れると温かい。地面そのものが熱を帯びている。どんなにたくましい雑草でもここで養分を見つけ、はびこっていくのは不可能なように思われた。が、ブドウは元気で葉が青々と茂り、小さな実も順調に育っている。なぜこのような過酷な環境でもブドウは育つことができるのか、エノローグに会ったら聞くのを忘れないようにしよう、とマックスは頭の隅に書きとめた。

家へもどろうと回れ右したちょうどそのとき、ポケットのなかの携帯電話が振動した。電話に出ながら石垣に腰かけると、蓄積された熱がコットンの短パン越しに伝わってきた。

「どうだ、そっちの天気は？」北と南でやりとりするさい、決まって最初に出てくる質問を口にしながら、チャーリーはいかにも羨ましげだった。

「ああ、例によって例のごとくだよ。絵葉書を送ろうと思っていたところだ。天気は残念、きみがいなくて最高——なんてね。そうだな、気温は摂氏三十度、快晴ってとこかな。ロンドンはどうだい？」

「聞いてくれるな。足に水かきが生えそうだぜ。それより、おい、一日か二日、休みをとって、そっちへ遊びに行けそうだよ、今月末には。超豪華物件の将来に関する国際シンポジウムがモンテ・カルロで開かれるんだ」チャーリーは電話の向こうでふんと鼻を鳴らし、「どうせ阿漕《あこぎ》な連中が集まって、手にあまる物件をいかにしてロシア人に売りつけるかって、そんな話だろうけどさ。いずれにせよ、ビンガム&トラウトを代表して俺が行くことになったから、会議が終わったら、車でそっちへ回れると思うんだ、地主様のお城を見に」

「そりゃいいや、チャーリー。楽しみにしてるよ。きっと気に入ってもらえる。下働きたちに準備を命じておくよ」

「ああ、頼む。ブドウ園のほうはどうなった？　専門家に見てもらう話は、うまくいったか？」

「うん、実はそっちの方面に知り合いがいるという人と、明日の日曜にまた会うことになってるんだ。期待していいんじゃないかな」

「なるほどね。で、今日はなにを？」

「いまちょうど畑に出て、ブドウの様子を見てたところだよ。少し勉強しないと。あとは庭にもどって、片づけをして。それから村へ行って昼ごはんかな。まあ、はっきり言って、忙しさとは無縁だね」

「マックス？」チャーリーの声に真剣みが漂った。「覚悟して聞くぞ。そんなにいいか、やっぱり、そっちの生活は？」

マックスはブドウ畑越しにリュベロン山、さらには果てしなく広がる紺碧の空へと目をやり、スーツや会議や会社での面倒な上下関係、駆け引き、交通渋滞や大気汚染とは無縁の暮らしを思った。「最高だよ、文句なしに」

「ちくしょう、運のいいやつめ」

午前中、残りの時間を費やしてマックスは納屋の道具類を整理し、石造りの水盤の排水口を掃除し、庭を以前の優雅な状態にもどすにはどうすればよいか考えた結果、とりあえず買い揃えるべき物のリストをつくることにした——除草剤、たしかグラン・ドゥ・リの名で売られているはずの小砂利をトラック一台分、剪定鋏に、レーキ。自分ひとりで家を持った経験などなく、しかもこんな大きな田舎家を管理するのは初めてのことだが、細々とした単純作業はとても楽しかった。両手には古びた池のなにやら生臭いにおいがこびりつき、排水口の掃除で黒く汚れただけでなく、折れた太枝を何本も暖炉の薪用にと納屋にひきずりこんだせいで、マメまでできかけている。忘れないようにと、マックスは鋸を買物リストに加えた。

「プシェール！　まあ、なんてことでしょ、もう。こんな陽射しのなか、帽子もかぶらないで」マダム・パスパルトゥがキッチンから出てきて、人差し指をふりたてた。「脳みそをグリルなさりたいんですか」

またもや寮母に叱られる男子生徒になった気分だった。これで朝から二度目である。急いで帽子もリストに書き加えた。

　時刻はすでに正午で、マダム・パスパルトゥは昼食をとりに家へもどるところだった。その前に、中へ入って、努力の成果のほどをたしかめてほしいと頼まれた。感嘆の声、感謝の言葉を口にしつつ、新品同様の料理用レンジやぴかぴかに磨きあげられた銅のソースパン、塵ひとつ落ちていないタイルの床などを、マックスは見てまわった。なにもかもが、実際、見ちがえるようだった。

「午前中だけで、これをぜんぶ掃除したの？　たいしたもんだなあ」

　得意げな顔を見せたのも束の間、マダム・パスパルトゥはすぐに謙遜して言った。

「ボフ！　なんの。まだまだ、これからですよ、仕事は。ま、これなら家で食事をしても、どうにか食中毒にはならずにすむでしょうけど」そこで非難がましい、厳しい視線をちらとマックスに向け、「食べるものがまともにあれば、の話ですけどね。ないじゃありませんか、ネズミの餌ほども。冷蔵庫も棚も空っぽ。お昼はどうなさるおつもりです？」

「ああ、村のカフェにでも行こうかと思ってるんだ。ステーク・フリットとか、そんなのを食べに」

　マダムはまた人差し指をふりたてた。「アタンシオン」気をつけて。「ステーキは牛肉と銘打っていますけど、そうじゃない。あれは馬肉ですよ。オムレッにしておいたほうが無難です」そう忠告して、午後にもどる約束をすると、マダム・パスパルトゥは車で走り去った。

マックスはシャワーを浴びて身支度をととのえ、玄関の鍵を前庭のゼラニウムの鉢の下に置いて、車で村へ向かった。途中でカフェのオムレツよりもっとしっかりしたものが食べたくなり――思えばプロヴァンスへ来て以来、腹を空かせてばかりいるような気がする――ファニーの店で食事をすることにした。

残念ながら、その願いはかなわなかった。デゾレ、デゾレ、ごめんなさい、ほんとに、ごめんなさい、とファニーはマックスの腕を掴み、その目をのぞきこむようにして謝った。今日は土曜日、毎年この時期にはよくあることで、店は結婚披露パーティーのため貸切なのだという。肩を落とし、マックスはカフェへ向かった。

結果的にはオムレツもボリュームたっぷりで、ふんわりと焼きあげられ、中身はとろりとして申し分なく、サラダは新鮮でドレッシングとよく絡み合い、カラフで頼んだロゼワインの冷え加減も上々、すっきりとした味わいで満足のいくものだった。カフェの外のテーブル席は、広場を挟んだ向かいでくりひろげられる結婚披露宴を眺めるにはうってつけだった。

気取ってよそよそしく、行儀良くふるまうパリっ子を見ればフランスの国民性がわかる、と思いこんで育った人間には、陽気に浮かれ騒ぐフランスの田舎の人々の姿は、ひとつの驚きだろう。ファニーの店の招待客は、主として若い男女に子どもや年配の大人がちらほらと交じる程度だったが、声の様子からして、ひとり残らず存分にワインを飲んでいることはまちがいなかった。笑い声が弾けて広場のこちら側まで転げるように響き、ときおり聞こえるスピーチにはかならず合いの手や拍手喝采が入り、かと思えば「バラ色の人生」が大音響で流れてくる。これは最初、年配の男性客が立ちあがって花嫁の肩を抱き、ひとりで歌いだしたところが、シャンパン・グラスを持ったもう一方の手で大きく指揮するうちに全員が加わって、しまいには大合唱となったのだった。

エスプレッソとカルヴァドスを前にくつろぐうち、まるで安定剤が効きだすようにマックスは満ち足りた気分になっていった。まだ一度も寂しいと感じていない。そのうち、そういうときも来るのだろう。けれども、いまは紺碧の空高く輝く太陽のもと、胃の腑は満ち足りて、明日のナタリー・オーゼとの約束を胸に、世界は平和そのもの、不満はひとつとしてない。太陽を仰ぎ、眩しい光に目をつぶり、マックスは微睡みに身を委ねた。

けたたましいクラクションの音ではっと目を覚ました。広場は結婚式用に飾りたてた車であふれていた。白、青、ピンクのシフォンをリボンのようにアンテナやウイングミラーに結びつけ、なかにはサングラスから垂らしている運転手もいて、お決まりの祝福のクラクションが鳴り響き、平和な午後の広場は一転してお祭り騒ぎとなった。お披露目にあたりを一周すると、賑やかにクラクションを鳴らしながら一行は広場をあとにし、耳をつんざくような騒音に包まれながら、ハネムーンへと出発した。目を擦ると陽にやけた瞼が少しひりひりした。広場はまた閑散として静まりかえり、村中が鎧戸を閉じて、午睡のときを迎えようとしている。

家に帰るとマダム・パスパルトゥと掃除機が全力で汚れと格闘していた。家のなかのことは彼女に任せて、マックスは午後は納屋にこもり、少しは物置らしく見えるようにと、泥だらけの床に散乱する肥料袋やドラム缶やトラクターの古タイヤなどの片づけに専念した。久々の力仕事、汚れ仕事で、午後七時にはここ数年来ないほど疲れ果て、酷使した体のあちこちに心地よい筋肉痛を感じていた。グラスにワインを注ぎ、水盤の縁に腰かけて、夕陽がゆっくりと西の地平線に沈み、空が燃えるようなピンク色からラヴェンダー色に変わってゆくさまを見守った。

疲れすぎて夕食をとる気にもなれず、熱い風呂にゆっくりと浸かってベッドにもぐりこむや、すべてを忘れて、マックスは深い眠りに落ちた。

第八章

日曜の朝は、平日の朝とどこかちがって感じられた――田園地帯がそっくり休息をとることを決めたかのごとく、ふだんに輪をかけて、あたりはしんと静まりかえっている。ジョギングしていても、動くものはなにひとつ見当たらない。道路を行き交う車もなく、地平線にトラクターや畑に働く人の姿もなく、見渡すかぎり、ただ静寂のみが支配する森や畑に、夏の陽光がきらめいている。今日はまた、その平和がマダム・パスパルトゥの指揮する室内交響曲によってかき乱される気遣いもない。

キッチンの窓をひとつ開けると、鳩が一羽、憤然として飛び去ったあとに、彼方からミサの始まりを村人たちに告げる教会の鐘の音が聞こえてきた。日曜のランチに耽る喜びを前にして流れる、信仰の間奏曲。プロテスタントよりもカトリック信者のほうが食生活が豊かで、その量も豊富なのは、食卓上のいかなる罪も懺悔さえすれば赦されるからだ、という主張を、以前なにかの記事で読んだことをマックスは思い出した。冷蔵庫をのぞくと、心惑わされるような食べ物はひとつも見当たらず、朝食はカフェ・クレーム一杯ですませるしかなかった。

キッチンはマダム・パスパルトゥの心遣いと洗剤と磨き粉とラヴェンダー・エッセンスのにおいがした。古い木のテーブルも本来の色艶をとりもどし、中央の深皿には前庭の植え込みから切りとった、くすんだピンク色のバラが活けられている。週明けには給金の相談をしなくては、とマックスは思った。これだけ清潔感あふれる場所で、いい香りに包まれながら気持ちよく毎朝コーヒーが飲めるなら、どういう額を提示されようと支払う価値があるだろう。

マックス自身も、ナタリー・オーゼとの外出に備えて清潔感あふれる服装に着替え、いいにおいをさせていた。入念にひげを剃り、紺色のコットン・パンツをはいて、はるか昔の恋人からのクリスマス・プレゼントとは思えない、まだ新品同様に張りのあるシルクのシャツを着ている。玄関を出る前に、廊下の鏡で自分の姿をふと見ると、ロンドン子の青白い顔が小麦色に――顔と、あとは肘から先だけで、まだまだ序の口だが――カフェ焼けしはじめていた。鍵をまたゼラニウムの鉢の下に置いて、口笛を吹きながら、マックスは車で出発した。

ナタリーの家は都会の通勤者が羨む至近距離、事務所から同じ通りを下った二軒先にあった。幌をたたんだぴかぴかの黒いプジョー305コンバーティブルが前にとめてある。日頃、新聞で大げさに書きたてられている犯罪発生率増加の話は、どうやらサン＝ポンには無縁のものであるらしい。

マックスは重厚な青銅のノッカーを持ちあげ、そっと二度叩いた。

「ウイ？」上階からヘアドライヤーの音といっしょに返事が聞こえた。

「ナタリー、僕だよ、マックスだ」

「いつもこんなに早いの？」

「公証人との約束には決して遅れるなと、お袋に言われて育ったものでね、特にコンバーティブルに乗る公証人には要注意」

ドライヤーの音がやんだ。「入って。いま下りていくから」

狭い廊下を進むと、L字型の空間の片側が居間になっており、反対側のキッチンとは、古い店にあるような亜鉛板を張ったバーカウンターで仕切られていた。背もたれに絹のショールをかけた革張りの大きなソファと、低い安楽椅子二脚が置かれ、中央のコーヒーテーブルには本が平積みされている。タイル張りの床に敷かれた絨毯は、年数を経て光沢も色合いもいい具合に落ち着いていた。暖炉棚の上には、ごつい石膏の枠に金箔をかぶせた十九世紀プロヴァンスの大きな鏡が掛けてあり、炉棚に置かれた花瓶のユリを映していた。片側の壁を飾るのは、どれもベル・エポックの写真家ラルティーグの作品で、見ればば一枚残らずサイン入りである。なにもかもが趣味と品の良さと、それに紛れもない懐の豊かさを物語っていた。

ソファの肘掛けに横座りしたまま、マックスはコーヒーテーブルの上の本に目をやった。ほとんどがカイユボットやボテロ、アッジェ、アーウィットなどの画集や写真集だが、一か所だけ、シャトー・ディケムやブルゴーニュ、伝説のシャンパンなど、ワインに関する書籍ばかりが積まれている。いちばん上にのっているのは、「ボルドーの銘醸シャトー」という古い本だった。

やや色褪せているだけで、まだ装丁はしっかりしているその本を手にとり、ぱらぱらとめくってみた。絶版になっていなければ手に入れて、チャーリーに送ってやろう、とマックスは思った。銘醸ワインと、彼の言葉を借りるなら非常に価値ある不動産の組み合わせということで、大いに気に入ってもらえるにちがいない。ロンドンでふたりして飲んだ高級ワインを思い出し、索引でシャトー・レオヴィル・バルトンの名を探してみた。

めくっている途中で栞が一枚、はらりと床に落ちた。拾いあげると、ワインのラベルだった。まだ出会ったことのない膨大な数にのぼる銘柄のうちの一本だが、デザインがシンプルでクリーム色の紙も厚地で、とても感じがいい。現代的になりすぎず、文字も控えめで読みやすくて、もしブドウ園から少しは美味しいワインができたら、こんなのを壜に貼って自家製ワインにしたいと思わせるようなラベルだった。元の場所に挟みこんだところへ、階段を下りてくるナタリーの足音が聞こえたので、本を置いて立ちあがった。

公証人の制服はクローゼットに置いてきたと見え、今日は細身の白のパンツに黒のノースリーブという恰好で、窓から射しこむ光に銅色の髪が艶々としていた。マックスが握手を求めようとすると、驚いたことにナタリーは身をのりだし、両頬に挨拶のキスをしてきた。温かくスパイシーないい香りがした。朝から幸先がいい。

「さて、いよいよシネよ。いいかしら？」

「楽しみだね。それって、まさか違法行為じゃないだろうな」

ナタリーは声をたてて笑った。「古道具漁りに行く、掘り出し物を見つけに行く、という意味」そして大きな革のバッグをとりあげ、「今日はもちろん掘り出し物目当てではないけれど。私の車で行きましょ。運転するの、好きなの」

美貌の運転手なら、むろんいつでも大歓迎――会社勤め時代から執行役員になった暁にはと夢見ていた図でもある。と思ったのも束の間、助手席に乗りこんだとたん、見えないブレーキを探してマックスは片足を懸命に床につっぱっていた。ナタリーの運転は昔ながらのフランス人のそれの典型で、飛ばすわ、気が短いわ、ぎりぎりの危険を冒すわ――おまけに両手でハンドルを握る安全性というものを、無謀にもはなから無視してかかっている。ハンドルから離した手をただ遊ばせておく、というのではない。ギア操作不要と見るや、艶やかな髪を後ろへ払ったり、サングラスを直したり、会話の句読点を仕草であらわしたりと、忙しいことこのうえないのだ。

あっという間に数キロの距離を稼ぎながら、ナタリーはリル＝シュル＝ラ＝ソルグ発展の歴史について、かいつまんでマックスに説明した。日曜の朝に古物市が開かれるだけの眠たげな小村であったのが、いかにして国際的に有名な骨董品市場となったか。「いまじゃ、みんな集まってくるわ。ニューヨークやカリフォルニアやロンドン、ミュンヘン、パリのディーラーやら、インテリア・コーディネーターも、アルピーユあたりに別荘を持つ、お洒落で豪勢な家主さんたちといっしょに」そこでいったん言葉を切り、これが今日の山場といわんばかりに先の見えないカーブにさしかかる手前で無謀にもアクセルを踏み、前の車を追い越して、向かいから走ってきた自転車乗りを間一髪のところでかわした。マックスをちらと横目で見て、彼女はにやりとした。「目を開けてもだいじょうぶよ。もう着くから」

「無謀運転に怯える乗客の守護聖人」に無言で感謝の祈りを捧げつつ、マックスが肩の力を抜くと、たしかに道路は渋滞の一歩手前で、どの車ものろのろと進みながら、川岸に駐車スペースを見つけようとしている。ナタリーが目をつけた夫婦は、陰気くさい宗教画の大作をボルボに積みこもうとしていて——体全体を使った、もうじきここが空きますよ、という合図にほかならない。ナタリーが車をとめたので、後ろが渋滞した。クラクションが鳴りだし、次第に高まる音量がすぐ後ろの車で頂点に達して、激しい苛立ちの警笛に変わった。ナタリーはかまわずゆっくりと、ボルボが去ったあとのスペースに車を乗り入れ、さあ、どうぞ、と後ろの車に合図した手の指を最後、軽蔑の一歩手前の仕草でぱっと弾いてみせた。相手の運転手も、アクセルを踏みながら同じ仕草を利息付きで返してよこした。

マックスは車から降りて、伸びをした。「日曜はいつもこんななの？」

ナタリーはうなずいた。「冬のあいだはもう少し静かだけど、でもまあ、あまり変わらないわね。買物に季節は関係ないのよ」

屋台が並ぶほうへ歩いていくと、ブロカントゥール、古道具商たちがすでに本日の貴重な売り物となるあれやこれや、古いリネンや陶器、セザンヌ風の絵画やその他ありとあらゆる古びた家財道具を並べて店を開いていた。「こちら側は主に観光客用」ナタリーは言った。「土産物目当てのお客さんがほとんどね。向こう側、通りの反対側へ行くと、なかには本格的な店もあって、あとはもっとずっと先の、古い駅のほう。そっちから行きましょう」彼女はマックスの腕をとり、川を渡るべく狭い橋へと向かった。「でも、その前にまずはコーヒー。飲まないと、機嫌が悪くなって手がつけられなくなるの、私」

反対側の川岸にもたくさんの屋台が並び、こちらではチーズや花やオリーヴ油、ハーブ、安物の服、こうしたフランスの田舎の市でしかお目にかかれない特大サイズのピンクのブラジャーやコルセットなどが売られていた。あふれる色彩やにおい、のんびりと行き交う人々の流れに無言で身をゆだねつつ、マックスは案内役ナタリーに腕をひっぱられる心地よさ、その手指の感触を楽しんだ。

ソルグ川を見下ろすカフェにテーブルを見つけ、ふたりでグラン・クレームを注文した。ナタリーは両手で包みこむようにカップを持ち、大きくひとくち飲んで、満足げにふうと溜息をつきながら椅子の背にもたれた。「アロール」さて、と言い、「忘れないうちに」とつぶやきながら彼女はバッグのなかをがさごそとやりだした。「お昼ごはん」

眉根を寄せてマックスは見守った。サンドイッチをつくって持ってくるような女性には、とても見えない。けれども、理解しがたいカエルども、と叔父ヘンリーがよく言っていたように、いつなんどきでも胃袋最優先で過ごさずにはいられないのがフランス人である。

ナタリーは顔を上げ、マックスの不思議そうな顔に気づきながら携帯電話をとりだした。「どうしたの？」

マックスは頭をふった。「いいや、別に。ただちょっと、叔父が言っていたことを思い出したものだから——フランス人と食生活について。一瞬、ここでピクニックでもする気だろうかと思ったんだ。手作り弁当でも広げてさ」

ナタリーは呆れたように大きく両の眉を吊りあげ、舌打ちでマックスの言葉を一蹴した。「そんな良妻賢母タイプに見える？」

さあ、どうだろう、とマックスは彼女を見つめた。汗をかきながら調理台に向かう図は想像できない。「いいや、見えないな。そういう姿はあなたには、似合わない。エプロンとそのハンドバッグは、まるでそぐわない。それより、ねえ、聞かせてほしいんだけど。叔父のことはよく知っていたの？」

「一度しかお会いしてないわ。根っからのイギリス人だった」

「そういうのは好き？　きらい？」

ナタリーは小首をかしげ、笑みを浮かべた。「相手によりけりね」意味解明はマックスに任せて、ナタリーは携帯電話のアドレス帳をスクロールし、目当ての番号を見つけて、電話を耳に当てた。「ジャック？　セ・ナタリー。ビヤン。エ・トワ？」ジャック？　ナタリーよ。ええ、元気。そっちは？　そして返事に笑い声をあげてから、「ウイ、ドゥ。ダン・ル・ジャルダン。ア・トゥ・タ・ルール」ええ、ふたり。庭の席でお願い。じゃ、あとでね。

コーヒーを飲み終えると、ナタリーは腕時計を見た。「お昼まで、まだたっぷり時間があるわ。まず最初は、どの程度のものを扱っているお店がいい？　高級品、それとも馬鹿みたいな超高級品？」バッグをふるようにして肩にかけ、人込みを先に立って歩くナタリーの髪や腰は揺れ方も艶めかしく、つい見とれてマックスは骨董品のことなどきれいさっぱり忘れてしまいそうだった。

二時間近くかけて、脚付きの整理箪笥や衣装箪笥や天蓋付きのベッド、大理石の浴槽、装飾過多としか言いようのない、ありとあらゆる類の椅子やテーブル、さまざまなナポレオン様式、それ以上に多種多様なルイ王朝様式の家具調度を見てまわった結果、火を見るより明らかになったことがひとつだけあった——精巧な象眼細工やベル・エポックをこよなく愛する商売人たちが、屋敷の屋根裏部屋に置かれたがらくたに興味を持つことは、まずないだろう。少しがっかりしてマックスはナタリーのところへ行き、シャンデリアに囲まれて立つ細身の青年との会話が一段落するのを待った。

「いい勉強になったよ」青年が立ち去ると、マックスは言った。「うちのは、ここじゃ売り物にはならない。派手に金箔をかぶせて、凝った細工でもほどこさないかぎり」

「ア・ボン？」そう？「じゃあ次は……」

「なにか飲みたい。そしてランチだ。家にあるものは廃品回収業者に頼んで、ぜんぶ持っていってもらうしかないよ、きっと」

ナタリーは笑った。「屋根裏部屋にレンブラントも、ベッドの下にプッサンも、ありませんでした、というわけね。まあ、かわいそうなマックス」そしてマックスの腕をとり、「気にすることない。ワインでも飲めば元気が出るわよ」

ナタリーが予約を入れたのは、知り合いが経営しているという、ディーラーやインテリア・コーディネーターたちに人気の小さな店で、塀に囲まれた涼しげな庭のテーブル席は、値段をめぐる熾烈な駆け引きに費やした午前中の疲れを癒すには、たしかにもってこいだった。唯一空いていた隅のテーブルに案内されて席に着くと、塀から生えているかのようなナツメヤシの巨木が頭上に生い茂り、ちょうどいい日陰をつくっていた。

ゆったりした白シャツにズボンという服装の筋骨逞しい男がメニューを持ってあらわれ、ナタリーの両頰に音をたててキスをし、マックスには握手を求めた。店のオーナーのジャックで、たまにしか顔を見せないじゃないかとナタリーを軽くなじると、すぐにワインを持ってくるよう給仕に合図した。プラ・ドゥ・ジュール、本日のお薦め料理をことのほか熱心に指さすところを見ると、張り切って材料を仕入れすぎて不安になったのだろうか。それじゃごゆっくり、と言ってジャックは立ち去った。

運ばれてきたワインのデカンタは分厚いガラスにたっぷり汗をかいていて、喉の渇く日にはたまらない光景だった。マックスが注ぎ、ふたりでグラスを合わせたのは形ばかりで、礼儀をわきまえたつもりではあったものの、ナタリーが相手だと妙に親密な仕草に感じられなくもない。大方のイギリス人同様、互いに距離を置いて、そっけなくただ「乾杯《チアーズ》」とつぶやいてからグラスをかたむけるほうが、やはりマックスは馴れていた。

「それで?」ナタリーはサングラスを押しあげ、大きく見開いた美しい茶色の瞳で笑ってみせた。「屋根裏部屋のお宝を処分したお金で優雅に暮らすという計画は、結局、廃案かしら?」

「たぶんね。でも、ありがとう、案内してくれて。せっかくの休みを、もっと有意義に過ごすこともできたろうに」言外にほのめかした質問が、宙に浮いて感じられた。

「マックス。なにが言いたいの?」

マックスはにやりとした。「つまり、週末はいつもどうしてるのかと思ってさ。車を猛スピードで飛ばす以外には」

「ああ、そういうことね」ナタリーは笑みを返しただけで、白状はしなかった。メニューに目をそらし、「ここの仔羊は美味しいわよ。サーモンも。ソースは定番のオゼイユソース。あと、そう、なんといってもまず最初のお薦めは、ピサラディエール」

マックスはメニューを放りだし、椅子の背にもたれた。「了解。お任せするよ」

虫でも追いやるように、ナタリーはぞんざいに手をふって、「いつもなんでも、そうやって女性に決めてもらうの?」顔を上げ、半ば微笑んでみせた。

「相手の女性しだいではね」

注文をすませ、運ばれてきた料理を食べ、デカンタもお代わりをしながら、初対面のふたりが親しくなるうえでふつう明かすようなこと、略歴のようなものを互いに語り合った。ナタリーはどちらかというと耳をかたむける側で、興味深そうに話を聞き、ここぞというときにはかならず笑い声を上げるものの、自分については多くを語ろうとしなかった。けれども、いっしょに食事をしてよかったとマックスはつくづく思った。あまりに楽しかったので、車に向かって歩きだすまで、ワインの専門家が見つかったかどうか、聞き忘れていたくらいだった。

「ええ、たぶん。あら、話さなかったかしら。業界では屈指の有能なエノローグよ。だから、とても忙しいけど」ナタリーは肩をすくめた。「腕のいい人は、みんなそう。ブルゴーニュにいなければ、カリフォルニアかチリに出張、という具合にね。いずれにせよ、その人の事務所から、来週には連絡が入ることになっているから」

車に辿りついた。マックスは足をとめ、片手を胸に当てて、なるべく自信たっぷりに見えるように、こう言った。「ナタリー。楽しかった午後の締めくくりにうってつけの提案がひとつあるんだけど、聞いてくれるかな」

別の方向を見ていたナタリーは向きなおり、身構えるようにじろりと横目で彼を見た。ずっと紳士的な態度を貫いてきた彼だが、いやいや、わからない。見かけによらず、ずうずうしいところもあるのがイギリス人だ。なに、と問うように眉を吊りあげるナタリーに、マックスは言った。

「運転は、僕がするよ」

第九章

　ボルドーを訪れるのはこれで三度目だが、ますますこの町が好きになりそうだ、とミスター・チェンは思った。前回同様、着いてまず目を奪われるのは優雅で人間味あふれる十八世紀建造の建物群で、ガラスと鉄の高層ビルばかりが建ち並ぶ故郷の香港から来ると、なにかほっとするものを感じる。ブルス広場、カンコンス広場、大劇場に、噴水や銅像などが配された非の打ちどころのない壮麗な眺めを楽しみ、ゆったりと流れるガロンヌ河の穏やかな水面に彼は心躍らせた。そしてまた男には気晴らしのための場所も必要と自分に言い聞かせつつ、あまり観光の謳い文句にはされていないボルドーの一郭、奇抜な服装の女たちが行き来する旧市街の裏通りにも彼は魅力を感じはじめていた。出張回数を、年に二度に増やしてもいいかもしれない。

　なんでも事前に念入りに下調べをしないと気がすまないたちのチェンは、今回も予習を怠ることなく、その過程でさまざまな発見をしたり知識を身につけたりしていた。

ボルドーこそフランスにおけるテニス発祥の地であること。フランス、イギリス、アイルランド、ドイツ、スイスという具合に出身地を見れば国際色豊かな十八世紀の名だたるワイン商人を「コルクの貴族たち」と呼んだのは、小説家フランソワ・モーリヤックであったこと。その貯蔵庫が、当時はシャルトロン埠頭に軒を連ねていたこと、等々。

ミスター・チェンがタクシーをとめさせて降り立ったのは、ラモネ通りがシャルトロン埠頭にぶつかる、まさにその場所だった。あとはぶらぶらと歩いて冷たい河の空気でも吸い、すっきりした頭で今日の大事な仕事にのぞむとしよう。銀行での所用はもうすませてあった。何人かの上得意にさりげなく情報も流してある。あとは今年の仕入れ値が途方もない額にならぬようにと、祈るばかりだった。

埠頭から街路樹と優雅な家並みが美しく道幅もゆったりとしたグザヴィエ・アルノザン通りへ曲がると、同業者たちが次々に集まって来るのが見えた。チェンは歩調を速め、彼らとともに何の表札も掲げられていないドアから、とある建物に入った。殺風景な薄暗い玄関ホールに集まったのは、アジア系のビジネスマンばかりで、ダークスーツに地味なネクタイをした何人かが、ロンドンであつらえたとしか思えない仕立てのいいツイードのスーツに身を包んだ招待主である長身のフランス人と、お辞儀や握手をしながら名刺を交換し合っていた。会話は英語だが、アクセントはさまざまだった。目当てはみな、言うまでもなくワインである。

「これはふつうの試飲ではありません」フランス人が言った。「いつもとやりかたがちがうことに、みなさん、すでにお気づきでしょう」彼はいったん言葉を切り、お辞儀のしすぎで乱れたグレーの前髪を掻きあげた。「ふつう、世界に冠たるボルドー・ワインの試飲は、シュル・プラース、現地のブドウ園で行われます。今回は特別、言うなれば例外中の例外でして――ブドウ園の規模が非常に小さいため、そのような場所を提供することができない。実際、なんの施設も建物もない。あるのは、もちろんブドウ畑、ブドウのみ」熱心に聞き入る面々を見回して、彼は頭をふった。「シャトーのパンフレットや写真ですら、お目にかけることができないのです。建てる予定もありません。貴重な土地を、煉瓦とモルタルでつぶすなど、あまりにもったいない。ここボルドー市内で試飲していただくことになったのは、そんな理由からです」

　ビジネスマンたちは、黒髪の頭を上下させ、揃ってうなずいた。

「それでは、みなさん、どうぞ、こちらへ」厳めしい顔の一部が隠れるほど立派な十九世紀流行の口ひげ、頰ひげを生やした男たちの絵が見下ろす細長い廊下を、フランス人は先に立って進んだ。男性にも最近人気の透明なマニキュアをした手でそれらを示しながら、「尊敬すべき先祖代々の肖像画です」と彼が微笑むと、一同も反射的に笑みをかえした。

照明を控えた狭い試飲室には、細長いマホガニーの大きなテーブルが置かれていた。艶光りするそのテーブルに、試飲用のグラス多数と火を灯した銀の燭台が並び、ラベルのない、壜に白チョークでなにやら目印だけがつけられたワインの壜が三本、すでに抜栓した状態で置いてある。テーブルの両端に用意された飾り付きの銅製のクラショワールは、試飲したワインをあとで吐き出すためのものだった。

もうじゅうぶん見せびらかしたシャツのカフスをととのえ、胸の前で両手を組み、いかにも大事な話があるといった体で、かすかに眉間に皺を寄せながらフランス人は言った。「ご存じのとおり、今回の試飲は完全招待制、国際的に活躍されているバイヤーのなかでも、とりわけ優秀な、クレーム・ドゥ・ラ・クレーム、ごく一部の特別な方々だけを、対象としたものです」一同はまんざらでもなさそうにうなずいた。「言い換えるなら、この素晴らしいワインの驚くべき質の高さを、かならずやご理解していただけるもの、と考えたからこそ、わざわざこうしておいで願ったわけでして」バイヤーたちの目がテーブル上の三本にいっせいに向けられるかたわらで、フランス人はつづけた。「私どものブドウ園はたいへんに小規模で、年に六百ケースのワインしか生産しておりません。六百ケースです、みなさん」そしてポケットから新聞の切り抜きをとりだした。「カリフォルニアのガロ醸造所で午前中に生産される量よりも少ない。あそこは先ごろマルティーニ・ワイナリーを買収したという話ですから」

――そこで切り抜きをかかげ――「朝食前に生産される量より、少ないかもしれません。私どもがここで提供するワインは、大海のほんの一滴に過ぎない。これでおわかりでしょう、素人や単なる酒好きのジャーナリストたちに飲ませて、無駄にはしたくはない理由が」

超エリート扱いされてご機嫌のバイヤーたちは、にっこりしながら、いま一度うなずいた。ひとりが手を上げた。「ガロ社の現在の数字はどうなっています？　おわかりですか？」

フランス人は手にした切り抜きに目を落とした。「年間六百万ケース、ですね」

「そんなに」

フランス人はつづけた。「私どもの場合、問題はふたつあります。第一に、先ほどご説明申しあげたとおり、私どもにはシャトー、すなわち醸造所というものがありませんので、派手に銘柄を宣伝することができない。ワインはル・コワン・ペルデュ、すなわち神に見捨てられた場所、と呼んでおります。地元でそう呼ばれ、見放されていたブドウ園をわが家で買いとって立て直したのが、もう三十年以上も前のこと。土地の力を信じて、長年にわたり手入れしつづけてきたところが、立派に報われるときがきた。ワインは素晴らしい出来でした。しかしそこで、ふたつめの問題が持ちあがった」

　彼は両腕を大きく広げ、ツイード地にかっちり包まれた肩をゆっくりとすくめた。「量が少ないのです。当たり年で、六百ケース。質がよく、量が少ないとなると、悲しいかな、当然、値が上がる。幸い、まだ六桁に達したことはありません——ドルで、ですよ、もちろん——何年か前にシャトー・マルゴーの一七八七年もの一本にそういう値段がついたことがありましたが、しかし、今年のワインは、その——どう言えばいいのか——アンプレシヨナン、たいへんに高くなってしまいまして、一ケース四万ドル近い」自分の力ではどうしようもない悲しむべき事態に陥った男の仕草で、彼はもう一度肩をすくめてみせた。「しかしながら、フランスではよく言われるように、高いと思うのは、最初に買うときだけです」

　すっと大きく息を吸う音が聞こえた。ユーモアは通じなかったようで、バイヤーたちはひとり残らずポケットから電卓をとりだした。

「計算なさるあいだに、みなさん、ペトリュスのことを考えてみてください。ラトゥールや、ラフィット・ロチルドのことを。みな株式市場を凌ぐ値のつきかただ、特に今日の市場では。どれも単に壜に入った素晴らしい酒というだけではありません。あれはインヴェストメント、投資にほかならない」

　胸躍るひとことに場の空気が軽くなり、バイヤーたちが見守るなか、フランス人はまたカフスを直しながらテーブルに歩み寄って、壜の一本をとりあげた。グラスにごく少量注ぎ、蠟燭の炎にかざして色合いを見る。満足げにうなずき、頭をかがめてグラスをゆっくりまわすと鼻に近づけ、目を閉じてにおいを嗅いだ。「ケル・ブーケ」なんという素晴らしい香り、周囲に聞こえるように、彼はひとりつぶやいた。沈黙を守るべきときを、バイヤーたちは心得ていた。無心に祈る人間を、見守るようなものだった。

「ボン」よし。魔法が解け、フランス人はほかのグラスにもひとくち分ずつワインを注ぎながら、説明を再開した。

「この当たり年のワインで試飲会を開くのは、今回が初めてです。なかでもアジアからお招きしたみなさんが、最初の最初。来週にはアメリカから、再来週にはドイツからバイヤーが訪れる予定になっています」そこで溜息をつき、「みなさんに行き渡るといいのですがねえ。真のワイン通を失望させるようなことは、私どもとしては、なるべくしたくない」

一同の気づかぬ間に、もうひとり、試飲室にそっと入ってきた人間がいた。ほっそりしたブロンドの若い女性で、グレーの地味なテイラード・スーツ姿だが、スカートの丈が息をのむほどに短い。

「ああ」ワインを注ぐ途中でフランス人は顔を上げた。「紹介しましょう。アシスタントのマドモワゼル・ドゥ・サリスです」ちらと彼女に目をやったバイヤーたちは、すぐにもう一度ふりむいてその脚に見とれた。「手があいていたら、きみも、グラスをお渡しするのを手伝ってくれないか」

バイヤーたちはテーブルの周囲に集まり、グラスのベースを親指と人差し指、中指でそっと挟む試飲会独特のやりかたで、それぞれ自分のグラスを持った。そして入念に予行演習をおこなった儀式さながら、誰ひとり遅れることなく揃ってグラスをゆっくりとまわし、蠟燭の炎にかかげ、色調に熱心に見入った。

「ずいぶんと濃いローブのワインですね、ふつうのボルドーより」ひとりが言った。フランス人はにっこりした。「素晴らしい目をお持ちだ、ミスター・チェン。全体に非常に深みのある、くすんだ濃いルビー色です。ウールではなく、ビロードを思わせる、滑らかな色調」

その比喩的表現をチェンは記憶の片隅にしまった。あとでいつか使わせてもらうとしよう。たいしてものを知らない自分の顧客たちは、その手の言葉遣いに弱い。もったいぶった言い方をすればするほど、感心する。

「どうぞ、そろそろ鼻の出番ですよ、みなさん」フランス人が手本を示すべく頭をかがめ、鼻先をグラスに近づけると、部屋中がしんと静まりかえり、聞こえるのは敏感な二十の鼻孔にワインの香りが深く吸いこまれる音だけとなった。それから、最初はおずおずと、次第に自信に満ちた声で、香港や東京やソウルや上海など出身地をうかがわせるアクセントもさまざまな意見が聞かれるようになった。スミレの香り、と誰かが言い、ヴァニラ、という言葉も出た。遠慮ない物言いのひとりは想像力も豊かと見えて「濡れた犬」とつぶやき、耳にしたフランス人の両眉が大きく吊りあがる一幕もあった。

けれども、これはまだほんの序の口で、言葉の離れ技が本番を迎えたのは一同が口に含み、嚙み砕き、舌の上で転がし、奥歯まで送り、口蓋全体に行き渡らせたワインを最後、クラショワールに吐き出してから——未だしくじることが多い者はテーブルの奥に控えるドゥ・サリス嬢よりリネンのナプキンを受けとってから——のことだった。

名状しがたいものを、いったいどう表現すればよいのか。試飲を終えたバイヤーたちは持てる語彙をくまなく探り、なめし革からチョコレート、鉛筆の削りかすから木いちご、複雑さやら深みやら、背骨やら筋肉やらサンザシの花やら——実際、ブドウそのものをのぞいた、ありとあらゆる分野の言葉を引き合いに出して、描写にこれ努めた。ノートがとりだされ、走り書きが始まった。上海から訪れたバイヤーは王朝の歴史に造詣が深いと見え、このワインはまちがいなく明朝より唐朝的である、といった意見を述べた。フランス人は始終うなずき笑みを浮かべながら、招待客たちの味覚の鋭さ、表現の的確さを称えてまわった。

しばらくたってワインを転がすのも吐き出すのもひととおり終わり、機が熟したと見るや、フランス人はさりげなく手をひらつかせてドゥ・サリス嬢に合図を送った。抱えていたナプキンをテーブルに置き、黒の鰐皮の表紙がついた大きなエルメスのノートと国際協定調印に使われるようなモンブランの万年筆を持って、ドゥ・サリス嬢は顧客のあいだをまわりはじめた。訓練の行き届いた牧羊犬さながら、彼女はテーブルに群がるバイヤーをひとりずつ引き離しては部屋の隅へ連れていき、狭い空間で許されるだけのプライバシーを確保しつつ、注文を聞いてノートに書き留めた。

万年筆にキャップをし、鰐皮のノートを閉じたのが、フランス人への合図代わりだった。肩を叩いたり腕を軽くつかんだりしながら、彼は招待客たちを部屋から連れだし、廊下を抜け玄関ホールまで送り届けて、告別の辞にとりかかった。

「いやあ、よかったですね、みなさん、賢い買物をされましたよ、ほんとうに。決して後悔はさせません。ご注文の品は、直ちに発送いたします」フランス人はそこで片手を上げ、注意を促す意味で小鼻を叩いた。「ひとつ、ちょっとしたご忠告を。まず今回のワインを売る相手は、信頼できる上客、内輪で楽しむ方々だけにとどめておかれたほうがいい。世間に派手に知れわたると、せっかく築きあげた私どもの信頼関係、ここだけの関係にどうしても傷がつくことになります。第二に、何ケースかは、ご自分のところで大切にとっておかれること」繁栄の未来をほのめかして、彼は顧客ににっこりした。「値はかならず、上がります」心強いそのひとことを胸に、お辞儀をし、握手をすませて、バイヤーたちは玄関から明るい陽射しの降り注ぐ通りへと出た。

試飲室に急ぎもどると、ドゥ・サリス嬢がテーブルに着き、ブロンドの頭をかがめてノートおよび電卓と向かい合っているところだった。フランス人は背後にまわって、彼女の両肩を揉んだ。「アロール、シュシュ？　首尾はどうだい？」

「チェンが六ケース、シミズが十二、デンが四、イクミが八、ワタナベとユン・ファトが……」

「合計すると？」

ドゥ・サリス嬢は深紅のマニキュアをした指で電卓の締めのキーを叩いた。「ぜんぶで、四十一ケース。金額にして百五十万ドルちょっと」

フランス人は笑みを浮かべ、腕時計を見た。「午前中の稼ぎとしては、悪くないな。今日のランチ代だ」

第十章

快晴の朝を迎え、今日立ち向かうべき場所は「居間」と決めて、特に高い丸天井から垂れ下がる蜘蛛の巣をなんとかしなければ、とマダム・パスパルトゥは思案していた。高いところは苦手なので梯子は使えないが、その代わりに、と持参した新兵器、伸び縮み自在の持ち手がついた改良型の毛ばたきがある。それを槍のようにえいやっと使って、埃のまとわりついた大量の蜘蛛の巣を払い落としていたちょうどそのとき、外に車のとまる音が聞こえた。槍を突きだす手を宙ではたととめ、彼女は小首をかしげた。

「ムッシュー・マックス！　ムッシュー・マックス！」金切り声が部屋から廊下へと響きわたった。

くぐもった返事が聞こえ、階段を駆けおりる足音がした。戸口にあらわれたマックスは顔の半分にシェービングクリームを塗ったままだった。「だいじょうぶかい、マ

「ダム？　なにか一大事でも？」

マダム・パスパルトゥは毛ばたきをひょいと外のほうへ向けた。「どなたか、お見えですよ」

「どなたか？」

もう一度毛ばたきを向け、「外です。たったいま、車の音がしましたから」

マックスはうなずいた。慌てふためいた声を聞いて、家のなかでなにかとんでもない事故が起きたか、少なくともネズミの一匹くらいは出たのだろうと思って飛んできたのだが。いいや、もはや驚くには値しない。マダム・パスパルトゥにとっては日常生活で起きるすべてが、波瀾万丈のドラマなのだ。「わかった、心配ない」マックスは言った。「行って、見てくるよ」

車はどうということのない小型車で、運転席は空っぽだった。前庭を横切って家の端まで行き、曲がったところで、マックスはなにか柔らかい、わっと驚くものにぶつかりそうになった。若い女性だった。

「びっくり！」彼女は一歩あとずさってから、声を上げた。「ハーイ」二十代半ばで、可愛らしい顔、青い瞳に金髪、黄金色の肌をしている。にこっと笑顔を見せた瞬間、国籍が明らかになった。地球上でこれほど揃った輝くような見事な白い歯をしている国民といえば、アメリカ人しかいない。マックスはぽかんとして、彼女を見つめた。

「あの……英語……話せ……ます?」小さな子どもや外国人に話しかけるときのように、ゆっくりと、大げさなほどにはっきりした口調で、彼女はたずねた。

マックスはわれに返って背筋をのばし、「もちろん」と答えた。「流暢なもんですよ」

相手はほっとしたようだった。「よかった。私のフランス語は、こうだから?」片手を上げて、親指と人差し指で彼女は0をつくってみせた。「助けていただけます? ここの家主さんを探しているんだけど? えっと、スキナーさんていう人?」彼女の話す文章は、どれも尻上がりの疑問形だった。

「僕が、そうですけど」

彼女は笑って頭をふった。「まさか。嘘よ。そんなはずない」

「どうして」

「だって、年が、ぜんぜんちがうもの」

ふうむ、と顎をさすったマックスは、指が泡だらけなのに気づいた。「おっと、髭剃りの最中だったんだ」その手を短パンの尻で拭い、「年がちがうって、どういうこと?」

「私、スキナーさんの娘なんです」

「ヘンリー・スキナーの?」

彼女はうなずき、「まだ残ってますよ」と自分の頰を叩いてみせた。「ここに」

黙って見つめ合うあいだに、マックスは顔をきれいに拭った。「もう平気かな?」

彼女は落ち着きなく、脚から脚へと体重をかけかえた。「あの、ちょっとお恥ずかしい話なんですけど、長旅だったものだから、その、トイレに行きたくて。もし差し支えなければ……」

「ああ、うん、もちろん、トイレね」マックスは彼女を家のなかへ案内し、階段を指さした。「二階の左側だよ。ドアは開いてる」

マダム・パスパルトゥが居間からあらわれ、顔全体をクエスチョンマークにして、二段ずつ階段を駆けあがる彼女を見送った。そしてマックスをふりむき、「エ・アロール?」それで?

「コーヒーを」マックスは言った。「とりあえず、淹れてもらえないかな」

蜘蛛の巣払いを中断してひと休みできるなら、こんなうれしいことはない、とばかりにマダム・パスパルトゥはキッチンへいそいそと向かい、やかんとコーヒープレスの用意をして、テーブルにカップと受け皿を三人分並べた。「予期せぬお友達ですか?」彼女は茶目っ気たっぷりな視線をマックスに向けた。「ガールフレンドかしら、もしかして」

「なんの、初対面だよ」

マダム・パスパルトゥはふんと鼻を鳴らした。若い女性が若い男の家に偶然訪ねてくるなんて、そんなうまい話があるもんですか。ユンヌ・イストワール――訳ありにきまっている。コーヒーの粉に熱湯を注ぎ、見知らぬ女性がもどってくるのを彼女は待ちこがれた。意外な事実が明らかにされようとしているにちがいなかった。

それはたしかにそうだったのだが、あいにくと会話は英語で、聞きとろうにもマダム・パスパルトゥには歯が立たなかった。それでも話しつづけるふたりのテーブルから離れず、テニスの試合の観客さながら、右へ左へと交互に首をめぐらせた。

「さて、と」マックスは言った。「まずは紹介しておかないとね。こちらはマダム・パスパルトゥ。僕の名前はマックス」

新参の女性はテーブル越しに握手を求めてきた。「クリスティー・ロバーツよ。カリフォルニアのセント・ヘレナから着いたばかり」

道理で歯並びがよく、陽に焼けているわけだ、とマックスは思った。「ずいぶんと、遠いところから来たんだね。休暇で遊びに来たの？」

「観光旅行かって？　そうじゃありません。実は、話せば長くなるんだけど……」角砂糖を二つ落とし、コーヒーをかきまぜながら、彼女は頭のなかを整理して話しはじめた。「私、母に女手ひとつで育てられたんです。父のことは、ほとんど聞かされていませんでした。赤ん坊のころ、交通事故で亡くなったという話だけで。その母も、二年ほど前に病気になって、去年亡くなったんです。心臓発作で」クリスティーはそこで頭をふった。「煙草、吸ってもいいですか？」

「どうぞ、ここはフランスだよ。喫煙者には天国さ」マックスが古いスーズの灰皿を持ってきてテーブルの上を滑らせると、クリスティーはバッグから煙草をとりだし、一本吸いつけた。「悪い癖よね。カリフォルニアで麻薬の代わりにニコチンを吸いたがるのは、きっと私ひとりだわ」そう言い、天井に向かって煙をふうっと吐きだした。

「そんなわけで、お葬式のあとに、母のいろんな持ち物を整理していたら――銀行関係の書類とか、保険証券とか、あるでしょう、たくさん。とにかく、そうしたら、古い手紙を見つけたんです。差出人はヘンリーとあって、会えなくて寂しいとか、フランスに来ていっしょに暮らしてほしいとか。手紙といっしょに、なんだか古ぼけた写真も一枚入っていて――たぶん、その人だと思うんです――どこかバーの外で、陽に当たりながら写ってる写真」

「ほんとに？　それ、いま持ってる？」

「車に積んである荷物のなかです。で、なんだか不思議になって、セント・ヘレナでまわりのいろんな人、若い頃の母を知っている人に聞いてみたの。そしたら、そのヘンリーっていう人は、一時カリフォルニアにいたことがあって、母と、その、つきあっていたらしいのよ」彼女がコーヒーを飲み終え、にっこりして礼を言うと、マダム・パスパルトゥはすかさず二杯目を注いだ。「で、ますます興味が湧いて、今度はサクラメントから自分の出生証明を取り寄せてみた。そしたら、あったんですよ、そこに、父の名前が」

「ヘンリー・スキナーと？」

彼女はうなずいた。「だから、訪ねてきたんです。実の父親に会うべきときが来た、と思って」半分だけ吸った煙草を揉み消しながら、クリスティーは肩をすくめた。

「でも、どうやら遅かったみたいね」

マックスは頭をふった。「そうだね。気の毒なことをしたな、ほんとに。先月、亡くなったんですよ。でも、どうしてこの場所がわかったんですか？」

「母の古い知り合いが、ワシントンで働いているんです。国務省で。何週間か、かかったけど、でもあの人たちに調べられないことはないから……」

マックスは頭をふりながら、立ちあがった。「きみに見せたいものがある」居間へ行くと、銀の写真立てを持ってきた。裏板をはずして隠された二枚目の写真をとりだし、茶色に変色して折れ目のついた古いそれを、クリスティーの目の前に置いた。

クリスティーはじっと写真を見つめ、「やだ、なんだか変な感じ」とマックスを見上げ、また写真に目をもどした。「母です。これが、父ね」

「僕は、その人の甥なんだよ」マックスは言った。マダム・パスパルトゥもすかさずコーヒーカップを片づけるふりをして写真をのぞきこんだが、よけい訳がわからなくなっただけだった。「ムッシュー・マックス」彼女は言った。「ケ・ス・キ・ス・パス？」いったいなにがどうなってるんです？

マックスは頭を掻いた。「さあてね」クリスティーに向きなおり、自分の側の事情を、マックスは話しはじめた——少年の頃よくこの家へ遊びに来ていたこと、叔父の死、遺言。その遺言の説明をしかけて、はっとナタリー・オーゼが言っていた財産をめぐる争いのことを思い出した。

古い写真をとりあげ、マックスはじっと見つめた。「たいへんだ、すっかり忘れてたよ。となると、いったい……」クリスティーを見て、「待ってくれ、ある人に電話をしないとならない」

クリスティーは笑顔を見せた。「どうぞ」

公証人事務所にかけると秘書が応対に出て、オーゼ先生は二、三日パリへ出張です、と言った。受話器を置き、マックスは椅子にどさっとすわりこんだ。「実は」とクリスティーに向かって、「フランスには相続に関する、こういう法律があるんだ。誰かが死んだら、いちばん近い身内がその遺産を相続する——夫か、妻か、子どもか。それ以外、ありえない。ヘンリー叔父さんは遺言状をつくったとき、僕しか残された身内はいないと思っていた……きみのことは知らなかった……」そこで眉をしかめ、「しかし不思議だな、そうは思わないかい？　なぜ娘がいることを、知らなかったんだろう」

「結婚してたんです、母は――スティーヴ・ロバーツという人と――それが、うまく行かなくなった。だからって、たぶん、自分からは……またつきあいたいとか、実は子どもが、なんて、あまりに都合がよすぎる気がして言えなかったんじゃないかしら。でなければ、ほんとに愛していたわけじゃなかった、とか。わからないけど」

マックスは腕時計を見て――イギリス人にとっては、その日最初の一杯をやりたくなったときの条件反射のようなものだが――立ちあがり、グラスと冷蔵庫からロゼを一本持ってきた。「僕の言おうとしていることは、わかるよね？　もしきみがヘンリー叔父の娘なら、遺言状は無効になるかもしれないわけで……」ワインを注ぎ、マックスはグラスをクリスティーに手渡した。「つまり、そうなった場合、この家や土地は法律的にはきみのもの、ということになる」

「そんな馬鹿な」クリスティーは笑った。「冗談でしょう」そう言いながらワインをすすり、口に含んだまましばらく味わってから、飲みこんだ。「あら、これ、おいしい。辛口ですっきりして。なんのブレンド？　グルナッシュとシラ？」壜に手をのばし、彼女はラベルをたしかめた。「これと比較したら、うちのジンファンデルなんて、まるで咳止めシロップね」

「ワインにくわしいの、きみ？」

「もちろん。ナパ・ヴァレー育ちだもの。おまけに職場はワイナリー。広報担当よ。ツアーのお客さんを案内する役」

うなずいてみせたが、マックスは心ここにあらずだった。考えてみれば、たったいま彼女に言ったことは——真に受けてもらえなかったようだが——まずまちがいない。油断ならないフランスの法律が定めるところによれば、おそらくは非嫡出の娘のほうが嫡出の甥より順位は上だろう。土地持ちのヴィニュロン、ブドウ栽培者としての人生を歩みはじめようとしていたところが、突然、先が見えなくなってきた。まったく見えない。見えなくては、話は始まらない。これはとても無視したり、あとまわしにできる問題ではない。この土地に、果たして自分の将来はあるのか、ないのか。

「ねえ、きみ」マックスは言った。「はっきりさせないと、まずいことになるよ、これは」立ちあがって、戸棚の抽斗を開け、彼は電話帳をとりだして、職業欄をめくった。「早いほうがいい、問題がややこしくなる前に、どうにかしないと」

クリスティーは困惑の体で片笑みを浮かべた。「え、どうしたんですか。なにをどうしようっていうの？」

「法律の専門家に相談する必要がある」探していた番号を見つけると、マックスは電話に手をのばした。

「ねえ、どうして。なにも、そんなに慌てて……」

「だって、そうだろ。弁護士は苦手かい？」

「苦手じゃない人なんて、いないと思うけど」

マックスが番号を押すあいだ、マダム・パスパルトゥはきょとんとした目で、ひとことも理解できないもどかしさに堪えながらクリスティーをふりむき、肩をすくめてみせた。クリスティーも肩をすくめ返すしかなかった。ふたりして、マックスの電話が終わるのを待った。

「よし。予約がとれた。二時にエクスだ」

昼食はパンとチーズとサラダのみ、キッチンで手早くすませることになった。マックスはなにを話していても依然うわの空で、気の滅入るような可能性しか頭には浮かんでこなかった——家を失い、ロンドンへ帰るはめになって、職を探しながら、チャーリーへの借金返済に金をかき集めてまわる毎日。クリスティーのほうは、物思いに耽りながら、やや困惑した様子で、実の父に会いそびれた悲しみに沈んでいた。マダム・パスパルトゥはというと、未知の言語との格闘をあきらめ、午後には蜘蛛の巣退治を再開する約束をして、すでに帰宅していた。

車に乗りこむ段になって、クリスティーがドアを開けようとした手をとめ、聞いた。

「ねえ、マックス？　ほんとに行かなくちゃならないわけ？」

マックスは車の屋根越しに、「行かないと、少なくとも僕は困る。どっちのものかわからない家に、居座ってるわけにはいかないからね。たとえば、きみが後先考えずに誰かフランス人と結婚、なんてことになったら、ここに、この家に住みたいって言いだすかもしれないじゃないか」

クリスティーは頭をふった。「そんなつもりは毛頭ありませんけど」

「わからないだろう。先のことなんて」

エクスまでの道中、ふたりが交わしたやりとりはというと、互いに真の胸の内をさらしたくないときの常で、差し障りのない半ば世間話のような話題ばかりだった。仕事はなにをしていたか、しているか。マックスは、シティで働いていたときのこと。クリスティーはワイナリーでの様子。そして周囲の景色のすばらしさ――ナパに似てはいるが、もっと緑が濃く、歴史を感じさせる田園風景――に感嘆の声を上げたのはどちらも同じで、エクスに着き、駐車スペースを見つけて車を乗り入れたときには、奇妙な関係に陥った仲とはいえ、互いに少しずつ打ち解けて気兼ねなく話ができるようになっていた。

エクスでもっとも魅力的な場所のひとつが、狭いながらも十八世紀に造られた石畳と噴水が美しいアルベルタ広場である。かつては背後に建つ宮殿の玄関口のような役割を果たしていた広場の周囲に現在、軒を連ねるのは、控えめを旨としたオフィスばかりで、とりあえずは控えめを旨とした法律関係者がそこでは働いている。電話帳の職業欄の膨大な数にのぼる名前のなかからマックスが適当に選んだ弁護士、ボスク先生の事務所はなかでも手入れのいい建物の一階にあって、真鍮の表札が陽光にきらめいていた。

応対に出た秘書はクリスティーとマックスを堅い木の椅子にすわらせ、約束の客が訪れたことを先生に告げに行った。五分が過ぎ、十分がたった。先生は地位も名誉もある多忙な人物であると立証するにじゅうぶんすぎるほどの時間がたったころ、ようやく秘書がもどってきて、ふたりを部屋に請じ入れた。

高い天井、高い窓、念入りにつくられた天井蛇腹《コーニス》といった具合に、広く美しく均整のとれた部屋が、まとめて買うといくら、とカタログによく掲載されている味も素っ気もない事務用什器で台無しにされていた。ボスク先生は紫檀に見せかけた安っぽいデスクから立ちあがり、ふたりに椅子をすすめた。体型はずんぐりむっくりのくたびれた感じで、シャツの袖を肘の上までまくりあげ、髪は勝手な方向へはねたまま、読書眼鏡を首から紐でぶらさげて、くすぶりかけの葉巻を指に挟んでいる。愛想よく、彼はにっこりとした。「アロール？　さて、どんなご相談でしょうかな？」

マックスがクリスティーとともに陥った奇妙な状況について説明するあいだ、ボスクはメモをとったり、ときおりぼそっと質問を投げかけたりした。クリスティーがこれまでに出会った弁護士は、隙のない身なりで上昇志向も強いカリフォルニア系にかぎられている。言葉は理解できないものの、ボスクは気さくで思いやりある弁護士のように見えた。が、実は長引きそうな、実入りのよさそうな案件を察知する嗅覚がことのほか鋭いというだけの話で、説明を終えたマックスに向かってまず口にしたひとことが、そのなによりの証拠だった。

ボスク弁護士は眼鏡を鼻まで押しさげ、回転椅子をゆっくり右へ左へとまわしながら、こう言ったのである。「どちらとも、言えませんな」

法律にはさほど詳しくないマックスだが、どちらとも言えない、つまり法律の貴重な副産物である灰色の領域に多少なりともひっかかる場合の弁護士報酬が、決して安くないことだけは、経験上よく知っていた。ボスクの次の言葉は、それを裏付けるものだった。

「問題は、そう単純じゃありません」葉巻を吸いなおし、ネクタイに落ちた灰を払いながらボスクは、「前例を探してみないことには。いやいや、探しても、見つからないかもしれない」この明るい知らせを相手がどう受け止めるか、様子をうかがったうえで、彼はつづけた。「そうなった暁には、最高裁の判断を仰ぐ必要がある」

マックスはそれをクリスティーに訳して聞かせた。「厄介なことになるかもしれないってさ」

「あ、なるほどね」クリスティーは言った。「別に驚くような話じゃない。ねえ、マックス、もう帰りましょうよ」

マックスは肩をすくめた。「せっかくここまで来たんだ。最後まで聞いていこうじゃないか」

ボスクは相変わらず椅子を回転させながら、ふたりの話が終わるのを待った。「さて、いっぽうで、そう、マドモワゼルがほんとうにムッシュー・スキナーの娘であることを、どう証明するかが問題になってくる。私生児だが、彼の娘である、と。いまでは、むろん、DNA鑑定というものがある。何年か前のイヴ・モンタンの娘の例が思い出されるところでしょうが——これまた、単純な話ではない。ムッシュー・スキナーはすでに埋葬されており、遺体発掘が必須となるわけで、これまた非常に微妙な問題——あちこちから当局の許可が必要となる」次のひとことをもったいぶって口にするボスクは、誰がどう見ても、うれしくて仕方のない様子だった。「いやあ、厄介なことになりかねませんな、これは。おそろしく複雑な事例と言っていい。だがしかし、たいへんに面白いケースでもある。喜んでお引き受けしますよ、私は」

マックスはふたたびクリスティーをふりむいた。「複雑な問題が、輪をかけて複雑になった。くわしい説明はあとでするよ」

クリスティーは目を剝いて天井を仰ぎ、煙草に火をつけた。

どちらが自分の顧客になるのだろうか、とボスクは両者の顔を見比べた。できればフランス語が話せる側のほうがいい。そのいっぽうで、若い女性もたいへんに魅力的ではある。それに男の話によれば、彼女はアメリカ人――つまり懐に金がうなっているということではないか。ボスクは建設的な助言をひとつすることにした。「ご自身の立場を守るためにも、問題が片づくまで、相続物件における存在の維持に努められたほうがよろしいでしょう、おふたかたとも。離れてどこかへいなくなれば、その人物は法的権利を放棄したものと見なされかねない。そういう落とし穴があるのが、フランスの法律です」

黙って考えるうちに事情がのみこめてきた。「ちょっと待ってくださいよ、つまり」マックスは言った。「おっしゃっているのは、こういうことですか。しばらくはいっしょに住め、と。そうですね？」

弁護士はうなずいた。「ええ、ひとつ屋根の下に。いやいや、別にロマンティックな意味で言っているのじゃありませんよ。そりゃもちろん、おふたりが……」ボスクはふたりの顔を見比べながら、可能性としては楽しい展開がいくらでも考えられなくはないですなあ、とばかりに両の眉をぴくぴくと動かした。

「なによ、どうしたの？」クリスティーが聞く。

「あとで話す」とだけマックスは言った。

いろいろ調べてみましょう、というボスクの約束で話し合いは幕を閉じた。ただし

――と彼は付け加えるのを忘れなかった――こういうことは時間がかかる。辛抱強く待っていただかねばなりません。出口までふたりを見送ると、陽射しあふれる広場に出てゆく彼らの背を眺めながら、巨額の報酬を期待してひそかにボスクは揉み手をせずにはいられなかった。

クリスティーはふうっと溜息をついた。「ああ、やっと終わった。それで、話はついたの？」

「いいや、そういうわけでは。ビールでも飲みながら話すよ。きみは弁護士という人種が、あまり好きではないみたいだね」

「前にいっしょに住んでたことがあるだけ」

ふたりは黙ってナザレ通りをミラボー通りまで歩き、ドゥ・ギャルソンでひとつだけ空いていたテラス席に腰をおろした。クリスティーが周囲を見まわすと、地図やガイドブックを手にした観光客ばかりで、そのほとんどが野球帽にポケットがいくつもついたバギー・ショーツ、黒いナイロン素材のサンダルという似たようないでたちのアメリカ人だった。マックスをふりむいて、彼女はにやりとした。「ベレー帽をかぶったアコーディオン弾きは、どこにいるのかしらね」

給仕が疲れきったような顔でにこりともせずビールをふたりの前に置いた。支払いを待つあいだ遠くに目をやったのは、引退生活をぼんやりと夢見てのことかもしれない。チップが置かれると見下ろして額をたしかめ、それとはわからないほど微かにうなずいて、となりの客が食べているクレープさながらのべた足で歩き去った。

マックスは約束どおり説明を始めたが、過去の判例や最高裁の判断にクリスティーの興味がないのは明らかで、遺体発掘とＤＮＡ鑑定のくだりにさしかかるや、彼女は身震いして大きく頭をふった。

「いいかい」マックスは言った。「僕は彼が言ったことを、くりかえしているだけで……」みなまで言わせずにクリスティーは手を上げ、マックスを制した。

「いちばん最後、私たちの顔を見ながら眉をぴくぴくさせてたのは、あれはなんだったの？」

「いい質問だ。これから話そうと思っていたところだよ。それはつまりだね、彼が僕たちに勧めたのは――いや、弁護士としてのアドバイスだな、わかるだろう――つまり、ふたりとも、彼に言わせるなら、存在の維持に努めたほうがいい、と」

「存在の維持？」

「そう、あの家での」

「いっしょに？」

「まあ、そういうことになるだろうな。僕だって、置かれた立場は同じわけだから。存在の維持を心がける必要がある。白黒どちらか、はっきりするまで」

「ねえ、マックス、私たち、今朝会ったばかりなのよ。あなたのことなんて、なにひとつ知らない。なのに、このまま、しばらくいっしょに暮らせっていうの？」

見ているほうが可笑しくなるほど、クリスティーは真剣そのもので、青い目を見開き不安を訴えようとしていたが、うら若きアメリカ人女性がいきなり背徳のヨーロッパ社会に放りこまれてしまったのだから無理もない。マックスは真面目に考えるのをやめることにした。とてもではないが、まともにはやっていられない。

「家は広いんだ」マックスは言った。「寝室なら、ひとり三部屋ずつ使えるよ」

第十一章

「やっぱり」とマダム・パスパルトゥは言った。「思ったとおり。アメリケンヌのお嬢さんもここへ移ってこられるんですね」大賛成、と言わんばかりに彼女が見守るなか、マックスはキャンバス地でできたクリスティーの巨大なソーセージ型雑嚢ふうバッグをかついで玄関から運び入れようとした。「準備に抜かりはないですよ、ムッシュー・マックス」マダム・パスパルトゥは心得顔でにやにやしながら、「寝室には花を活けて、シーツも取り替えておきました。そりゃあもう、おふたりには、心地よく過ごしていただけるよう」

マックスはバッグを床に下ろした。「そうじゃないよ、マダム。わかってないな。ここにしばらく滞在するのはたしかだけど、いっしょに住むわけじゃない。いや、いっしょはいっしょかもしれないが、別だよ、部屋は」

マダム・パスパルトゥは愕然とした。ふたりの健康な独身男女が、ベッドを共にしないなどという、そんな妙ちくりんで不自然なことが世の中にあっていいものか。小首をかしげ、両手を腰に当てたまま、彼女はマックスの前に立ちはだかった。「ア・ボン？　それはまた、どうしてです？」

「説明はあとまわしだ」マックスはクリスティーをふりむき、顎で階段のほうをしゃくって、バッグをかつぎなおした。「とにかく部屋へ案内するよ」

三人で二階の各部屋を見てまわることになったが、鎧戸を順に開け放ち、棚の上など埃が目についたような気がすれば手でさっと払い、高い窓からの眺めを自慢げに披露しつつも、せっかく用意したいちばん上等なマックスの寝室をなぜふたりで使わないのかと、マダム・パスパルトゥは聞こえよがしにぶつぶつ文句を言いつづけた。クリスティーはというと、すわればへこむベッドや、歪んだ古い衣装簞笥や、傾いたタイル張りの床に不安を隠しきれない様子だった。ほかより一段と中世の色濃いバスルームで、浴槽とシャワーをつなぐ部品が紛れもない、ひび割れ色褪せたピンクのゴムホースであることを確認するや、彼女は目を丸くした。ゆっくりと頭をふりながら、

「ねえ、なにこれ、嘘でしょ」

「そりゃあ、ホテル・リッツというわけにはいかないけどね」マックスは言った。

「でも魅力は山ほどあるぜ。アメリカじゃ、こんな場所、探したってそう見つからないと思うけど」便座にちょこんと腰かけ、マックスは両手を大きく窓のほうへのばし

てみせた。「住めば都。眺めはこのとおり最高」

無理してつくったようなクリスティーの笑顔は戸惑いのあかし、恐怖の一歩手前といったところで、彼女が住み慣れたカリフォルニアの贅沢このうえない衛生環境をマックスは思わずにいられなかった。清潔第一、これはアメリカ人にしてみれば日常生活における一種の宗教みたいなものなのだ。クリスティーが気の毒になってきた。「わかったよ」マックスは言った。「きみが僕の寝室とバスルームを使えばいい。僕はほかへ移るから。それでどうだい？」

話は決まった。荷ほどきするクリスティーを残して階下のキッチンへ下り、ほっとひと息つくためにマックスがまず求めたのは、グラス一杯のワイン、マダムがなによりも欲したのは謎の解明だった。

「どうしてです？」マダムは話を蒸しかえした。「いちばんいい部屋なのに。ベッドだって、ふたりでじゅうぶん寝られる。いっしょでいいじゃないですか。いくらでもくつろげますよ」

「会ったばかりなんだよ、僕らは」

「だから？　すぐ親しくなれるでしょうに」

「いとこなんだ。少なくとも、いとこみたいなもの、と僕は思ってる」

つまらない運命のいたずらを、マダム・パスパルトゥは片手をふって一蹴し、「フランス貴族の半分はいとことリエゾン、関係してました」それでもまだ強調し足りずに、マックスの胸を一本指で突いた。「お百姓だって、同じです。現にこの村でも、あなた、有名な話ですよ、あの……」

暴露話をマックスは途中で遮り、「待ってくれ、実を言うと……」

「ほうら、白状する気になった」

「……実を言うとね、僕はあまり好きじゃないんだよ、ブロンドの女性は。ブルネットが好みなんだ。昔からずっと」

「セ・ブレ？」ほんとに？

「ほんとうだとも」

肩をすくめながらも、たしかに見た目はブルネットの髪に、マダム・パスパルトゥは思わずさりげなく手をやった。気を利かせ先回りして――楽しく幸せなひとときを過ごせるようにと――準備したところが、せっかくの段取りをあっさり否定され無視され、その理由はというと、ほかでもない、相手の女性がブロンドだから、単にそれだけのものらしい。なんと馬鹿げた話だろう。まったく男とは妙な生き物だ、特にイギリス人の男ときたら。マダム・パスパルトゥはマックスにおやすみを言い、彼の今日の一部始終およびその性格上の欠点について時間をかけて報告し話し合うべく、妹のマダム・ルーセルの家へと向かった。

車が走り去るのを待って、マックスはロゼの壜とグラス二脚を手に、庭へ出た。ロゼはしばらく噴水の下で冷やすことにし、納屋から古ぼけた籐の椅子を二つ出してきて、夕陽が眺められるよう水盤の横に並べた。われながら、なんとよく気がつく、思いやりのある家主だろう、とマックスは思った。とはいうものの、椅子に腰かけて今日一日をふりかえってみれば、あと何日その家主でいられるかという点に不安を抱かざるをえない。家はほんとうに自分のものなのか。それとも何世紀も前のナポレオン時代に定められた複雑怪奇な法の落とし穴によって、別の判断が下されることになるのか。それを問題として持ちだした自分が、そもそも愚かだったのか。かもしれない。しかし、主義主張を守ることは大切、自分はそれなりに節操ある人間だとマックスは思いたかった。ヘンリー叔父のよく言っていた言葉が、草葉の陰から聞こえてきた——金銭的に損をしても守り通せるようでなければ、主義主張とはいえない。この場合は金銭のみならず、人生再出発の成否もかかっているわけだが。

「ハーイ」

霧にかすむ将来からふりむくと、クリスティーが新しいジーンズと白いTシャツに着替え、濡れた髪をまっすぐに垂らした姿で立っていた。まだ十八くらいに見える。

「おめでとう。シャワーがちゃんと使えたみたいだね」マックスはグラスにワインを注ぎ、手渡した。

「ありがとう。あれしか出ないの？　ちょろちょろとしか？」

「フランスのシャワーは遅れてるんだ。でも夕陽は素晴らしいだろ」

黄金色とピンク色の光芒に彩られ、マックスフィールド・パリッシュ作品の、なかでもとりわけ大胆に描かれた絵に見られるようなバラ色の雲が小さくいくつも浮かんだ夕空を、椅子にすわったままふたりはしばし無言で眺めた。噴水の水音が、蟬時雨や水盤を挟んで鳴き交わす蛙の声と混ざり合って聞こえる。

クリスティーがマックスをふりむいた。「どんな人だったんですか、私の父って」

マックスはぼんやり遠くを見つめながら記憶の糸をたぐり寄せた。「いちばん好きだったのは、僕がまだ少年でも、いつも一人前の大人扱いしてくれたところかな。それに、おもしろい人だったよ、特にフランス人について話すときは。好きでしかたなかったんだけどね、フランス人が。われらが愛する敵国人、とか言って。でも、頑固で手に負えないときは、このカエルどもめが、てな感じだった。彼ら独特の優越感もマナーをわきまえたところも、尊敬していたんだと思う。叔父自身もマナーをわきまえた人だった。いまなら、とても古風なタイプの人間と見られたことだろうね」

「どういう意味で？」

「本物の紳士だったから。なんていうか、気高くて、フェアで、品があって——どれもいまの世の中では、時代遅れとされるようなことばかりだろう。会っていれば、きみもきっと好きになったと思うよ。好きだったなあ、僕は」マックスはワインをすすり、腕時計を見た。「村へ食事に行かないか。食べながら、ゆっくり話すよ」

ファニーの店はすでに混雑して賑やかだった。客は村人たちと、一部には旅行客もいて、赤く陽焼けした顔やロゴだらけの服装から、それとうかがい知れる。挨拶しに寄ってきたファニーは、連れがいることに気づいて驚きの表情を見せた。

「久しぶりじゃない」キスをしながらファニーはマックスの腕を軽く叩いた。「二日は見てないわよ。どこへ行ってたの？　それに、こちら、どなた？」

マックスが紹介を終えると、女性ふたりは握手しながら、公園で出会った二匹の犬のように露骨に相手の様子をうかがい合った。男がここまで好奇心を剝きだしにできないのは、なぜなのだろう。マックスはにやにやしながら席についた。

「なにがそんなにおかしいの？」クリスティーが聞く。

「いや、なに。ふたりとも、いまにも相手のにおいを嗅ぎだしそうだったからさ」

クリスティーはテーブルのあいだを縫うようにもどっていくファニーの後ろ姿を目で追った。「ここじゃ、ずいぶんとタイトな服が流行なのね。くしゃみしただけで、シャツから体が飛びだしちゃいそう」

「そいつは楽しみだ」クリスティーが非難がましく眉を吊りあげたので、マックスは慌てて言葉を継いだ。「さてと、なにを食べる？　ウサギのタプナード詰めは試したことあるかい？　絶妙の味だよ」

クリスティーにはどうにも信じられないらしい。「カリフォルニアじゃ、ウサギなんて食べない。なんていうか、獣くさいんじゃないの？」

「鶏肉みたいなもんさ。ぜったい好きになる」

食事中の話題はもっぱらヘンリー叔父についてで、マックスは遠い夏の日の出来事を事細かにできるかぎり思い出しながら、クリスティーに話して聞かせた。思えば叔父ヘンリーに教わったことは、テニスやチェスやワインから、良書や素晴らしい音楽に至るまで、実に多岐にわたっていた。特によく覚えているのは、雨が降りつづくある日のこと、『ニーベルングの指環』四部作についてひたすら語りつづけるきっかけとなった、こんな言葉だった――ワーグナーの音楽も悪くないぞ、最初はとっつきにくいかもしれんが。

ほかにも、トラクター整備の基礎の基礎や、鶏の内臓の抜きかた、ネズミの害を防ぐために飼っていたペットのフェレットの世話のしかた、等々。こうした知識の宝庫さながらの「ごった煮」に、ときおり風変わりな材料として加わったのが、油断ならない赤毛の女性とのつきあいかたや、アレッポの石鹼の効能、仕立てのいい紺のスーツが重宝する理由について――遺言状に仕立て屋の名を忘れるな、つけはそこで払えばいい――それに、バックギャモン必勝法を教わったこともある。

「最高に楽しい夏休みだったよ」マックスは言った。「僕よりずっといろんなことを知っている、年上の兄貴と過ごしてるみたいで」

「ご両親はどうしてらしたの?」

「ああ——上海やら、リマやら、サウジアラビアやら、いろんなところにいた。親父が外交官のはしくれでね。四年ごとに飛ばされる場所が、どこもクリケットのできない、イギリス人少年をまっとうに育てるには向かない場所だったから」

夕方から夜になり、テラスの明かりはテーブルで揺れる蠟燭の炎とレストランの入口を飾る色とりどりの豆電球だけとなった。客は大半が食事を終え、コーヒーを前に煙草を吸ったり静かに話をしたり、ファニーがかけたエディット・ピアフのアルバム——涙にむせぶ悲しみの讃歌に耳をかたむけたりしている。

クリスティーが眠そうにあくびを嚙み殺しながらこっくりしているのに、マックスは気づいた。ワインに食事で、長かった一日の疲れが出たのだろう。勘定書を頼むと、ファニーがカルヴァドスのグラスといっしょに持ってきた。

ファニーは椅子を引いてすわりながら、「あなたのプティ・タミ」ガールフレンドね、と眠りに落ちる寸前のクリスティーを顎でしゃくった。「もうくたくたみたいよ」

もの問いたげな、探るような瞳が蠟燭の明かりで髪の色と同じ漆黒に見える。

炎に包まれたリンゴの味がするカルヴァドスをすすりながら、マックスは頭をふった。最初はマダム・パスパルトゥ、今度はファニーまでもが、ふたりの関係を勝手に決めつけている。ひょっとして喜ぶべきことなのだろうか。「そんなんじゃないって」マックスは言った。「はるばるカリフォルニアから来たんだ。長旅で疲れたんだろう」

ファニーはにっこりして身をのりだし、マックスの髪をくしゃくしゃっと撫でた。「明日は元気になるといいわね、アン？」その手が落ちて、温かく、軽く、肩にのる。マックスは彼女のカラメル色をした腕の内側に触れ、手首から肘にかけて浮きでた細い静脈を指先でそっとなぞった。いつのまにか頭を寄せ合い、彼女の息を頬に感じるほどになっていた。

「お邪魔かしら、私」クリスティーが気づき、眠そうな半開きの目でふたりを見つめていた。

マックスは咳払いをし、身を引いて、すわりなおした。「勘定をすませようとしてただけだよ」

指先に記憶がこめられたかのように、帰りの車のなかでもマックスはファニーの肌の感触が忘れられなかった。クリスティーがまたあくびをした。「ごめんなさい、ダウンしちゃって。でも、ありがと。楽しかった。ウサギの肉も、教えてくれたとおりだったし」暗がりでマックスは笑みをかえした。「よかったよ、気に入ってもらえて」

お互い知る由もないことだが、ふたりの関係が穏やかさの極みに達したのはこの瞬間で、以後数日は悪化の一途を辿ることになる。

赤の他人同士がひとつ屋根の下で暮らすことを余儀なくされれば、いろいろやりにくい場面が出てくるのは当然のことで、ふだんは必要のない配慮をあれこれと相手に対してせねばならないわけだから、苦労しないほうがおかしい。なかには、もはや変えようのない、確立された癖や習慣というものもお互いにあるわけで、そうなると配慮や遠慮の出る幕すらない。クリスティーとマックスの関係とて、例外ではなかった。とにかく、クリスティーがのちに口にした「ライフスタイルのちがい」などという言葉では到底片づけようもない、奇妙でどこか落ち着かない生活を、ふたりは強いられた恰好だった。マックスは早起きだが、クリスティーは朝寝坊が好きで、目を覚ましキッチンへ下りていくと、マックスはすでにクロワッサンを残さず食べ終え、オレンジジュースのグラスも空になっている。クリスティーはきれい好きだが、マックスは汚れていようが乱雑だろうが気にならない。マックスが好きなのはモーツァルトだが、クリスティーがよく聴くのはブルース・スプリングスティーン。そしてこれが困ったことに、どちらも料理は苦手。クリスティーに言わせるならマダム・パスパルトゥは小うるさくて詮索好きだが、マックスは彼女を得難い貴重な存在と考えている。

加えて、フランスの古い田舎家では珍しくもない細々とした不都合が、日常茶飯事だった。蛇口をひねってもきちんと湯や水が出ることは稀で、熱くなりすぎたり、冷たくなりすぎたり、ときにはまったく出なくなったりする。電気も予測不能で、ちらついたり、暗くなったり、理由もなく突然つかなくなったりする。朝の六時に寝室の窓の外でとつぜんトラクターが唸りを上げるし、牛乳も妙な味がするし、虫は平気で家のなかへ入ってくるし――そうしたすべてが、より現代的かつ温室的で贅沢なナパ・ヴァレー暮らしの快適さ、効率性に馴れきったクリスティーの神経を逆撫でするのに、時間はかからなかった。それにまったく、フランス人ときたら。よそよそしかったり気さくだったり態度がころころ変わるし、話しだせば機関銃のようにまくしたてるし、いついかなるときも胃袋最優先で、ニンニクくさくて、みな――クリスティーに言わせるなら――発作的に突如として横柄になるのは、あれは持病としか思えない。

マックスはわれ知らず屈折した快楽に身をゆだね、クリスティーに反論してフランスおよびフランス人を擁護するだけでなく、論争の火種が大きくなるのを承知で、ときにはやんわりとアメリカ批判までするようになった。これが歓迎されるはずはない。おまえは敵か味方か、どっちなのだ、と迫る大統領のやりかたをまねするほど愚かなクリスティーではないにせよ、ヨーロッパ人には全体にどこか第二次大戦後の恩義を忘れて飼い犬の手を嚙む傾向があるように思えて、それが理解できないし、ときには腹立たしくもあった。ところが、そう主張すると、マックスは今度は逆に嫌みたらしく、アメリカの独立戦争で活躍したフランスのラファイエット将軍の話を持ちだしてくる。クリスティーの怒りは募るいっぽう。家のなかの雰囲気は険悪さを増すばかりだった。高まる緊張を察して、マダム・パスパルトゥでさえ、余計な口は挟むまいと柄にもなく気を遣ったほどである。絶え間ない口論がクライマックスに達するのは、もはや時間の問題と思われた。

それが訪れたのは、公衆の面前でのことだった。空腹に駆られたふたりは、依然反目し合いながらも休戦協定を結んで、村へ夕食をとりに行った。クリスティーを無視しつつマックスだけちやほやするファニーの態度が、一触即発の状況改善にひとつも役立たなかったことだけはまちがいない。ふたりを見つめるクリスティーの目つきがますます険しくなった。堪忍袋の緒がついに切れたのは、デザートが運ばれてきたときだった。

梨のシロップ煮をクリスティーはフォークでぐさりと突き刺した。「このテーブルへ来るたびに、あの人、どうしてあなたをマッサージしなきゃならないわけ？」

「気さくに接してくれているだけだと思うけどね」

「ああ、そうでしょうとも」

「なあ、彼女はああいう人なんだ。気に食わないなら、見なきゃいいだろう」

「わかったわよ」クリスティーは椅子を蹴って立ちあがった。「見ないわよ、もう」

怒りに肩を強ばらせて店を離れ、夜の闇に向かって歩きだした。

数分後、村はずれの道でマックスは彼女に追いついた。車のスピードを落として横に並び、腕を大きくのばして助手席側のドアを開ける。クリスティーはそれを無視して真っ直ぐ前を睨みつつ、速足になった。百メートル近くそうしてのろのろ運転でつきあった挙げ句、あきらめてマックスはドアを力いっぱい閉め、アクセルを踏んだ。

家にもどると車のキーをキッチンのテーブルに放り投げ、苛立ちを鎮めるべくあたりを見まわした。いまの気分にはルーセルのまずい酒がうってつけだと思い、二杯目をかたむけているところへ、クリスティーが帰宅し、キッチンへ入ってきた。

見上げて目が合っても、にこりともしないその顔に、マックスは言葉をかけるのを一瞬ためらった。いっそ黙っていればよかったのだ。が、むしゃくしゃして、つい言ってしまった。「散歩は楽しかったかい?」

火蓋は切って落とされた。ファニーをまず痛烈にけなしてから、クリスティーは攻撃目標を変えて本来の不満をぶちまけた。つまりはマックス自身、というより、その態度である。理解がまるでなく、自己中心的で、気取り屋で、ひねくれたユーモアしがら口にできない。だからイギリス人はいやなのよ。調理台の前を行きつ戻りつしながらクリスティーはマックスを睨みつけ、猛烈な反論か、少なくともなにか言葉が返ってくるのを待った。けれども、とりわけ女性や外国人とやりあって相手に感情を剝きだしにされたときのイギリス男に、これはよくあることなのだが、マックスはすでに素っ気ない態度で卑劣にも自分の殻にとじこもってしまい、まともに取り合おうとしない。一戦交えたくてうずうずしているアメリカ娘にとって、これほど屈辱的なことはなかった。

「そりゃ、きみにはきみの意見があるだろう」マックスは言った。「そういう言い方が許されるかどうかは、ともかくとして」そしてテーブルの上の酒壜を指さしながら、「一杯どうだい？」

けっこうよ、お酒なんか。それより見せてほしいのは、誠意ある態度だわ。人がこれだけ困っているというのに――生まれ故郷から遠く離れ、言葉もわからず、見知らぬ人間に囲まれ、見知らぬ人間と同居を余儀なくされた人に対する基本的配慮というものを、きちんと示したらどうなのよ。

マックスはどろりと舌にまとわりつくような液体の最後のひとくちをグラスごと大きく揺すり、ぐいとあおって、立ちあがった。「僕はもう寝るよ。少しは大人になったらどうだい？　こっちから来てくれと頼んだわけじゃないぜ」

キッチンを出るところまで行かなかった。かっとなったクリスティーが身近にあった武器をつかみ、投げつけたのである。その武器というのが直径六インチの鋳鉄のフライパンで、しかも狙いどおりだったのだから、たまらない。フライパンはマックスのこめかみに見事命中した。頭で破裂音がして鋭い痛みが走り、目の前が真っ暗になった。足がふらついてマックスは床にくずおれ、意識を失った。

床に突っ伏したその姿を見て、クリスティーは呆然と立ち尽くした。マックスの頭からは血が流れている。赤い線が細くひと筋その頰を伝っていた。呻きも身じろぎもしない。不気味なことに、ぴくりとも動かない。

自責の念とパニックがクリスティーを襲った。床にひざまずいてマックスの頭を抱え、破りとったキッチンペーパーでどうにか出血を抑えようとした。首筋に触れると脈はまだあるように思えたのでほっとしたのも束の間、後遺症の可能性が頭に浮かんで、ぞっとした――心的外傷、脳損傷、訴訟で何百万ドルもの支払いを命じられ、深刻な肉体的危害を加えた罪で逮捕、フランスで何年もの悲惨な獄中生活。

医者。救急車を呼ばなければ。でもフランスでは、どう連絡すればいいのかわからない。警察？　それとも消防署？　ああ、どうしよう。なんてことをしてしまったのかしら。

膝のうえの頭が動いた。おずおずと、ほんのわずかに。呻いて、マックスはゆっくりと片目を開け、血糊のついた胸の膨らみ越しに、眉をしかめて不安におののくクリスティーの顔を見上げた。

「どこで、あんな必殺技を身につけたんだい？」

クリスティーはほっと大きく安堵の息をついた。「だいじょうぶ？　ねえ、ごめんなさい、ほんとに。どうかしてたんだわ、私。きっと――ああ、こんなに血が。ねえ、お願いだから、だいじょうぶだって言って」

マックスは恐る恐る頭を動かしながら、「死にはしないと思うよ。でも、だめだ、この体を動かすには」と言って、また頭をクリスティーの膝にあずけ、胸のうえで腕を組んで目をつぶり、呻いた。「あれがないと」

「え、なに？　なんでも言って、言われたとおりにするから。お医者さんを呼ぶ？　それともアスピリン？　お酒？　どうすればいいの」

「きみ、看護婦の白衣って、持ってないよね？」

負傷者の顔を思わずクリスティーは見下ろした。マックスは両目を開け、ウインクした。「前からあこがれてたんだ、あれに」

いっしょになって笑いながら、クリスティーの手を借りてマックスは起きあがり、椅子に腰かけ、ボウルに汲んだ水とペーパータオルで傷の手当てをしてもらった。

「思ったほどひどくはないみたい」こめかみの血を拭うと、クリスティーは言った。

「縫わなくても平気そう。でも、私ったら、ほんとに馬鹿なことを。ごめんなさい。心から謝ります」

「いや、僕のほうこそ、たぶん自業自得だよ」

クリスティーはマックスの肩をやさしくつかんでから、ピンク色に染まったボウルの水を流しに捨てに行った。「さてと。あとは消毒ね。こっちではなにを使うのかな。ヨードチンキってある？」

「触らないのが、いちばん」マックスはマールの壜に手をのばした。「これを使ってみたらどうだ。細菌は全滅、きっと代謝もよくなる」

クリスティーはアルコールで傷口を消毒し、きれいな布巾を包帯代わりに頭に巻いた。「これでよし、と。ほんとにお医者さんに来てもらわなくて平気？」

頭をふりかけてマックスは痛みにたじろいだ。「もったいないよ、せっかくの楽しい夜に」

第十二章

翌朝、洗面所の鏡でマックスは打ちのめされた顔と向き合い、包帯代わりの布巾をとって、左目の上にできた生傷の様子を調べた。触れば痛むし、頭を急に動かしたときもずきんと来るが、たいしたことはなさそうだ。村のクレール先生に診てもらえば、消毒と包帯なり絆創膏ですぐに処置してもらえるだろう。階段を忍び足で下りていったのはマダム・パスパルトゥと顔を合わせたくなかったからで、見つかればもちろん人生のドラマを愛してやまない彼女のこと、ただちに〈国境なき医師団〉に連絡して救急隊員満載のヘリコプターを呼びたがるに決まっている。

忍び足は、無駄足だった。マダムはキッチンの戸口の前で心配そうな表情のクリスティーを従え、待ちかまえていた。

「寝られなかったの」クリスティーは言った。「あれからも心配で、心配で。あとから、なにか起きるんじゃないかと――ショック症状とか外傷性障害とか。鎮痛剤を持って、お部屋に行ったんだけど、寝ていたから。気分はどう?」

答える前にマダム・パスパルトゥがぱちんと両手を自分の頬に当て、叫んだ。「オー・ラ・ラ・ラ、ル・ポーヴル! どうしたんです、その頭!」かわいそうに!

マックスは包帯にそっと触れた。「なんでもないよ。庭仕事で、ちょっとけがしただけさ」

「夜中に庭仕事をなさったんですか?」

「そう、馬鹿だったよ。まったく、暗いなかで、やるもんじゃないな」

「動かないで」マダム・パスパルトゥはパンツのポケットからすばやく携帯電話をとりだした。今日のパンツの色は明るいジャングル・グリーンである。「いまラウルに連絡しますから」

「ラウル?」

「そう、ラウルですよ、救急車を持ってるラウル」

頭をふりかけてマックスはすぐさま後悔した。「頼むよ、平気だから」クリスティーをふりむき、英語に変えて彼は言った。「村の医者に診てもらうことにするよ」

クリスティーが運転して送っていくと言い張り、残されたマダム・パスパルトゥは玄関でふたりを見送りながら、気になる様子で舌打ちしつつ脳震盪がどうの、でもフランスにはなんにでも効く強力な抗生物質があるの、といったことをつぶやきつづけた。

三十分後、破傷風の予防接種を受け、血に染まった布巾の代わりにごくふつうの包帯を巻いてもらったマックスは、処方箋を手に診察室から出てくると、待合室で待っていたクリスティーに向かって言った。「フランスでは病気にならないほうがいい。手続きだけで頭が痛くなって、一週間は入院するはめになる」

その顔を見たとたん、クリスティーはにやりとした。「白い包帯がなかったみたいね。それとも自分からピンクを頼んだの？」

歩いてカフェへ向かうと、ちょうど元気づけに早朝のビールを飲み終えたルーセルが立ち去るところだった。握手を交わしながらルーセルはマックスの頭を見つめ、「エ・アロール？　いったい、どう……」

「ちょっと庭仕事でね」マックスは言った。しつこく追及される前にクリスティーを紹介すると、ルーセルは大仰な仕草で帽子を脱ぎ、何度もうなずいた。「これはこれは、初めまして、マドモワゼル。ではムッシュー・マックスといっしょに、あの家にいらっしゃるわけで。なら、どうぞ、おふたりで、今晩うちへいらしてください。女房が野生のイノシシのシヴェを用意しましたので」その旨さを表現すべく、ルーセルは自分の指先にキスをしてみせた。「シャトーヌフ＝デュ＝パープと屠ったときの血で煮込んだ、正統派ですぜ」クリスティーのぽかんとした顔を見て、ルーセルはマックスは言った。「でも喜んでお邪魔すると思うよ。血は大好きみたいだから」おずおずと笑みを浮かべクリスティーをちらと見やると、ルーセルはコーヒーとクロワッサンの朝食に来たふたりを邪魔しないよう、大股に立ち去った。

クリスティーは口の端についたパンのかけらを拭い、両手で挟むようにカップを持って、朝のコーヒーと熱いミルクのいいにおいを胸いっぱい吸いこんだ。「ねえ、マックス、聞いてもいい？　頭のことを言われるたびに、みんなになんて説明してるの？　つまりその、ほんとの……」

「庭仕事でけがをした、とね。話すと長くなって、厄介だろ」

クリスティーは身をのりだし、彼の腕に触れた。「ありがと。やさしいのね」

ちょっとした流血事件が険悪な空気を一掃してくれたことは、意外だった。「そうだ、きみ、気にしないといいんだけど」マックスは言った。「ルーセルに今晩、夕食に呼ばれたもので――ふたりで――行くって言ってしまったんだ。ふつうじゃ、ちょっと考えられない。フランス人はまず最低十年はつき合ってからでなければ、外国人を家に招待したりはしないんだけどね。いい経験になると思うよ。カリフォルニアで呼ばれるディナーとは、また全然ちがって」

クリスティーが返事をしないのは、マックスの後ろから、ふたりのテーブルに向かってまっすぐ近づいてくる人物がいるのに気づいたからだった。「庭仕事の話、準備しといたほうがいいわよ。またひとり来るから」

マックスがふりむくと、スーツとハイヒールできりりと決めたナタリー・オーゼが愉快そうな顔をして立っていた。「ルーセルに会って聞いたわ。庭木と喧嘩したんですって?」両頰に軽く挨拶のキスをすると、ナタリーはサングラスをずらして上目遣いにマックスを見た。「ピンクがよく似合うじゃない。たいしたことはないんでしょ?」

「僕は平気だけどね、木のほうはだいぶ被害を被った。ナタリー、紹介するよ、こちら、クリスティー・ロバーツ。カリフォルニアからのお客さん」

ナタリーはサングラスをはずし、クリスティーをしげしげと見つめてから、差しだされた手を握った。「あら、どうりで。写真でよく見るカリフォルニアの女の子そのものじゃない。みんな天真爛漫に見えるのよね」クリスティーの手を握ったまま、ナタリーはマックスをふりむいた。「トレ・ジョリー」すごく、かわいいわ。

マックスはうなずいた。クリスティーは咳払いをした。ナタリーは手を放した。

「そうよ、マックス、知らせておくことがあった」ナタリーはサングラスをかけなおし、仕事の表情にもどった。「エノローグに——フランスでも指折りの人だけれど

──来てブドウ園を見てもらうよう頼みました。いま確認の電話を待っているところだけど、できれば明日ボルドーからこちらへ来たいそうよ。ラッキーね、彼がつかまって。ふだんはほとんどフランスにいないのよ」

マックスが感謝の言葉を口にすると、ナタリーはつづけた。「私は明日はマルセイユへ行かなければならないんだけど、だいじょうぶよね。帰ったらお昼でも食べましょう。どんな様子だったか、そのとき聞かせて」そして笑顔でクリスティーをふりむき、「このかわいいお友達もいっしょなら、ちょうどいいし、英会話の練習に」ふたりに向かって手をひらひらさせると、「バイバイ」と言って歩道にヒールの音を響かせながら、軽やかに歩き去った。

クリスティーはふうっと溜息をつき、頭をふった。「いかにもフランスの女の人って感じね。いつも誰かに媚を売らずにいられない」

「遊び半分だよ」マックスは言った。「それがフランスの文化なのさ、無謀な運転と同じで」

「だって、どうして私に？　手を放してもらうのに苦労したわよ」

「どういう意味だい」

「わかるでしょう？」

「驚いたな。なんで気がつかなかったんだろう」複雑な思いで、広場を抜け事務所に向かうナタリーをマックスは見送った。

その日の午後、マックスはクリスティーを誘い、周囲の土地を案内してまわった。前の晩、一戦交えたおかげで逆に肩の力が抜け、共にいても気が楽になって、激しい口論などなかったかのようにふたりはブドウ園を歩きまわりながら、エノログにどういうふうに畑を見てもらうかを相談し合った。ブドウ畑ならお手のものとばかりに、自称「ちょっとしたワイン通」のクリスティーは玄人の目で畑を観察し、手入れが行き届いて病気もないことをたしかめたうえで、剪定法に触れ、カリフォルニアとのちがいをマックスに説明した。ほとんど同じだけれど、ナパの畑では高さを揃えて剪定することが多く、また畝の端にはバラの木を植えてあることが多い、と。

「ああ、ブルゴーニュやボルドーの写真で見たことがあるよ」マックスは言った。

「でも、このあたりじゃ、そういう彩りに興味はないみたいだな。バラの蕾を搾っても酒にはならない、飲めないものを造ってもしかたない、そんなふうに思ってるんじゃないか」

「飾りで植えてるんじゃないのよ。いわば炭鉱のカナリアといったところ。病気発見の目安にするの。病気になりそうなときには、ブドウより弱いバラから先になるから。それを見て、手遅れにならないうちに対処するわけ。うまい思いつきよね、フランス人が考えたにしては」クリスティーは小首をかしげてマックスを見ながら、「でも、アメリカのブドウがなければ、いまごろフランスにこんなにブドウ畑はなかったのよ」

「害虫の話か、そうだろう？」

クリスティーはうなずいた。「フィロキセラ――ブドウネアブラムシの害。一八六〇年にフランスのブドウ畑はそれで全滅しかけたんだけど、アメリカ原生種のなかに、この虫に強い種類があることがわかって、何百万もの台木にこれを接ぎ木したの。というわけです――三十秒でわかるワインの現代史でした」

「そういう話を、ナパのワイナリーでは観光客にしているわけだ。でも、僕の記憶によると、たしかその害虫はそもそもアメリカからフランスに持ちこまれたんじゃなかったっけ？」

クリスティーはにやりとした。「そこまでは言わないのよ」

ふたりは石垣を越えて、いちばん端の石ころだらけの畑に入った。下に少しは土らしきものがあるのだろうかと、マックスは足下の砂利を蹴ってみた。「ここは見るまでもないだろう？　よくこんなところで草や木が育つもんだと感心するよ」

クリスティーは答えなかった。サングラスを額に押しあげ、畝間にしゃがみこんでいる。マックスを見上げると、まだマッチ棒の頭ほどしかない未熟な実のたくさんついた小さな枯れ房を拾って差しだした。「見て、これ」

受けとって、マックスは重さをたしかめるように掌にのせた。

「わかる？」クリスティーが聞き、答えを待たずに先をつづけた。「自然に落ちたんじゃない。切り落としてる。切り口が斜めになってるでしょ？　剪定鋏で切ったのよ。おまけに、ほら——この畝に沿って、同じような房がたくさん落ちている」立ちあがり、クリスティーはほかの畝を見渡した。「あっちもだわ。たぶん、この畑はみんな同じように剪定してあるはず」

丹精こめて育てた畑のブドウを何時間もかけてルーセルが切り落とすなど、考えられるだろうか。理解できなかった。「変だな。こんなことふつう、しないだろう、カリフォルニアじゃ」

「あら、そんなことないわよ」クリスティーは言った。「ま、実際にやるのは、ごく一部の人たち——特に力を入れて栽培している人たちだけだけど。そうね、三房に二房は小さいうちに切り落として、残った房にたっぷり栄養が行くようにするわけ。そうすると成分濃度の高いブドウ果が収穫できるの。もったいぶったその名も、ヴァンダンジュ・ヴェルト。手間のかかる、コストも馬鹿にならない作業よね、機械じゃできないわけだから。でも手法的には、そのほうが質のいいワインができる。ここは、このブドウ園でもきっと特別な場所なのね。品種はなにをつくっているのかな」

マックスは肩をすくめた。「今晩ルーセルに聞いてみるよ。明日、そのワインの専門家にたしかめてもいいし。なにもそこまでしなくても、という気はするけどね、貯蔵庫のあのまずいワインを考えると」

クリスティーは畑を見渡し、なにか考えているふうだった。「ねえ、ここ、場所としては最高よ。陽当たりもちょうどいいし——東向きで、砂利だらけの地面がゆっくり暖まっていくでしょ。そのほうが根のためにはいいの。それに斜面だから水はけも問題ない。すごくいいワインができるはずよ。ナパでこんな土地があったら、ひと稼ぎできる」

「ひと稼ぎって？」

「そうね、参考までにひとつ数字を上げるなら、二年ほど前に映画監督のコッポラがコーン・ワイナリーを手に入れたんだけど、そのときの買収額が一エーカー当たり三十五万ドル」

ひゅうとマックスは口笛を吹いた。

「そうなの。驚異的よね。でもそれがワインの商売の世界。スクリーミング・イーグルっていうワイン、聞いたことある？　少し前にナパのワイン・オークションで一本五十万ドルの値がついた。一本でよ」

「考えられない。一本五十万ドルのワインなんて、どうして飲めるんだ」

クリスティーは声を上げて笑った。「それはアメリカという国がわかっていない証拠。買った人は、自分で飲むわけじゃないの。人に見せびらかすため。絵画の名作みたいなものね。たぶん自宅の居間の仰々しい台の上に、値札をつけたまま飾っておくんじゃないかな」

「おっしゃるとおり。僕にはどうしても、アメリカという国は理解できないね」

石ころだらけの畑を先へ進むと、クリスティーが言ったとおり、どの木の根元にも、よく見れば切り落とされた未熟果の房が転がっていた。いずれはどれも腐って土に還ることだろう。そして来年にはまた同じ過程がくりかえされる。それを目にするまで、ここにいられるといいのだが、とマックスは思った。


夕暮れどき、沈みゆく太陽を眺めながら、ルーセル家での夕食会に備えてクリスティーが身支度を終えるのをマックスは待っていた。なかなか有益な一日で、それをちょうど電話でロンドンのチャーリーに伝えているところだった。

「……というわけで、明日の夕方には、まあ、その専門家が期待どおりの有能なプロであればの話だけど、畑のなにをどうしていくべきか、助言をもらって、見通しはついていると思うんだ。例の不動産会議とやらはどうなった？　予定どおりこっちへ来られそうか？」

「来週だよ。いまプログラムを見ていたところだ。信じられないぜ。パネル・ディスカッションのテーマのひとつが、高級ヴィラはどこへ向かおうとしているのか？　だからな。これ以上退屈なテーマがあったら、教えてくれよ。いずれにせよ、ニースで車を借りて、なるべく早くそっちへ行くつもりでいる。ありがたいだろう、話し相手ができて。広大な城にひとりぼっちじゃあな。着るものはなにを用意して行けばいい？　燕尾服に蝶ネクタイか？　短パンに麦わら帽か？」

答えようとしたちょうどそのとき、玄関からクリスティーがあらわれた――見事に変身して、髪をアップにし、スリムな黒のドレスに、ハイヒールは深紅、その血の色だけが前の晩の彼女の隠れた一面を思い起こさせる。

考えるより先に前庭からマックスは叫んでいた。「やあ、きれいだよ、すごく」

「なんだって？」電話の向こうでチャーリーが戸惑っている。

「おまえじゃない、チャーリー。いや、ちょっとね。話せば長くなる」

「女だな、そうだろう。もう女がいるのか。こいつめ」

ルーセルの家は意外や、大邸宅だった。荒れ果てた母屋だの納屋だのの集まりを想像していたところが、車で着いてみれば立派なプロヴァンスの大農場主宅といった観である。材質はコンクリート、しかもあの独特なピンク色をした打ち放しのコンクリートで、雨風にさらされてもおそらくは永遠にこの色と質感、年月とともに趣を増していく類の外壁ではない。しかし構えは堂々たるもので、左右に平屋の翼棟が細長くのび、中央の本棟は二階建てで、階段を上がるとタイル張りのテラスは目を瞠るほどに広く、見事なつくりの前庭には錬鉄製品の展示ギャラリーが開けそうなほどに数多くのトレリスや門扉や渦巻き模様の手すりが据えられている。古びたトラクターを運転する農夫にしては、ルーセルはなかなか金回りがいいらしい。

そのルーセルはテラスで携帯電話を耳に当て、むずかしい顔をしていた。が、ふたりに気づくと話を終え、笑みを見せながら寄ってきた。今宵のルーセルは立派な夜の装い《アン・トウニユ・ドウ・ソワレ》で、黒のズボンに糊のきいた白シャツ、黒のベストといういでたちは、どこから見ても舞台本番直前のイヴ・モンタンを思わせる。額のてっぺんを見ると、陽焼けをまぬがれた帽子のあとが白く横にくっきりと筋になっていて、それだけがふだんは屋外での労働に従事しているあかしだった。

「ムッシュー・マックス！　マドモワゼル！　ようこそ！」と出迎えるなり彼が、クリスティーの装いに魅入られてしまったことはまちがいなく、いつまでも手を放さずに足下など気遣うそぶりを見せつつ、胸元を密かにのぞきこんでいる。「さっそくアペロ、食前酒を——いや、その前にまず狭いわが家ですが、ひととおりご案内しましょう」

裏手へまわった三人を待ちかまえていたのは、片時もじっとしていられずに動きまわる泥のような茶色をした猟犬たちの、甲高い鳴き声、けたたましい吠え声だった。フェンスで囲まれた細長い運動場で数頭が放し飼いにされており、片側につくられた大きな木造の犬舎は透かし彫りをほどこしたアルペンスタイルで、犬舎というより山小屋のように見える。

「シヤン・ドゥ・シャス」猟犬です。ルーセルは誇らしげに腕をふって示した。「待ち遠しいんですよ、九月が。九月に狩猟は解禁になる。連中はどんな獲物でも逃がしゃしません——イノシシ、シギ、ヤマウズラ……」

「それに郵便配達人？」

ルーセルはウインクをした。「またそうやって、ご冗談を。いや、実際お目にかけたいもんですよ、あいつらが獲物を追いかけるところを。素晴らしいのひとことですぜ」犬舎を離れ、ルーセルが次にふたりを案内したのは、石塀に囲まれた一画で、なかは絵に描いたような見事な菜園――何種類もの野菜が育てられ、畝間は低いツゲの生け垣で整然と仕切られ、通路にはきれいに小砂利が敷かれていた。「ポタジェ、うちの野菜畑です」ルーセルは言った。「ヴィランドリー城の写真に触発されましてね。もちろん、もっとずっと質素ですが。自慢の黒トマトをご覧になりますか?」

ふたりは黒トマトを見て驚き、トリュフ樫の小さな木立ちに感心し、ルーセル自慢の彫像、家と同じ派手なピンク色のコンクリートでつくられた実物大のル・サングリエ・ローズ――棹立ちになったイノシシ像に目を瞠った。隅々まで手入れが行き届いていて、相当の金がかかっていることはまちがいない。親からの相続で潤ったか、奥方の家が資産家なのか。たぶん、そうなのだろう。いずれにせよ、ふだん見慣れているあのみすぼらしい恰好からは、想像もつかない暮らしぶりであると言ってよかった。

誇らしげに庭園の案内を終えると、ルーセルはテラスにもどり、細君をふたりに紹介した。陽に焼けた浅黒い顔にうっすらとひげの生えたマダム・ルーセルのお気に入りは、派手なオレンジ色のアクセサリーだった。パスティスが手渡され、グラスを合わせると、四人は笑みを浮かべながらしばし沈黙し、共通の話題を探した。テラスからの絶景をマックスが称えるいっぽうで、パスティス初体験の衝撃から立ち直ったクリスティーが精一杯の笑顔に手振り身振りを交えながら褒めあげたのは、ふつうではお目にかかれないほど躍動感あふれるマダムのイヤリングだった。

やがてキャスターのごろごろいう音が聞こえ、母親を少し繊細にしたようなルーセルの娘があらわれた。押しているのは便利な可動式ご馳走の数々——脂肪が斑になったソーセージのスライスやピザ、タプナードを塗った小さな四角いトースト、スティック野菜にアンチョヴィのディップ、黒と緑のオリーヴ、白いバターを添えたラディッシュなどがワゴンに並び、陶製の厚手のテリーヌ容器はツグミのパテで、赤みの濃い肉から変わり果てた姿となった鳥の嘴《くちばし》だけがのぞいている。

「ああ」ルーセルは両手を擦り合わせた。「食欲増進に、まずはちょいとつまむとしましょうか」

マックスはクリスティーを小突いた。「少しにしとけよ」

クリスティーはワゴンを見て、「これでぜんぶじゃないの?」

マックスは首を横にふった。「たぶんね」

クリスティーとマックスは前菜の盛りつけの素晴らしさをまず口にし、それを機にマダム・ルーセルは失礼と言って娘といっしょにキッチンへもどって行った。ルーセルがツグミのパテにナイフを入れ、小さな四角いトーストに少量のせてクリスティーに差しだした。受けとるクリスティーは見るからに気乗りしない様子で、嘴を見つめたままマックスにささやいた。「なにが入ってるの、ほかに。頭? 脚?」

ルーセルは自分の唇を指さし、しきりとうなずきながらクリスティーに微笑みかけた。「ジョリー・グッド」ヘンリー叔父とのつきあいで覚えた数少ない英語表現のひとつであることはまちがいない。「しっかりと、腹にたまるように」

「クロード」マックスは言った。「聞きたいことがひとつあったんだ。土地のいちばん端、石垣の向こうも畑になっているだろう。今日行ってみたら、ブドウの若い房がいっぱい切り落とされてるのに気がついた。あんなことして、だいじょうぶなのかい。その、僕は素人だからよくわからないけど、もったいなくはないのかね」

ルーセルはすぐには答えず、半分だけ陽焼けした額に皺を寄せ、下唇を突きだして考えこんだ。むずかしい顔で、いかにも大げさにふうっと溜息をつき、その下唇を震わせながら、「よく言われることですがね」と彼は話しだした。「ブドウには、試練を与えなければだめだ、と。でも、あの土地、あの畑は、そんなもんじゃすまされない。埃っぽくて、石ころだらけで」──といったんそこで口をつぐみ、頭をふってから──「ピュタン、草一本生えないとは、あのことです。少し摘果して、切り落としてやらなけりゃ、収穫はゼロですよ。こんなちっぽけな粒にしか、なりゃしない。こんなちっぽけなのにしか」ルーセルはくりかえし、人差し指と親指で一ミリほどの隙間をつくってみせた。

グラスをあおり、ワゴンの上を探したところが、酒壜は見当たらない。人を干上がらせる気かとぶつぶつ文句を言いながら、ルーセルはパスティスをとりに家のなかへ入っていった。

その隙にマックスは、いましがたのブドウについてのルーセルの説明を、クリスティーに訳して聞かせた。周囲に目をやり、手入れの行き届いた灌木が植わっている艶がけした壺を見つけて、飲みきれないグラスの酒をその根元に捨てると、クリスティーは頭をふった。「嘘よ、そんなの。わざわざそんな面倒なこと、するわけがない。もし、するとしたら、それは……ねえ、そうよ。聞いてみたらどうかな、ずばり……」

しかし早くももどってきたルーセルが、カクテル・パーティー向けと自分では思っている英単語をいくつか並べたてながら、酒壜をふっている。ふたりのグラスに注ぎ足し、にっと笑いながら、何語ともつかない発音で威勢よく彼は言った。「さあ、飲みほれ！　むか《いい》い酒だ！　それそれ！」

クリスティーはそれとなく壺に近寄りながら、グラスの酒を少しでも捨てられないかと機会をうかがったが、度数四十五度のアニス風味のアルコールがすでに頭にまわって、ふらふらしはじめていた。

マックスがブドウに話題をもどす前に、ルーセルが自分から寄ってきて、陽焼けしたごつい手をその肩に置いた。「ねえ、聞かせてくださいよ、ムッシュー・マックス。ここだけの話、あの家は今後、どうなさるおつもりで？」

答えを考えながら、ルーセルを通じて村で噂になるような興味深いネタを提供してやりたい誘惑にマックスは駆られた。週末の愛の隠れ家と銘打ってマルセイユのサッカー・チーム御用達にする、ダチョウの飼育を始める、わがまま娘たちを集めて女子寄宿学校を開く、等々。「さあ、どうするかね」しばらくしてからマックスは答えた。「まだ生活に馴れようとしている段階だし。いずれにせよ、急いで決めなければならない問題でもないだろう」

ルーセルはマックスの肩を叩き、うなずいた。「そうですとも。リュベロンのど真ん中で、あんな家は、いまどき探したって見つかるもんじゃない。イギリス人、ドイツ人、アメリカ人、パリに住んでる連中——誰もがこの土地で家を手に入れたがってる」マックスの肩から手を放して、ルーセルは人差し指でグラスの氷をかきまぜた。「ゆっくり考えて、決断されたほうがいい。売ると決めたら、このあたしにかならず知らせてくださいよ。そして、アタンシヨン」要注意、とルーセルは濡れた人差し指をふりたてた。「不動産業者を信じちゃあいけない。あいつらはみんな、追いはぎみたいなもんだ。耳を疑うような話がいくらでもある。おっと、礼儀知らずになっとるかな？　マドモワゼルを放ったらかしだ」ルーセルが目をやると、クリスティーは壺の脇に立って、にっこりしていた。そのグラスが空なのに気づいて、ルーセルはさも満足げにうなずき、彼女に腕を差しだした。三人で家に入って、次は夕食である。

室内も庭同様、手入れが行き届いた立派なもので、前庭に負けない数の鉄細工が至るところに飾られ、それも渦巻き模様のいっそう複雑な傑作揃いだった。タイル張りの床や漆黒の家具調度は光り輝くほどに磨き抜かれている。壁という壁には壁龕《ニッチ》がくりぬかれ、そのひとつひとつに額入りの写真が飾られていて、大半は華麗なるルーセル一族のポートレートだが、なかには迷彩服に身を包んだ男たちが自慢げに毛皮なり羽根付きの獲物をかかげている〝力作〟も何点かあった。

ルーセルに案内されてふたりが食堂に入ると、ここはまた壁中が狩猟の愉しみに彩られていた。鉄製の飾り棚には猟銃が並び、ガラスケースには牙を剝くキツネの剝製、木製の盾型台座には巨大なサングリエ――イノシシの頭が掛かり、周囲にはルーセルと勇ましい狩猟仲間の写真がさらに何枚か飾られていて、細長い食卓の上にはまるでこびりついたようにニンニクの臭気が漂っている。

「素朴な料理ですがね」一同が席に着くと同時に、ルーセルは言った。「農夫がひと仕事終えて、食べるようなやつばかり」最初はナスをすりつぶして冷たいピュレにした「ナスのキャヴィア」に、なぜかプロヴァンス地方では「頭のないヒバリ」と呼ばれるソーセージ状のパテが皿に山のように盛られて出てきた。上等な濃いシャトーヌフの赤を注いでまわるルーセルを見て、翌日ボルドーから来ることになっている専門家のことをマックスは思い出した。

「明日の話は、ナタリー・オーゼから聞いてますよね」マックスは言った。「彼女の紹介でエノローグが畑を見にやって来るという話は」

ルーセルは自分のグラスにも注ぎ終え、手首をひねって最後の一滴をうまく壜にもどしてから、椅子にすわった。「さっき電話がありましたよ。ちょうど、おふたりがいらしたときに」そして頭をふり、溜息をついた。「あのボルドレ、ボルドー人たちときたら、あちこち出しゃばって歩いてやがる。いや、ご心配なく。こっちで会って、話をしますよ。旦那はお忙しいでしょう。任せてください」かかげたグラスを、ルーセルはまずクリスティーに、それからマックスに向けて言った。「アメリカに！　イギリスに！　両国友好のために、乾杯！」

もうけっこう、のひとことを決して受けつけないプロヴァンス流のもてなしに不馴れなクリスティーにとっては、いくら空腹を感じていたとはいえ、ひとつめの頭のないヒバリをあっという間にたいらげてしまったのが失敗のもとだった。マダム・ルーセルが気づいて即座にお代わりを皿にのせ、ナスのピュレもたっぷりとよそい、汁気も無駄にしないよう厚切りのパンを添えた。残念ながらここには助っ人の壺はない。ちらと横目で見ると、マックスは独白のようなルーセルの話に耳をかたむけ、にっこり笑顔で相槌を打ちながら、ゆっくりと、少しずつ料理を口に運んでいる。

「聞いたことありませんか」とルーセルはもう二本ワインの栓を抜きながら話してい

た。「キャベツの青い外葉を生のまま五個分食っとけば、いくらワインを飲んでも酔っぱらわないってね」そしてそのワインを全員に注いでまわりながら、「山羊の肺をローストしたのもいいらしいが、そっちはまだ試したことありません。いやあ、なんたって、いちばん効くのはツバメの嘴《くちばし》ですよ。あれを炭になるまで焼いて、すりつぶして粉にする。そいつをひとつまみかふたつまみ、最初のグラスに入れときゃあ、ワインだろうがなんだろうが、いくら量を飲んだところで、ぜったいにひっくり返らない。お試しあれ。ヴォワラ、さあ、どうぞどうぞ」

「そりゃいい話を聞いたな」マックスは言った。「ツバメの嘴か、今度買ってこよう」クリスティーの視線をとらえ、訳して聞かせると、嘴のレシピのくだりで、最初は笑みを浮かべていたその顔から見る見る血の気が引いた。

身震いしてクリスティーはワインをぐっと飲んだ。「嘴が好きね、ほんと。胃薬ってものがないの、この国には」

食事はゆったりとクライマックスを迎え、本日の主菜が鋳鉄の深いキャセロール入りで厳かに運ばれてきた——煮詰めた血と赤ワインのソースで黒々とした野生イノシシの煮込みに、チーズとポテトのグラタンが添えられ、シャトーヌフがなおも、これでもか、と注ぎ足される。飢えた野犬の群れですら賄えそうなほどにどっさりと盛られた湯気の立つ煮込みを前に、クリスティーは途方に暮れた。マックスはベルトを緩めた。ルーセル一家は衰える気配のない食欲で、猛然と食べはじめた。

お代わりを強いられたことは言うまでもない。そしてチーズ。デザートは艶がけして大きく切り分けたタルト・オ・ポム——リンゴのタルト。最後にコーヒーとアーモンド型のビスケットがふるまわれ、避けては通れない食後酒として勧められたのが、ルーセルの毒々しい自家製マールだった。

すでにクリスティーは知覚麻痺に陥っていた。食べ過ぎで、クマなら冬眠寸前、ほとんど動けず、なにも考えられず、ただ本能の命ずるところにより静かな暗い場所で体を丸めるしかない状態にまでなっていた。マックスのほうはまだいくらかましだったが、ルーセルでさえ、すでにぐったりとした様子で、ときおりマールのお代わりを勧める以外にはもはやなにをする気力も見られない。

マックスがマダム・ルーセルに感謝の辞として述べたとおり、思い出に残る一夕であったことはまちがいない。キスと握手で別れの挨拶を終えると、クリスティーの体を支えるようにしてマックスはテラスを下り、彼女を車に乗せた。

「よく頑張ったよ」運転しながらマックスは言った。「カリフォルニアの誇りだ、きみは。無理強いして、申し訳なかったね。こんなに長い夜になるとは思わなかったものだから。だいじょうぶかい、気分は」

返事はなかった。家に着くと、かすかにマールとアーモンド・ビスケットのにおいをさせながら、もはやぐったりとして動けない彼女をマックスは車から降ろして運んでやらねばならなかった。抱きかかえて階段を上がり、ベッドへ運び、靴を脱がせ、毛布をかけてやった。頭に枕をあてがうさい、身じろいで小さく寝言を言うのが聞こえた——「いいの、お願いだから、もうやめて」

第十三章

水盤の縁に腰掛け、体を折り曲げて膝で頭を挟みながら、心臓発作が来るのは朝食前か後か、とマックスは考えた。すでに陽射しはきつく、前の晩の不摂生がたたって、清々しく快適なはずの朝がマゾヒズムの修練さながらだった。呻いて噴水まで行き、マックスは頭から冷たい水を浴びた。

悲鳴が聞こえたと思ったらキッチンの窓から様子を見ていたマダム・パスパルトゥの叫び声で、マックスの脳みそにかかった靄を鋭く切り裂くように、彼女は言った。

「ムッシュー・マックス！　気でもちがったんですか？　その水。ばい菌がうじゃうじゃですよ。中に入って！」

マックスは溜息をつき、言われたとおりにした。頭の小さな切り傷を大けが扱いして、治癒するまで全責任を負うことを心に決めたマダム・パスパルトゥは、とりそろえてある各種軟膏だの包帯だのをさっそくキッチンのテーブルに広げた。化膿して大事に至る危険性と消毒殺菌の重要性についてぶつぶつと説きながら、彼女は古いピンク色の包帯をはずし、傷口にヨードチンキを塗った。

「どんなだい？」マックスは聞いた。

「静かに」先生は偉そうに言った。「いちばん気を遣うとこなんですから」口の端に舌先をのぞかせながら、軟膏を塗り、ガーゼを当て、必要以上に大きな絆創膏を彼女はぺたりと貼った。「これでよし、と。今度は白がよろしいかと思いましてね。ピンクはまるで似合いませんでしたから」

マックスはにっこりと礼を言った。「クリスティーを見かけた？」

「いいえ」マダム・パスパルトゥは一歩下がって手当のできばえを自画自賛してから、「声は聞こえましたけど」

「ひどいんだな、だいぶ」

マダム・パスパルトゥはうなずいた。「あの義弟ときたら、まあ、石頭のわからず屋でね。相手がまだそういうのには馴れてないってことを、すぐに忘れてしまうんだから」そして指折り数えあげながら、「パスティス、ワイン、マール——悪夢のレシピですよ。セ・フー」まともじゃないわ。

階段を恐る恐る下りる足音が聞こえ、戸口に姿をあらわしたクリスティーは、異様に大きな濃いサングラスで顔の半分を隠していた。「水、水を、たくさん、飲まないと」ヴァリウムを飲んだ夢遊病者さながら、冷蔵庫に近づくと、彼女はヴィッテルの壜をとりだした。

明らかに自分以上に死ぬ思いをしている相手を見て、とたんにマックスは気分がよくなった。「食べたものが悪かったかな。強烈なんだよ、あのアーモンド・ビスケットは」サングラスと見るからに不愉快そうな表情でクリスティーは一瞬マックスをふりむき、すぐにぷいと顔をそむけた。「まじめな話、外に出たほうがすっきりするぜ」マックスは言った。「新鮮な空気を吸って、鳥の声でも聞いて、リュベロン山で太陽の光でも浴びて……」

「コーヒー」クリスティーは言った。「コーヒーを、たくさん、飲まないと」

カフェの外のテーブル席にすわり、水を一リットルとそれに負けない量のコーヒーを飲むと、ようやく人心地がついて、クリスティーにも周囲に目を向ける余裕が出てきた。今日はサン＝ポンに市が立つ日で、広場のプラタナスの木陰にはすでに屋台がたくさん並んでいる。プロヴァンスの人口の半分が見物や買物に押し寄せたのではないかと思うような賑わいだった。

屋台に群がる人、行き交う人々は見事に色分けされていた――土地者はみな浅黒く、色褪せた服を着て、くたびれた買物籠を手にしている。夏休み中の旅行客たちは北方の白い肌が陽に焼け煉瓦色に変わる過程もさまざまで、今年の流行色が目立つ装いをしている。濃いカラメル色の肌は北アフリカの宝石商人。藍色の光るような肌をしたセネガル人たちは陳列台に時計や革製品を並べている。鍛えられた嗅覚の持ち主ならば、香辛料や、串刺しのチキン、ラヴェンダー・エッセンス、チーズのにおいなどを嗅ぎ分けられることだろう。また耳がよければ少なくとも四か国語――フランス語、アラビア語、ドイツ語、英語――を断片的に拾ういっぽうで、フランスにおける一種の観光方言ともいうべき商用エスペラント語を露天商たちが話しているのを聞きとることもできたかもしれない。

市の端に、ひとっ走りして休憩をとる中年自転車乗りたちの一団を見つけて、クリスティーの目がとまった。手入れされ磨き抜かれた自転車は何段ものギアや複雑な装備満載で、ハンドルバーはもちろん携帯電話ホルダー付き、サドル後部から突きだしたポールには白い三角旗が勇ましくはためいている。ぴっちりした伸縮自在なライクラ地を身にまとった紳士たちは、昆虫の頭部を思わせる軽量クラッシュヘルメットをかぶった、さながら色とりどりの太ったソーセージといったところだった。そして全員が指先のないサイクルグローブをはめ、トゥール・ドゥ・フランスの選手が好むラウンド型サングラスをかけ、背中を叩く代わりに口々に、朝の難行苦行をよくお互い耐え抜いたと賞賛し合っている。市の喧噪を破って聞こえてくるような大声だった。

クリスティーはたじろいだ。「どうしてアメリカ人て、どこへ行ってもいちばん声が大きいのかしら？　もう、恥ずかしくなっちゃう」

「苦しくてしかたがないせいだよ」マックスは言った。「あのきつい短パンがいけないんだ。いや、ほんと言うと、きみのいまの見解には賛成しかねるね。イギリス人が声を張りあげるの、聞いたことある？　あれこそ世界一と思うのが、よくいるぜ」マックスが見ていると、ひとりが運動再開に欠かせぬ複雑なストレッチ運動をしてから、ふたたびサドルにまたがった。「まあ、結局のところ、誰でも同胞は厳しい目で見たがる、ということなのかもしれないな。アメリカ人だって、まともな人間は大勢いると思うけど。そのひとりが、僕の別れた妻と結婚したよ、気の毒に」椅子にもたれてマックスはクリスティーを見た。「きみはどうなの？　ナパにだれか待っている人でも？」

クリスティーは頭をふった。「ついこのあいだ、二年いっしょに暮らした相手と別れたばかり。弁護士でね。それも、カリフォルニアからしばらく離れたかった理由のひとつなんだけど」

「ふられたわけ？」

「どちらかと言えば、たぶん向こうがね。彼は、仲直りしたいんじゃないかな」クリスティーはにやりとしながら、「というわけで、うまくいけば訴えられずにすむかも」

マックスが給仕を呼んで勘定をすませようとしたちょうどそのとき、仕事へ向かうファニーがレストラン用の巨大なパンの入った茶色い紙袋を抱えてカフェの前を通りかかった。足をとめて頰にキスを受け、頭の包帯のことをしつこくあれこれマックスにたずねてから、「そういえば、ルーセルに会った？」と彼女は聞いた。「捜してたわよ。今日の午後、お宅で会う約束をしてるとかで。個人的なことだ、と言ってたけど」黒い目を輝かせ、好奇心を隠しきれない様子でファニーはマックスににっこりした。

「どうせなんでも、すぐ噂になるのにね」

「素敵な服だね」ちっぽけなコットンのベストに股上の浅いジーンズをはいて、陽に焼けた腹部を大きくのぞかせたファニーの姿にマックスの目は釘付けになった。「浄化槽《メルド》の件かな。ちょっと具合が悪いものだから」

「あらまあ」

「そうなんだ」

カフェをあとにし、人込みを縫うように遠ざかっていくファニーを見送りながら、クリスティーは言った。「ねえ、誰が見たってわかるわよ、おふたりさん。どうにかしたほうがいいんじゃないの。ほら、デートに誘うとか」

マックスはすばやく片手を胸に当て、悩める男の顔を装った。「とんでもない、僕にできるのは遠くから彼女を崇めることだけさ」そう言ってから、「顔を合わせるのが、いつもレストランのいちばん忙しいときだからね。ゆっくり話をするどころの騒ぎじゃない。皿洗いで力になれるかどうか、聞いてみようかな」釣り銭をいくらかテーブルに残してマックスは立ちあがり、腕時計を見た。「行こう。市でちょっと買い出しして、昼の食事は家でと思ってるんだ。ワインの専門家が早く来るといけないから」

広場を押し合いへし合い動く人の流れに加わり、ふたりが最初に足をとめたのはソーセージをルネッサンス様式の花綱装飾のように吊るした店で、カウンターに幾種類ものコンフィやパテが並ぶのを、ずらしたサングラス越しにじっと見つめるなり、クリスティーは言った。「ひとつリクエストしていい？　嘴抜きでお願い」

結局、選んだのは、粗挽き肉でつくった田舎風パテで、店の主人は馴れた手つきで厚切りにした二枚をパラフィン紙にくるんだ。渡された小銭を茹であげたばかりのハムのような濃いピンク色の指で数えながら、このパテにはあのワインと銘柄まで口にし、もうひとつ、これを食べるにあたって絶対になくてはならないのがコルニションだから、買うのを忘れないように、と彼は付け加えた。次はチーズ屋へ向かい、バノンの山羊チーズの熟成度について語り合う番だった。ずんぐりとした丸いチーズが包んであるのは栗の木の葉だが、心配ない、オー・ド・ヴィーに漬けこんだものだと店主は言う。つづいてサラダの野菜と果物、パンとオリーヴ油、それにバルサミコ酢を買い、最後、花屋に寄って食卓に飾るため色鮮やかなチューリップをひと束手に入れた。

すべてがクリスティーには魅力的で新鮮な体験だった——露天商たちは話好きで、どんな些細なやりとりにも思いやりや礼儀を忘れることなく、誰もがのんびりとしてユーモアたっぷり、せかせかしたところは微塵もない。

「スーパーマーケットでカートを押して歩くより、このほうがずっと楽しい」クリスティーは言った。「ぜったいよ。でもカリフォルニアじゃ、ありえないことばかりね。だって、犬はそこいら中うろついてるし、みんな平気で煙草を吸ってるし、お店の人たちはポリ手袋もしていないし。カリフォルニアだったら、衛生局がはりきって取り締まりに来るとこだわ。みんな、いっぺんに営業停止になっちゃう」

「そして犬も計画的にうろついた廉で現行犯逮捕、かい。うん、ぜったいだな」マックスも言った。「みんなでここにいられるのが、たしかに不思議なくらいだ。でも、別にこっちの人間の寿命が極端に短いわけじゃない。逆にアメリカ人より長生きしてるくらいだぜ。ほら、いつだったか統計が出たのは知ってるだろう」

「ええ、もちろん。うちの社で宣伝に利用したくらいだもの。あれよね——フレンチ・パラドックス。一日にワイン一本で医者いらず。どこかに数字が載るたびに、赤ワインの売り上げがぐんとのびるの。手っ取り早い方法が、アメリカ人は好きだから」

買物袋を抱え車へもどる途中、村の教会の前を通りかかったさい、扉に貼り紙がしてあるのを見てマックスは足をとめた。にやりとして彼は頭をふった。「これぞプロヴァンス流。傑作だな」書いてある内容を、彼はクリスティーに訳して聞かせた。〈注意――本日の集会は予定が変更となりました。集会は昨日開かれました〉

家に帰ると、マダム・パスパルトゥの置き手紙があった。ボルドーのムッシュー・フィッツジェラルドから電話があって、午後いちばんに到着する予定だという。そしてマックスには、頭をぜったい濡らさず、暑い場所に長くいるのも避けるように、との厳重注意。さらに、クリーズ・ドゥ・シャ――飼い猫が一大事なので、今日は昼食のあと仕事にもどることはできません、と書き添えてあった。

「猫が一大事だってさ」とマックスは説明した。「年寄りの雌猫を飼ってて、ときどき毛玉が胃だか腸だかに詰まるもんだから、医者に行かないとならないらしい。いや、今日はいてくれないほうが助かるよ。いたらきっと、エノローグにまで、あれこれと指図する」

買物袋を開け、マックスがシンクに立って野菜を洗うあいだ、クリスティーはキッチンテーブルの端に腰かけ、ワイングラスを片手に煙草を吸った。「なんだか夢のような生活ね。いつもこうなの？　冬はどんななのかな」

マックスは洗った野菜を水切りしてペーパータオルの上に置いた。「冬は、そう、まだ一度も過ごしたことがないな。叔父さんに言わせるなら、物書きと酒飲みには最高の季節という話だったけど——寒くて、静かで、閑散としてて、なにもすることがない。楽しみだよ、僕としては、なんだか」まだここにいられればの話だけど、と思わず胸中つぶやきながら、マックスは棚に手をのばし、オリーヴの木でつくった古びたサラダ・ボウルを用意した。「さて、と。僕がキッチンに立って、指を切ったり物を壊したりせずに作れる、唯一のものがこれでね——ラ・ソース・ヴィネグレット・ア・マ・ファソン。自己流のサラダ・ドレッシング。ようく見てろよ」

粗挽きの黒胡椒と自然塩をたっぷりふたつまみボウルに入れ、白黒まじりの砂粒のようになるまで、マックスはフォークの背でよくかきまぜた。そこに焦げ茶色のバルサミコ酢を数滴、さらに陽の光に黄緑色に輝くオリーヴ油を細く長く垂らしていく。最後にディジョン産はマイユのマスタードをひとすくい。ボウルを持ちあげ、腹に押しつけるようにして抱えながらフォークでよくかきまぜ、混ざり具合を何度かたしかめたうえで、よし出来上がり、とマックスは判断した。ボウルをテーブルに置き、バゲットを小さくちぎって念入りに仕上げたばかりの茶色い液体に浸してから、クリスティーに差しだした。「レモン汁を加える人もいるけどね。でも僕は、このほうが好きだな。どうだい？」

クリスティーはひとくち囓り、顎に垂れたドレッシングを手の甲で拭いながら、黙ってもぐもぐとやった。

「どう？」

考えこむように天井を見上げてから、クリスティーはうなずいた。「いい線いってるわね」さながらワインの試飲をするようにクリスティーは言った。「ヘルマンズのドレッシングにちょっと味が似てるかな？」マックスの顔が曇るのを見て、クリスティーは慌てて付け加えた。「嘘よ、嘘。最高。壜詰めして売ったら、ひと儲けできる」

「つくるたびに味がちがうけどね。さ、このトレイを運んで。あとは僕が持っていくから。外で食べよう」

一時間後、石のテーブルでふたりが昼食をほぼ終え、ロゼワインも残り少しとなったところへ、喘ぐようにやかましい、くたびれたエンジン音が聞こえてルーセルのヴァンが到着し、濃緑色のぴかぴかのジャガーがすぐあとにつづいた。砂埃を上げて二台はとまり、ジャガーからは黄灰色のリネンのスーツを着た長身の男が優雅に降り立った。サングラスをはずし、上着の皺をのばし、白髪まじりの前髪をかきあげながら、男はマックスに歩み寄った。

「ジャン＝マリー・フィッツジェラルドです。トレ・ズールー」お会いできて光栄です。握手を交わし、マックスはクリスティーを彼に紹介した。お会いできてたいへんうれしく、とまたつぶやきながらフィッツジェラルドが厳かに演じたのは、フランスでは依然としてある一定の年齢、階級以上の男たちに好まれる傾向のあるオスキュラム・インテラプタム――キス寸前のキスで、クリスティーの手をとり、頭をかがめてその手に唇を近づけるまねをしてから、彼はゆっくりと体を起こした。

「フィッツジェラルドというと」マックスは言った。「なんだかダブリンを連想させる名前ですね。ボルドーとはおよそ結びつかない」

フィッツジェラルドはにっこりした。「イギリス人には、ボッグ・フロッグ、泥炭地のカエルなどと呼ばれることもあります――アイルランドとフランスの血が半々なんですよ。フランス南西部には、意外に多くてね。土地の気候と娘たちを、アイルランド人の先祖が気に入ったんでしょう」

「すると、英語もおできになるわけですね？」

困ったような顔をしてフィッツジェラルドは頭をふった。「残念ながら、英語の勉強は初歩の初歩どまりです。覚えているのは、マイ・テイラー・イズ・リッチ――私の仕立て屋は金持ちです、その程度で」

フランス人にとっては傑作中の傑作にちがいないジョークがここでもまた飛びだしたが、なぜか初めて、ルーセルは笑わなかった。どこか落ち着かない様子で、前の晩のおおらかな態度が嘘のように表情を硬くしている。フィッツジェラルドの存在は無視してかかるかのような構えで、なにか確執があるのだろうか、それとも農夫としてスーツ姿の余所者にはやはり本能的に不信感を抱かざるをえないのだろうか、とマックスは思った。

「知り合いなの?」マックスはルーセルに聞いた。

とんでもない、とルーセルは頭をふった。「会ってまだ三十分ですよ。ムッシュー・マックス、ほんとにこの面倒につきあわれるおつもりで? 暑いんだから、いいですよ。あたしひとりでじゅうぶんだ、畑の主立った場所を、案内してまわるだけなら」

「いいや、いい、いっしょに行くよ。これも勉強のうちだ」

揃って畑へ出ると、フィッツジェラルドは慎重に畝間を行きつ戻りつしながら、時おりブドウの房を手にとって樹齢をたずねたり、土をつまんで指の腹で擦り合わせたりして、気がついたことをゴールドのペンで革装のノートに書きこんでいった。一時間もたつと、哀れにも皺のよったリネンのスーツはさらに惨めな状態となり、ローマ貴族を思わせる鼻の頭には玉の汗が浮かびはじめた。

「もちろん」と彼はマックスに向かって言った。「今日は畑の全体像を把握するくらいしかできません」整然と並ぶブドウの木のあいだを陽炎に包まれるようにして横切りながら、絹のハンカチでフィッツジェラルドは顔を拭った。「見たところ、手入れは非常によく行き届いているようですね。サンプルをとって、土壌診断をしてみましょう、いちおう。アルジロカルケール——おそらくは粘土石灰質土壌だと思いますが。ルーセルさんに手伝ってもらってね。それから次回は当然、貯蔵用の酒倉《カーヴ》も見せていただかなくてはならない。樽の質や状態、アサンブラージュの詳細——つまり、シラやグルナッシュ、その他の品種をどの程度の割合で混ぜているかといったことも、くわしく知る必要があるし——コルク栓や壜の質についても、同様です。ブレフ、早い話が、そうしたすべてを考慮しないことには、適切な提案も忠告も不可能、ということになるわけでして」ぱたんと彼はノートを閉じた。「別にお急ぎではありませんね、ムッシュー。今日のところは、これでじゅうぶんでしょう、第一段階としては」そして腕時計に目をやり、「さて、私はそろそろ行かなければ。リュベロンの反対側で、もうひとつ約束がありましてね」

　黙って熱心に話を聞いていたルーセルもくるりと向きを変え、フィッツジェラルドといっしょに家のほうへもどりはじめた。

「ちょっと待った」マックスは言った。「ここだけじゃない。畑は向こうにもある」石垣を越えた先の土地をマックスは指さした。「あっちも、ちゃんとフィッツジェラルドさんに見てもらったほうがいいんじゃないか」

ルーセルは両手をふりあげて言った。「あそこ？　あのひどい土地をですかい？　あんなの、ひと目でこりゃだめだってなるに決まってますよ」そしてフィッツジェラルドをふりむき、「石ころだらけで悲惨なもんです。いや、ひどいのなんの」

「それでも」マックスは食い下がった。「僕としては見て行ってもらいたいね。せっかくの機会なんだから」

ルーセルとフィッツジェラルドが畑を横切ってそちらへ向かうあいだに、マックスはやりとりの合間を見計らってつづけてきたクリスティーへの説明——通訳を再開した。「……というわけで、ルーセルはあの土地を見てもらうことに、乗り気じゃないみたいなんだ。それはともかくとして、どう思う、フィッツジェラルドのこと」

クリスティーは肩をすくめた。「本人の話していることが自分で理解できればいいんだけど。でも、正直言って、もっと——ほら、なんていうか、泥臭い感じの人かと思った。あの人、実際に畑で働いたことなんて、ないわよ、ぜったい。手がふにゃふにゃで、きれいすぎるもの」

男ふたりはちょうど石垣の前に辿り着いたところだった。見ていると、ルーセルはまずひょいと上に腰かけ、すわったまま尻を軸にして両脚をふりあげ、石垣を越えた。フィッツジェラルドは上等なズボンを汚さないよう気を遣いながら蟹のように横向きになって慎重にまたぎ、反対側に立つとすぐ埃を払って、乱れた前髪をかきあげた。クリスティーとマックスが追いつくと、ルーセルは足下の土壌の悪さをあらためてけなした。「ブドウ畑というより、こりゃ採石場ですよ」かがんで白い細かな石のかけらをすくいあげ、フィッツジェラルドに見せる。「これが土と呼べますか? サハラ砂漠でアスパラ栽培に挑むようなもんだ」フィッツジェラルドも頭をふり、いかにも、と残念そうな顔で下唇を突きだした。

マックスをふりむいて、フィッツジェラルドはにっこりした。「しかし、まあ、ほかの土地がありますからね。向こうは、なんとかなると思いますよ。時間と金さえかければ」それだけ言って、石垣へもどりはじめた。

「マックス」クリスティーが言った。「じゃあ、これだけ剪定してあるのはどうしてかって、聞いてみて。だって、そうでしょ。不毛な土地に、なぜそんな手間をかけるの?」話しながら、クリスティーはフィッツジェラルドの後ろ姿をじっと見つめていた。

クリスティーの声を耳にしてフィッツジェラルドはふりむき、首をかしげながらマックスの通訳をひととおり聞いた。「いい質問です。言うまでもなく、これはボルドーの畑では当たり前の作業。でも、どうしてここで？　こんな砂利だらけの畑でわざわざやるのかって？」両眉を吊りあげ、彼はルーセルに答えを求めた。

ルーセルはすくった砂利をまた足下に捨てた。「ムッシュー・マックスにも説明したとおり、あたしのちょっとした実験ですよ。一縷の望みをかけてってやつで」そして汚れた手をズボンではたきながら、「こうすりゃ、少しは残ったブドウが大きくなるかな、と」

フィッツジェラルドは驚くと同時に愉快そうな顔で、「アンクロワイヤーブル」信じられない、とマックスに向かって言った。「農夫にして楽天家――この世ではまずお目にかかれない存在だ」そしてルーセルの肩をぽんぽんと叩きながら、「うまく行くといいですね、ムッシュー、大粒のブドウができると。いや、奇跡を期待しようじゃありませんか。それでは、私はもうほんとうに、これで失礼しないと」

その科白をマックスがクリスティーに訳しているあいだに、フィッツジェラルドは急ぎ家のほうへ歩きだし、すぐあとからルーセルもつづいた。見るべきものは見た、と彼らは言いたいらしい。

「これでおしまいか」マックスはクリスティーをふりむいた。「なんだか、期待はずれだったな」

「ねえ、気づかなかった？」クリスティーが言った。「思うんだけど、あの人、英語、話せるわよ、まちがいなく。ずっと顔を見てたの。そしたら、ブドウのことを私が聞いたときに、ちらと木に目をやっていたもの。ほんの一瞬だけど。私の言ってることが、わかったのよ、ぜったいに」

なんとなくわかっていながら、理解できないふりをしたのだろうか。質問するクリスティーのほうを向いていたマックスには、なんとも言いようがなかった。「どうだろうな。いずれにせよ、全体にそっけない感じではあったな。誰かもうひとり、別の人間に見てもらったほうがいいかもしれない。ルーセルに相談してみるよ」

「そうね、そのほうがいいかも。なんだかあの人、信用できない気がする。ワインの専門家のくせしてマニキュアなんかしてる人見たの、初めてよ、私」

第十四章

港を見下ろす高層ビルのオフィスで、ミスター・チェンはデスクに向かい、煙草に火をつけながら電話に手をのばした。香港では右に出る者のない高級ワイン商、ネゴシアンとしての評判を、彼はいまや確立しつつあった。商売相手はむろん、ただのワインではない、貴重なヴィンテージ、おいそれとは手に入らない極めつきの銘酒を買い求めようとする——それだけの財力を擁した——特別な人々である。ミスター・チェンの名を確認して、応対に出た相手の秘書はすぐ上司にとりついだ。

挨拶もそこそこにチェンは本題に入った。「いい知らせがありますよ。ボルドーでの首尾は上々。六ケース、手に入れました。香港では、他に絶対に出回ることのない逸品です。お互い長いつきあいですしね、個人的にも親しくさせていただいている間柄ですから……特別に、そう、二ケースお分けしましょう、一ケース七万五千ドルで。ええ、米ドルでですよ、もちろん」

そこでしばし間を置き、気前のよさを相手が理解するまでじゅうぶん待った。「え、なに？　味はどんなかって？　また、どうしてそんな質問を。お互い承知のうえじゃないですか、これは飲むためのワインではない、売り買い専門。投資だってね。母親を売り飛ばしてでも手に入れたいと思う客は、うちにはほかにいくらでもいますよ。二年待ってごらんなさい。いまの流れから行けば、値段は確実に倍になる。いいや、それはできない相談です。きっかり二ケースのみ。残りはすでに北京とソウルへ売約済みでしてね。え、それでかまわない？　了解。いやあ、ぜったいに後悔はさせませんよ」

受話器を置き、祝砲代わりに煙の輪を吐くと、チェンは机上に広げた候補者リストからひとつ名前を消した。価格を八万ドルまで吊りあげてもいいかもしれない。今日明日と、なかなかいい商売になりそうだ。受話器をとり、次に彼は北京の番号を押した。

地球の反対側では、ルーセルがいつもどおりピンクの粗塗りの豪邸に昼食をとりにもどったところだった。けれども心ここにあらずで、好物のプティ・サレ——塩漬け豚とレンズ豆をつつきながらも口数は少なく、ワインにも手をのばそうとしない。ぴかぴかの皿と空のグラスを見慣れている妻のリュディヴィーヌが、こう決めてかかるのも当然のことだった。

「胃の調子が悪いのね、そうでしょ？」長年連れ添ってきた夫の消化器官がときおり気まぐれを起こすのは、承知のうえだった。「夜遅くにチーズを食べ過ぎたのよ。少し控えたほうがいいわ」

ルーセルは頭をふり、皿を押しやった。「胃の調子？　いや、そんなんじゃないさ」

「じゃあ、どうしたっていうのよ」リュディヴィーヌは身をのりだし、テーブル越しにルーセルの手を軽く叩いた。「ねえ、クロクロ、話してちょうだい」

ルーセルは溜息をつき、椅子の背にどさりともたれた。「畑だよ。ほら、例の隅っこの」リュディヴィーヌはうなずいた。「昨日、ブドウ畑を見に、ボルドーからエノローグが来ただろう、やけに気取った男《アン・ムッシュー・トレ・スノッブ》が。ナタリー・オーゼの紹介で」

「その人に、なにか言われたの？」

「いいや、別になにも。というより、いい話はなかったわけさ、要するに。おそらくはそのせいで……今朝、ムッシュー・マックスが言うんだ、別の専門家に来てもらって意見を聞くって。もしそうなったら、どうなると思う？」テーブルについたワイングラスの跡を指でなぞるルーセルの顔には、元気のかけらも見られなかった。

リュディヴィーヌにも、むろん察しはつくことだった。何年も前からこの日が来ることを予期していたと言っても、いいかもしれない。テーブルをまわってルーセルの背後に立つと、彼女はその肩をやさしく揉んだ。「シェリ」あなた、とリュディヴィーヌは言った。「いずれは終わる運命にあったのよ。あの畑のおかげで、あたしたち、いい思いができた——家も、車も、結婚したばかりのころには、想像もできなかったような贅沢ばかり」そして身をかがめて夫の頭のてっぺんにキスをし、「そんな顔をしたあなたを見るのは、やだわ」肩を揉む手に最後ぎゅっと力をこめ、皿を片づけにシンクに向かいかけた彼女だが、途中でふと足をとめ、皿をまたがしゃんとテーブルに置いた。ルーセルはびっくりした。人差し指でテーブルを叩き、声にも同じように力をこめて、リュディヴィーヌは言った。「話すのよ、クロクロ。話したほうがいい」

ルーセルは妻の顔を見上げ、なにも言わずに唇を噛んだ。

リュディヴィーヌは夫の手をとると、やさしく言った。「あの人、とてもいい人みたいじゃない、あの若い今度の地主さん。わかってくれるわよ、きっと。ほかの人の口から知れるより、あなたが自分から正直に打ち明けたほうがいいと思うけど?」自分で自分の質問に答えながら、彼女は力強くうなずいた。「そうよ、そのほうがはるかにいい」

炎暑の午後、空気は微動だにしない。マックスは梯子にのぼり、二階の窓から家に入りこもうとしている招かれざる藤のツルと格闘していた。クリスティーは英字新聞が読みたいと言って出かけたまま留守で、愛猫の危機をぶじ克服したマダム・パスパルトゥはテニスコートの隅に間に合わせにロープを張り、洗濯物を干していた。

静けさを破ってけたたましいエンジン音が聞こえ、ルーセルのヴァンが前庭にとまった。毎度のことながら真っ先に飛び降りたのは犬のトントで、すぐさま梯子に駆け寄ると慎重ににおいを嗅ぎ、片足を上げた。ルーセルは気のない様子でそれをたしなめ、振り仰いで、陽光の眩しい水色の空を背にシルエットになった人物に目をやった。

「ムッシュー・マックス、ちょっといいですかい」

下りてきたマックスと握手を交わすと、ルーセルは片方の耳たぶをひっぱりながら、言葉を探した。「その、ちょっと、お話ししなくちゃならないことが……お目にかけたいものがあるんです。例の、ブドウ畑のことなんですが」そしてヴァンのほうへぐいと顎をしゃくり、「いっしょに来てもらえませんか、お忙しくなけりゃ」

それきり言葉を交わすことなく、ふたりはヴァンで村のほうへと向かった。途中、狭い道へと折れると少し行った先は行き止まりで、土地がなだらかに落ちこんだすぐ脇の窪地のような場所に、細長い窓のない納屋が建っていた。両開きの扉には南京錠がかかっている。「貯蔵用の酒倉《カーヴ》です」ルーセルは言った。「ご覧になったことないでしょう」

ない、とマックスは頭をふった。「収穫したブドウは、いつも協同組合へ持ちこんでいるのだと思っていた」

「ぜんぶじゃありません」ルーセルは言った。「話があると言ったのは、実はそのことなんです」

ルーセルはヴァンを納屋の脇にとめた。トントが嬉しそうに地面の砂利に体をこすりつける様子をマックスが眺めているあいだに、ルーセルは南京錠をはずし、建物の扉を開けた。薄暗いなかへと足を踏み入れ、電気をつけて、マックスを手招きする。

外の暑さに馴れた体には肌寒く感じられるほど、なかはひんやりとし、タンニンと黴の入りまじった湿ったにおいがした。床は打ちっ放しのコンクリートで、中央に設けられた排水溝にはワインの染みがついている。排水溝の両側の、一段高くなったコンクリートの台座には樽がずらりと並び、栽培業者以外にはまるで意味不明の記号がチョークで走り書きしてあった。入口脇の一角には粗末なブリキのテーブルが置かれ、書類が散らばった横に薄汚れたワイングラスと、片側に握り拳ほどの大きさのゴムのバルブがついたピペット――ガラス製のワイン用スポイトがのっている。壁の錆びた釘に掛けられたカレンダーの写真では、トラクターにしなだれかかった女性たちがなにやら悶えるように艶めかしい姿態を披露していた。

興味津々であたりを見まわしつつ、なにか感想でも言うべきだろうかとマックスが迷っていると、ルーセルはハンカチで埃だらけのワイングラスを拭き、古びた木の椅子をテーブルに引き寄せた。そして仕草だけでマックスにすわるよう促し、外からの眩しい光を遮るべく扉の片側を半分だけ閉めた。準備がととのうと、ルーセルは溜息をひとつついて、帽子を脱ぎ、自分も椅子にすわった。

「ムッシュー・マックス。ご存じのとおり、あたしは三十年間、ル・グリフォンで働いてきました。前の旦那が家をお買いになったときから、ずっとです。そのあいだ、何度もブドウの木を植え替えるよう、お願いしてきました。もう古くて、くたびれきってる、旦那がおいでになる前から、ここの畑の株はどれも弱っているから、と」伏し目がちに、両手でしきりと帽子をもてあそびながら、ルーセルはつづけた。「でも、結局、あれやこれやの理由から、実現しなかった。来年だ、来年になったらやろう、旦那はいつもそうおっしゃるだけで」

「畑には一か所だけ、とてもいいワインができそうな場所があった、石垣の向こうの畑です」ルーセルはそこで頭をふり、言い直した。「いや、できそう、じゃない。まちがいなくできる、とあたしは思った。土壌が砂礫質で、斜面で、陽当たりがよくて、広すぎず狭すぎず、文句のつけようがない。前の旦那にも話しました。もう十五年以上も前のことです。でも旦那は興味がないのか、それとも屋根を修繕したばかりで、金がなかったのか。いつも、そんなふうになにかしらあって、話は進まなかった。そいで結局、あたしが自分で古い株をひっこぬいて、ぜんぶ新しくすることにしたんです。リュディヴィーヌとふたりで、貯めた金が少々あったもんで」ルーセルは無言で何度かマックスに目をやり、眉を吊りあげて、反応をうかがった。

「そりゃあ喜んだんじゃないか、叔父さんも」

ルーセルは帽子をぎゅっと握りしめたまま、「それが、くわしい説明はしなかったんですよ。旦那は、ふつうの新しい苗を植えたものと思ってらした。そうじゃない、あたしはもっと特別なやつが育てたかった。旦那のほうはきっと、夢にも思ってなかったはずです、植え替えたやつの大半が最高のカベルネ・ソーヴィニヨン種で、一部がこれも最高のメルローだったなんて。いや、知ってる人間はひとりもいやしない。フランスじゃ、こういうのはちょいと複雑なことになってましてね。規則がやたらとうるさいんです。農務省のお役人があれこれ言ってきて、それこそ折れた枝一本から落葉一枚に至るまで、きちんと報告しないと……」ルーセルはそこでひょいと肩をすくめ、「無理ですよ。黙ってるほうが、どれだけ楽か」

ふいにルーセルは立ちあがり、ピペットを持って樽のほうへ歩いていった。マックスが見ている前で彼はそのひとつの栓を抜き、ピペットを差しこんで少量のワインを抜きとった。テーブルにもどってきてグラス二脚のそれぞれ半分ほどまでワインを注ぎ入れ、ひとつを光にかざして見る。

「ボン。どうぞ、飲んでみてください。まだ少し若いですがね」

グラスを手にしたマックスは食い入るようにルーセルに見つめられ、自分の知識、経験不足を意識せずにはいられなかった。けれども少量口に含んだだけで強烈な歓喜の信号が脳に伝わり、よくあるリュベロンの地物のワインとはまったくの別物であることがわかった。チャーリーの豊富な語彙のいくつかでもここで使えたならと思いつつ、素晴らしい味と香りにただ圧倒されるだけで、気がつくと吐き出すことすら忘れていた。

「すごいよ、これは」そう言いながら、ルーセルに向かってグラスをかかげた。「やったじゃないか」

ルーセルは、ほとんど聞いていないようだった。「近所でこれほどのワインを造れるところはありません。でも、そこでひとつ問題があることに気づいた。売りたくても、売れない――少なくとも合法的には。なぜって、カベルネもメルローも申請してないからです。そこでオーゼ先生のところへ、相談に行った。先生に聞きゃあ、法のちょっとした抜け穴ってやつを教えてもらえるんじゃないかと思って。あの人には、そういう頭がある」ルーセルはそこでワインをひとくちすすり、噛んで味見をしてから排水溝に向け吐き出した。「そうやって、始まったわけです。法の抜け穴じゃなくて、先生が見つけてくれたのは、買い手だった。毎年、ぜんぶ買いとってくれて、現金で支払ってくれる相手――いい商売になって、領収証だのなんだのはいっさい必要なくて、税金もかからない、誰にもなにも言われない。そりゃあ心が動きますよ。女房や娘がいて、あたしも、もうこんな年だ……」そう言ってマックスを見る目は、ラムチョップを失敬して現行犯で逮捕された老いぼれの猟犬さながら――しょんぼりとして、いかにも申し訳なさそうだった。

マックスは椅子にもたれ、ルーセルから聞いたばかりの説明を頭のなかで整理した。ナタリー・オーゼが公証人であると同時に、ネゴシアン、ワイン商……。どうりで羽振りよく見えたわけだ。「売却相手は、誰なんだろう」

「知りません。一度も会ったことがないもんで。先生が、会う必要はない、と」

「どこへ出荷してるの？　パリ、ドイツ、ベルギー？」

ルーセルは頭をふった。「わかりませんよ、そんなの。年に一度トラックが来て――ちょうど収穫をはじめる前、九月の、いつも夜中に。それで前の年のワインを樽から積み替えて、翌週には現金で代金が支払われる。先生のほうから直接」

「でも、そのトラック、横になんか名前がついてるだろうに。会社名とか、なにか名称が」

ルーセルは手をテーブルの下へおろしてトントの耳を愛撫しながら、「いいえ、なんにも。いや、そりゃ、ふつうじゃないのはわかってますがね。でもこういう商売じゃ、あれこれと余計なことを聞くのは御法度。わかってるのは、集荷に来るそのトラックのナンバーが、33で始まるナンバーだってことだけで」肩越しにルーセルは親指でそれとなく北の方角を示した。「ジロンド県のですよ」

マックスはやれやれと頭をふった。「それって、どれくらい前から、そういう形で？」

「もう七、八年、いやもっとになりますかね。忘れちまった」

「理解できないのは……どうして、それを話す気になったの？　言わなければ、そのままわからなかったものを」

半開きの扉のはるか向こうに見える眩しい地平線を、目を眇めて見やりながら、深い皺の刻まれた浅黒い顔でルーセルは微動だにしなかった。その横顔は、ブロンズ像さながらだった。ゆっくりと、ルーセルはマックスに向きなおった。

「前の旦那は、ブドウよりも本や音楽に興味のある方だった。そりゃ、何度打ち明けようとしたかしれません。でも——金を出したのはあたしだ、植えたのも、育ててるのも。樽だって、フランス産のオーク材で最高級のやつを、四年ごとに買い換えてきた。旦那の金はいっさい使ってない。やましいことは、なにひとつしてない。旦那に損させたり迷惑かけてるわけじゃなし、横取りとはちがいます。ずるをしてるつもりは、自分ではまったくなかった。そりゃ、正直じゃあなかったかもしれませんがね、ずるはしてない。でも、いまはいろんな意味で事情がちがう。旦那はブドウ畑をよくしたいとおっしゃって、エノローグまでひっぱってきて……」初めてルーセルはきちんとワインを胃の腑に流しこむと、そっとグラスを置いた。「実を言うと、ムッシュー・マックス、どうせ知れることだと思ったんですよ。なら、自分から正直に打ち明けたほうが、よっぽどいい」またさきほどの、しょんぼりと申し訳なさそうな顔になって、いまの告白がどう受けとられたろうかと、ルーセルはマックスの顔色をうかがった。

しばらくマックスはなにも言えずにいた。それから、「ぜんぶ、ナタリー・オーゼが考えたことだと言ったね？」

ルーセルはうなずいた。「頭のいい人ですからね、ええ、なにからなにまで、抜かりなく」

マックスにしてみれば、ほんの三十分ほどで二度の驚きを味わったことになる。畑は、思ったとおりの畑ではなかった。魅力的な公証人も、思ったような人間ではなかった。ルーセルについては——その人柄を、信じていいのだろうか。あるいは、なにかまだ魂胆があるのだろうか。ワインを合法的に売ることは可能なのか。それとも、恐ろしい罰則を科せられるはめになるのか。あまりに話が複雑すぎて、即断を下せる状況にはなかった。

「そうか」マックスは言った。「話してくれて、よかったよ。簡単なことじゃないのに。今後どうするかについては、少し考えさせてくれないか」

午後の炎暑が和らぎ、穏やかな夕暮れが訪れて、ラヴェンダー色の空に明日も変わらぬ晴天を約束するピンク色の光芒が幾筋も広がった。鼻をくすぐる夕餉のいいにおいが、村の家々の開け放たれた窓から流れてくる。クリスティーがやっとのことで見つけたのは三日前のインターナショナル・ヘラルド・トリビューン紙で、ファニーの店へ向かって歩きながら、大半が夏休み中の政治家たちの狂態ではあったけれども、遅ればせながらの外の世界の出来事をマックスに読んで聞かせた。ペタンクのコート脇でふたりは足をとめ、次なる一投を見守った。プレーしているのは、相変わらず男ばかりだった。

クリスティーがこれを不思議がるのも無理はない。祖国アメリカではスポーツ好きの女性たちがすでにボクシングの世界にまで進出し、次なる標的はまちがいなく相撲界——女性の関取誕生も時間の問題と思われているほどである。「ねえ、ここへ遊びに来るようになって、もう長いんでしょ」クリスティーは言った。「どうして女の人はひとりもいないのかな、知ってる?」

「さあ、考えたこともないけど」マックスは答えた。「そういうもんなんじゃないの。ちょっと待ってて」マックスは投球の順番待ちをしている塩漬けオリーヴのように黒くて皺だらけの老人に歩み寄り、クリスティーの質問をくりかえした。老人は呵々大笑してマックスになにか言い、それを聞いて今度は仲間の老人たちが嗄れ声でいっせいに大笑いした。

にやにやしながらもどってきて、マックスは説明した。「怒るなよ。あのじいさんが言うにはね、女は家で夕食の支度をせにゃならん、からだってさ。そう、それに、女に教えるくらいなら、犬に教えたほうがましだって」

クリスティーの顔、肩、全身がたちまち怒りに強ばった。「言ってくれるじゃないの。ようし、見てなさいよ」

コートにつかつか入っていくと、驚く老人からクリスティーは球をひったくり、砂埃に記された投球位置に立った。選手たちが息をのんで静まりかえる。身をかがめ、ゆっくりと注意深く狙いを定めて投げたクリスティーの球はほかのプールをはじき飛ばし、的球コショネに見事命中した。

呆気にとられる老人をふりかえって、クリスティーは自分の胸を誇らしげに叩いた。「一九九三年度のセント・ヘレナ・ジュニア・ボウリング・チャンピオンよ」そして返した掌で今度は老人の胸を叩き、「おたくの犬に言っといて。どうだ、まいったかって」コートをあとにするクリスティーの後ろ姿を見送りながら、老人は帽子を脱いで頭を掻いた。時代は変わったもんだ——と胸中つぶやくほかなかった——いやあ、まったく。

レストランに着くなりクリスティーがすぐ手を洗いに行ったおかげで、ファニーはこの数日間胸に抱きつづけてきた疑問をマックスにぶつけることができた。「あのアメリカ人の女の子——あの子、あなたのコピーヌ？」恋人なの？

「まさか」マックスは言った。「ただの友達だよ。僕には若すぎる」

ファニーはにっこりして、マックスの髪をくしゃっと撫でながらメニューを手渡した。「そうよね、たしかに。年がぜんぜんちがうものね」

クリスティーがもどってきて、複雑な表情のマックスに気づいたが、空腹を癒すほうが先決だった。「それで」注文をすませると、クリスティーは聞いた。「午後はそっちはなにしてたの？」

野菜のテリーヌにつづいて主菜は皮のかりっと焼けた鴨の胸肉を口に運びながら、貯蔵用酒倉《カーヴ》発見とルーセルの打ち明け話について、マックスは説明した。

ほらごらんなさい、とクリスティーは満足そうだった。「やっぱりね。ああいう色の髪をした人はね、信用できないものなのよ。たいしたもんだわ、ほんと。ついでにぜったいどこかでルーセルを騙して、派手にピンハネしてるんだから」

「うん、かもしれないな。僕としては大いに興味があるよ、いったいどういう相手に売っているのか。それがわかれば……」

自分でも知らぬ間にフランス人の習慣に倣い、クリスティーはちぎったパンでソースを拭っていた。「ぜったい誰か、共犯者がいると思うな。いままでに怪しげな言動はなかった？　事務所でなにか見かけたとか」そこで悪戯っぽくにやりとし、「ベッドインはかなわなかったにしても」

日曜にナタリーの家の居間で待たされたときのことを、マックスは思い返そうとした。なにがわかるはずもない、ほんの十分ほどのあいだのことだったが。覚えているのは、洒落た家具調度に古色を帯びた敷物、直筆のサインが入ったラルティーグの写真、高価な美術書と、手にとってぱらぱらめくってみたワインの本。ワインの本。

「ひとつだけ、ちょっと気になったのは、そう、栞代わりにワインのラベルが本にはさんであったんだ。それが変わった名前で、もちろんもう忘れてしまったけど、同じ名前のワインが見つかるかどうか、あとで探そうと思ったのを覚えてる。ほかは別に……。チーズはどうする、食べる？」

あとはふたりとも食事をしながらの沈思黙考となり、しばらくしてそれを破ったのは、マックスだった。「いちばん簡単なのは、面と向かって彼女に言ってみることだな――つまり、できたワインは地主のもの、それをルーセルとふたりで横取りしていたわけだから。事実を突きつけて、罪を認めさせる。どうだい？」

クリスティーはふんと鼻で笑った。「罪を認めさせる？　あの人に？　いきなり事実を突きつけて？　だめよ、早まっちゃ。ルーセルの話の信憑性について持ちだされたら、それでおしまいじゃない。だって、弁護士みたいなもんなんでしょ、あの人。ちがう？　やめといたほうがいいわよ。それより、もう少し様子を見て、共犯者がいるとしたら誰なのか、それをまず突き止めないことには。捕まえるなら、それこそ一網打尽のつもりでいかないと」

「でも、ルーセルは、どうなのかなあ。たしかにちょっと油断ならないところはあるけど、僕は案外気に入ってるんだ。叔父さんの面倒も長年見てもらったことだしね。失礼、きみのお父さんだったんだっけ」そこでマックスはグラスを置き、頭を叩いた。「それで思い出した。今日の午後、きみが出かけたあとすぐに、ボスクから電話があったんだ――ほら、エクスで会った、あの弁護士の」

クリスティーは天を仰いだ。「ああ、わかってるわよ、どうせ……」

マックスはうなずいた。「そう、お察しのとおり。灰色の領域の灰色がますます濃くなって、いまやほとんど黒に近い。当初の予想より、さらに、はるかに問題は複雑で、フランス国内における判例の研究はもちろんのこと、カリフォルニアまで飛んでかの国の事例も片っ端から調べあげる必要があるかもしれない。何か月もかかるでしょう。てな具合で、はしゃいでたよ、やけに」

マックスの説明が終わらないうちから、クリスティーは頭をゆっくりと横にふっていた。「別に驚かないわよ、こっちはその弁護士と暮らしてたことがあるんだから。言ったでしょ？　ほんとにもう、なんていうか――そう、彼がビールを飲みすぎたときに、よく口にしてた、ネズミの乳搾りってやつね、まさに。わかる？　なんにもないところから、ひねりだそうとする。それこそが弁護士の仕事ってわけ」侮蔑もあらわにクリスティーは煙草に手をのばした。「カルヴァドスは？」

「飲むわよ、もちろん」

店を出ると、ふたりはまたペタンクのコート脇で足をとめ、蛾の群がる街灯の下でくりひろげられている食後の試合――だか食前の試合のつづきだか――に見入った。顔ぶれもまったく変わっていないようだった。皺だらけの、小柄ながら屈強そうな老人ばかりで、かぶっている帽子も同じなら、球を投じるたびに口論の絶えないところも変わりない。ひとりがクリスティーに気づいて、横に立つ仲間を小突いた。クリスティーが通りすぎようとすると、やけどでもしたみたいに老人は大仰に手首をふってみせてから、破顔一笑で金歯をいくつものぞかせた。

「いまの、どういう意味？」クリスティーは聞いた。

マックスはしばし考えてから、「カリフォルニアには一本とられた、そう言いたいんだよ、きっと」

第十五章

　シャワーを浴びて体をまだ拭き終わらないうちに、マックスの携帯電話が鳴った。チャーリーからで、刑の執行猶予をたったいま聞かされたばかりの囚人のように、嬉しそうな声だった。

「わけのわからん会議も、あと一日で終わり。そしたら、おまえんとこだ。明日には行くぞ。今日、俺がおとなしく聞いてなきゃならない講習会のテーマは、七桁の年収がある運のいい野郎どもを対象とした海外における抵当権設定利用のビジネス・チャンスについてで、終わればどうせ別荘所有者の複雑な税金問題に関するスリル満点の質疑応答となるに決まってる。どうだ、おまえも参加したいか？」

「退屈でしかたない様子だな」マックスは言った。

「葬式のほうがはるかにましだよ」

「チャーリー、ワイン関係では、いい知らせがある——そう、いい知らせ、と言っていいと思うんだが。いまここで説明すると長くなるから――ちょいとややこしい話なんだよ。明日こっちへ着いたら、すぐに話す」

「そりゃ待ちきれないな。おっと、そうだ、手土産にスモークサーモンとカンバーランド・ソーセージを持って行くからな。ミニバーにつっこんであるから、だいじょうぶだろう。ほかになにも思いつかなかったんだよ、あとはケイト・モスくらいしか。あいにくと彼女は多忙でね」

マックスは笑みを浮かべながら電話を切った。年がら年中陽気という意味で、滅多にいない貴重な人種のひとりであるチャーリー――ロンドン暮らしで恋しいのは、あいつくらいのものだな、と思いながら、マダム・パスパルトゥに来客の予定を伝えるべく階下へ下りていった。

またひとりお客さん――それもムッシュー・マックスの説明するところによれば、特別なお客――と聞いて、急な知らせにいささか驚きながらも、彼女は好奇心を抑えきれなかった。ロンドンから男性がひとり。しかも地位も名誉もあるお方らしい。ひょっとして日頃から「旦那様」と呼ばれているような人かしら。それにふさわしい歓迎の準備をととのえるのに、与えられた時間は二十四時間。すべきことは山ほど、いやそれ以上にあった――タオル、シーツ、花、（イギリス上流階級の紳士は寝酒に目がないという話だから）ベッドサイド・テーブルにコニャック入りのデカンタ。マットレスはひっくりかえして風に当てて、窓はぴかぴかに拭いて、古い箪笥も磨き抜いて、虫の糞やら死骸やらも一掃しなければ。

そうしたことを一気にまくしたててから、腰に手をあてがい、ひと息つこうとするマダム・パスパルトゥの興奮を、マックスは鎮めようとした。略歴紹介が多少大げさに過ぎたかもしれない。「いいや、そんなんじゃない、ただの古くからの知り合いだよ。別にホテル・リッツを期待して来るわけじゃないんだから」

「メ・カン・メーム！」そうはおっしゃってもね！　マックスの説得を拒否して腕時計に目をやるマダム・パスパルトゥは、犬のように地面をひっかいて、すぐにでもチャーリー歓迎の準備にとりかかりそうな気配だった。「ムッシュー・マックス、あなたとマドモワゼルが今日一日どこかへ出かけてくださると、こちらとしては非常にありがたいんですけどね、気が散らなくて。いいお天気だし。ピクニックにでも行ってきたら、いかがです？」勧めるというより、有無を言わせぬ口調だった。

ようやくキッチンへ下りてきて寝ぼけ眼で一杯目のコーヒーに手をのばそうとしていたクリスティーが、この話に飛びついたのは、マックスにとっては意外だった。「それ、最高」明け方の熟睡から覚めやらぬ声で、クリスティーは言った。「ピクニック、大好き」それから十分もたたないうちに、ふたりは家から追いだされ、地図とワインの栓抜きを手に、まったく行くあてのないまま車に乗りこもうとしていた。

閃いたのは、村にいたときだった。簡単な昼の食材を買い揃えパン屋に入ろうとしたところで、店先の掲示板のとある案内にクリスティーは目をとめた。迷い猫の写真や、不要につき格安で売りたしという中古農機具や家庭用品の説明と並んで、ピクニック・イピック——リュベロンで楽しむ「乗馬ピクニック」と銘打った村はずれの農家による貸し馬案内の絵葉書が貼ってあったのである。

「これって、もしかしてそういうこと?」クリスティーはマックスに聞いた。「ピクニックは、ピクニックよね。そこに馬の写真がついてるってことは、乗馬でピクニックできるってことでしょ、ちがう? すごーい、素敵」

「乗れるの、きみ」

「もちろん。そっちは?」

馬は前後に立つと危険で真ん中に乗ると不快、というオスカー・ワイルドの見解に異論のないマックスは、最初でこれまでのところ最後の乗馬体験をふりかえった。鞍に尻を落ち着ける前に敵は肩をすくめるようにマックスを振り落とし、同情の余地なしと唇をめくりあげて、おぞましい黄色い歯を剝くように笑いながら見下したのである。「挑戦したことはあるけどね、一度だけ」マックスは言った。「でも勝てなかった」

「いいじゃないの、行きましょうよ。あんなの、自転車に乗るようなもんよ。どうってことないから」

三十分後、ふたりは馬場で人なつこい、見かけはおとなしそうな二頭の馬と並んで立っていた。農夫がマックスに手渡したのは、乗馬コースをざっと記した手描きの地図で、いずれにせよ目隠しをしても辿れるくらい二頭はその道をよく知っているから心配はないという。いとも簡単に颯爽と馬にまたがるクリスティーの横で、マックスは恐る恐る鐙に足をかけた。

「そうじゃなくて、マックス。反対。馬は常に左側から乗らなきゃ」

「どうして？」馬がふりむいて、しっかりしろ、と言わんばかりの顔をした。

「さあ、理由はよく知らないけど。でも、そういうものなの。たぶん昔の剣の位置かなにかと関係があるんじゃない。ほら。剣と足が絡まったりしたら、たいへんでしょ？」

「そりゃそうだ。剣を忘れてた。ついうっかり」どうにか鞍にまたがると、なんのきっかけも与えないのに馬は悠揚とした足取りで自分から歩きだした。

高所恐怖症から解放され、のんびりとまではいかないにせよ肩の力が少し抜けて乗れるようになるのに、さほど時間はかからず、逆に大きな生き物にまたがって揺られる未知の感覚が、いつのまにか病みつきになりそうなほどマックスにとっては楽しくなりはじめていた。温かな馬と古い革のにおいを嗅ぎながら、軋む鞍の上ですわりなおし、平然としたふうを装って、周囲の景色にもっと注意を払おうとした。一列縦隊で馬二頭がゆっくりと辿る狭い岩だらけの道はどこまでも上り坂で、絡み合うエニシダやツゲのあいだを縫うようにつづき、蹄に踏まれるためといっていいほどそこかしこ、岩の隙間という隙間に、タイムやローズマリーが茂っている。濃淡の異なる緑が絨毯のように斑模様を描く周囲の眺めは、高度を稼ぐにつれ、ますます雄大になっていった。

馬上の人となり、のんびりと揺られながら二時間ほどで、ふたりはリュベロン山頂、農夫が地図に記した標高千メートルを超えるムールネーグルに着いた。しんと静まりかえったなか、馬のかすかな息遣いしか聞こえない。出発して以来、誰かほかの人間の姿を見かけることもなければ、声を聞くこともなかった。

クリスティーが馬を木陰に繋いでいるあいだに、マックスはパンやソーセージ、チーズ、果物などを広げた。壜が馬体に密着していたせいで、赤ワインは暖房の効いた部屋なみに温まっていた。マックスは乗馬で強ばった背中の筋肉をほぐし、あたりを見まわした。

のどかな美しい風景と静けさ、はるか遠くまで見渡せる眺めのよさは、思わず息をのむほどだった。北の彼方に横たわるヴァントゥー山は、頂が目を射るような白く眩しい石灰岩に覆われ、万年雪を抱いているかに見える。南をふりかえれば、せりあがった巨大な岩棚のようなサント・ヴィクトワール山が威風あたりを払い、そのずっと向こうで地中海が銀色の輝きを放っている。クリスティーも加わり、しばし無言で絶景に見とれ、風の音に耳をかたむけた。

「ルーセルは狩りのとき、ここまで上がってくるそうだよ。鷲が飛んでいるのを、よく見かけるらしい」マックスは言った。「しかし、すごい景色だな。ロンドンが遠く離れた別世界に思えるよ」

「恋しくない？」

「ロンドンが？」少し考えてから、マックスは頭をふった。「いいや、ぜんぜん。不思議だよね。ロンドンが大好きだったことすら、忘れてしまった気がする。こっちへ来る前は、ぜったいに離れられないと思っていたのに、いまはこっちで、まったく同じ気持ちなんだ。ここがわが家のような気がする」そしてクリスティーに向かってにやりとし、「これでも、前はシティボーイのつもりでいたんだぜ」

南を向いて並んですわれる場所を探し、太陽に温められた岩を背にマックスはワインを開け、紙コップ二つに注いだ。そのあいだにクリスティーはソーセージで膨れあがったバゲットの半分をマックスに手渡した。「じゃあ」と言いながら、クリスティーはサンドイッチをつくった。「ずっとここに住むつもり？」

「願わくは……できるかどうかわからないけど、そうしたいと思ってる。こっちのほうが、合ってるよ、僕には――妙なプレッシャーがないし、日常生活のちょっとしたところも大いに気に入ってるし、一年の大半を外で過ごせるのもいい。フランス人だって、嫌いじゃない——わかるだろう、ほら……」肩をすくめ、マックスは両手に持った大きなサンドイッチを見つめた。「ま、なるようになるさ。きみは、どうなの？」しばらく考えてから、どこか申し訳なさそうな口調でクリスティーは答えた。「私にはまだ、それはできないな。もっともっと、世の中を見てまわりたいもの。信じられないかもしれないけど、ほんの二年前まで私、パスポートを持ったことのないアメリカ国民九割のなかのひとりだったのよ。わかる？ 旅行はしてたけど、あくまでも国内旅行だけ。まだまだ、見てみたいものがたくさんある気がする。ロンドン、パリ、プラハ、ヴェニス、フィレンツェ——どこもかしこも、まだ行ったことがないし。せっかくこっちへ来たんだから、いるあいだに、できるだけたくさん見てまわりたいなと思って」ワインをひとくちすすると、クリスティーは紙コップのなかをじっと見つめながら、「そう、だから、もうすぐここは離れるつもり」

半分答えを恐れつつ、クリスティーが着いて以来ほとんどずっと頭の片隅を離れることのなかった質問を、マックスはしてみた。「じゃあ、あの家はどうする？ どうしたらいいと思う？」

「いろいろ考えたんだけど。あなたも、そうでしょ」片手を上げて、クリスティーはマックスがなにか言おうとするのを遮り、「まず第一に、私は家が欲しくてここに来たわけじゃない。カリフォルニアに母が残してくれた家があるし——たぶん資産価値としては、母が買ったときの十倍くらいになってると思うの、その家。そう、私がここへ来た理由は、ボブとのことがあって、しばらくアメリカを離れたかったのと——あとは、その、もし父が生きているのなら、会いたいと思ったから。それだけ。だからこのままここに居着く心の準備はできていない。もちろん、フランスにずっといるつもりもないし」マックスが頬をゆるめるのを見ながら、クリスティーはさらにつづけた。「そりゃあ、素敵なところだとは思うわよ。でもね、私は特に住みたいとは思わない。いればいるほど好きになる——もしかしたら、そういう場所なのかもね。いずれにせよ、彼は甥のあなたに家を譲るって遺言状に書いてるんでしょ。だったら、そうよ、こうしない？」紙コップを掲げながら、クリスティーは言った。「家も土地も、すべてあなたのもの」マックスの顔を見て、今度はクリスティーが笑みを見せる番だった。「ていうより、私、あの眉をひくひく動かして嫌らしいこと考えてる気色悪い弁護士に、ぜったい大金なんて払いたくないから。ほんと、どういう神経してんのかしら、あいつ」

エクスでの午後をマックスは思い返した——遠い昔のことのように——ふたりで弁護士に会ったときのこと、クリスティーを憤慨させた彼の言葉、恋愛の可能性に話が及んだときのことを。「そう悪く言うなよ。セックスこそすべてって、フランス人はみんなそう思ってるんだ。ほら、マダム・パスパルトゥだって、そうだろ——きみがあらわれた瞬間から、なんとか僕らをひとつ部屋で寝かせようと躍起になってる。あれ、洗濯するシーツの枚数を減らすためじゃないぜ、決して」寄ってきたバッタを指で払ってから、マックスはワインをもうひとくち飲んだ。「別に悪気があってのことじゃない。国技みたいなものなんだよ。遺伝子のなせる業《わざ》」

「乱暴な運転も、時代遅れの配管設備も」

「そのとおり。でも、それにしても——家のことは、もっとよく考えたほうがいいんじゃないか。簡単に結論を出せるような問題じゃないぜ」

「マックス？　しつこいわよ。私と言い争うとどういう目に遭うか、忘れたわけじゃないでしょ？」クリスティーは欠伸をし、昼食の材料を入れてきたキャンバス地のバッグを枕に寝ころんだ。マックスは午後の熱暑でかすむ景色から、彼方の海に目をやった。

「きみがチャーリーを気に入ってくれるといいけど」マックスは言った。「いいやつなんだ。ルーセルが特別に造ってきた例のワイン、あれを商品化する方法が見つかれば、チャーリーは最高に気に入ってくれるよ。シャトー・チャーリー。いまから目に浮かぶようだな、試飲して、吐き出して、あいつはきっとやたら大げさな表現を並べたてるに決まってる——非常に将来性が持てる、ほんの微かに、秋の枯れ葉と、鉛筆の芯と、トリュフ、それに炙ったアンズのにおいが、とかなんとか。きみは別にイギリスの人間が嫌いなわけじゃないんだろう。わかってるよ。僕が苦手なだけで。チャーリーはちがう。きっと好きになると思うよ、あいつなら」

返事はなかった。太陽と、ワインと、新鮮な空気が心地よく作用して、クリスティーはあっという間に寝入っていた。

とつぜん将来にバラ色の光が射して、マックスは心浮き立つ思いだった。ほんの何日かのあいだに、家一軒を相続し――クリスティーのおかげで、その所有権にもはや疑いはなく――ブドウ園はいいワインを産することが判明した。ナタリー・オーゼと共犯者が興味を抱き手をつけずにいられなかったほど良質のワインとなれば、その売り上げでブドウ園の経営は成り立つかもしれない。ルーセルを気に入ったマックスとしては、彼がカーヴから出荷されたワインの行き先を知らずにいてくれて、よかったと思った。

あるいは、知らぬふりをして見せただけか。

それとはわからぬほど小さく、馬の鼻を鳴らす音が脇から聞こえてきた。クリスティーはいつのまにか寝返りを打ち、体を丸めて眠っている。滑らかな蜂蜜色の頬を蟻が一匹、はいあがろうとしていた。そうっとその蟻を払いのけてやり、マックスは感謝と、気づけば自分でも意外な、ちょっとした親愛の情の入り混じった気持ちで、その寝顔を見下ろした。奇妙な、ややこしい状況のなかで、ひとつもこだわりのない、気のいい相棒のような存在だったと言える。いなくなったら、寂しく感じるかもしれない。

第十六章

「これ、借りてきました。村のトレ・ザングロフィルな知り合いから」大のイギリス贔屓《びいき》がいるのだ、と説明しながら、マダム・パスパルトゥはチャーリーのために用意した寝室で、驚くべき小道具の数々を披露した。「これで、お友達も、まるで自分の国にいるようにくつろげることまちがいなし。見てくださいな、このワンちゃんたちを」そう言って彼女はベッドサイド・テーブルを指さした。

コニャックの入ったデカンタとフリージアを活けた小さな花瓶の横に、総天然色でにこやかに微笑むエリザベス女王の額入り写真が飾ってあった。ウィンザー城の居間とおぼしき部屋でカウチにすわり、その足下を囲むように、さながらカーペットに広げた生きた扇といった体でコーギー犬たちが伏せをしている。

写真をじっと見つめるマックスは、ひとつの確信を抱いた。チャーリーにはこう言われるにちがいない――おまえ、頭が変になったんじゃないの。「ずいぶん細かいところまで気を遣ってくれたんだね」マックスはマダムに言った。「きっと喜ぶよ、彼も」

チャーリーが到着する予定の朝のことで、マックスはもうかれこれ十五分もかけ、掃除の行き届いた非の打ち所のない来客用寝室の細部を言われるまま律儀に見てまわっていた。マダム・パスパルトゥの成し遂げた奇跡と、たしかに言えるかもしれない。みすぼらしいクッションや気の滅入るような染みのついたえび茶色のカーテンにいまや汚れはひとつも見当たらず、窓や壁はぴかぴか、水拭きをし、さらに亜麻仁油で力いっぱい磨いたタイル張りの床も新品同様に生まれかわっている。ベッド脇にはチャーリーの繊細な足が直接床に触れることのないよう、小さなラグが敷いてある。加えて王室の写真。これ以上、客はなにを望むことがあるだろう。

マダム・パスパルトゥは人差し指をふりたて、マックスの賞賛の言葉を遮った。

「そのお友達、ダンスはお好きですか?」

ダンス・フロアで熱心なチャーリーの姿なら、マックスはいくらでも目にしていた。足は、かろうじて摺り足で動くくらいで、忙しいのはむろん手のほうである。身体検査のスローモーション版とでも言えばよいだろうか。それでも不思議なことに、相手の女性たちがそれを気にする様子は見たことがない。「ああ」とマックスはうなずいた。「速い曲は苦手のようだけどね。関節炎持ちだから」

「ア・ボン？　今晩は速いのから遅いのから、いろいろですよ、きっと。いえね、お祭りがあるんですよ、村の広場で。食べたり飲んだり、踊ったりの。アコーディオン・バンドが演奏して、アヴィニヨンからディジ［DJ］が来て、流行の曲をかけたり。レコードでね」ひょっとしたら音楽の世界にマックスは疎いのではと心配して、マダムは言い添えた。「ほら、ディスコみたいに」

マックスはうなずいた。「行くんだろう、マダムも」

「そりゃあ、もちろん、誰だって」爪先立って、くるりとまわってみせるマダムの動きは意外にも見事なものだった。「そして、みんなで踊る」

一瞬マックスはファニーのことを考えた。星空のもとでファニーと踊れるのだろうか。腕時計に目をやり、「もう行かないと。じきチャーリーが村に着くころだ。ひとりで、この家を見つけられるはずがない」

高級不動産の世界からも同業者からも顧客からも逃げだしたくてたまらないチャーリーは、モンテ・カルロを予定より早く発って、実際にはすでに村に着いたところだった。レンタカー会社から借りた大型のメルセデスをカフェの前にとめて降りると、浮き立つ思いでチャーリーは興味深げに広場を眺めまわした。

サン＝ポンの住民でないことは、その服装から一目瞭然だった。いかにもイギリス的な恰好で——真鍮のボタンがいくつもついた、薄いグレーのフランネル仕立てのダブルのブレザーに、真新しいパナマ帽とくれば、突如としてあらわれた異星人みたいなもので、探るようにちらちら見るなと言われても村人たちにとっては無理な話である。そのひとり、年配の女性と目が合ったのをこれ幸いと、チャーリーは帽子を脱いで挨拶した。「ボンジュール、マイ・ディア、ボンジュール」

残念ながら、それきりあとがつづかないほど、チャーリーのフランス語の語彙は貧弱だった。外国人とやりとりするうえでイギリス人が頑なに守り抜いてきた伝統——というのはつまり、できるかぎりゆっくりと、大声張りあげて英語で相手に話しかけるという方法——より一歩進んだ手段にチャーリーは訴えようとしたのだが、実際には半歩ほどのちがいしかなく、言葉の中身も大半が意味不明だった。というより、サン＝ポンの住民、いや、彼らでなくても耳にしたことのない類の、それは言語であったというべきか——基本的には英語なのだが、語尾が「オー」だの「アー」だの、時には「ウー」だのでやたらと強調され、いかにも大陸ヨーロッパで話されている言語のように聞こえるだけで、そこに派手なスペイン語だのイタリア語だのが混ざるものだから、聞くほうはよけいに混乱してしまう。

カフェの前に車を置いて、チャーリーが店に入っていったのは、自然の欲求をもはや抑えきれなくなっていたからだった。「ポル・ファヴォール、マダム」カウンターの奥に立つ女性に彼は言った。「トワレット?」相手は読んでいた新聞から目を上げ、頭で店の奥をぐいと示した。ありがたやと溜息をついて、チャーリーは奥へと急いだ。

マックスが村に着いてみると、広場ではすでに夜のお祭りに向けての準備が慌ただしく始まっていた。五、六人の男たちが、梯子にのぼってプラタナスの枝にカラフルな豆電球を飾りつけ、残るメンバーは手分けして広場いっぱいに組み立て式の木のテーブルやベンチを並べている。無精ひげを生やした不機嫌な顔で苛立たしげにがやがやと大型トラックから飛び降りる一団もいて、見ると荷台には足場の材料や厚板が山と積まれている。それを使って、これからバンド演奏のためのステージを組もうというのだが、あいにく——と、ここで不機嫌かつ苛立たしげな理由が判明——トラックはステージの予定地に辿り着けないどころか、それ以上前へ進むことすらできない。どこだかの大間抜けがカフェの真ん前にメルセデスをとめているからである。ドライバーはトラックの運転台に頭をつっこみ、クラクションに手をのばして、鳴らしっぱなしにした。

その罪深き大間抜けが一杯のコーヒーをわざわざテラス席まで運んでもらうという交渉をどうにか成立させ、悪びれもせず、すっきりした顔で店から出てきたところに、マックスは行き当たった。感激の再会も束の間、トラック運転手の怒鳴り声が飛んだ。「あれが俺のメルセデスなら、チャーリー、トラックに体当たりされる前にどかすぜ」「ああ、こりゃ大変だ」謝罪の意が通じるようにと、チャーリーは懸命に両手をふりながら、車に駆け寄った。「パルドネイ、パルドネイ。すまん、申し訳ない」そしてテーブルとカフェの犬を轢きそうになりながら、バックでメルセデスを広場から出した。

コーヒーを持って出てきたカフェのマダムは、客の姿を捜してあたりを見まわした。マックスに向かって頭をふりながら、「いつもこうだわよ。ひょいと入ってきて、用だけ足して、それでいなくなっちゃうんだから。公衆トイレでも経営してる気分だわ、まったく」

マックスは事情を話し、自分の分と、それから和解の意をこめてトラックの男たちの分もコーヒーを注文した。椅子にすわり、陽射しを振り仰ぎながら、これから何日かチャーリーが滞在することを考えると、おのずと頰がゆるんでくる。ロンドンとはまったく別の暮らしぶりを披露したうえで、チャーリーが夢中になりそうな可愛い女の子まで紹介してやれるのが、楽しみでしかたなかった。ただしパナマ帽は脱いでもらわなければ困る。あれはピンク色に陽焼けして横柄にふるまい大声で話す、マックスの大嫌いな一部のイギリス人観光客たちのトレードマークのようなものであって、チャーリーは断じてその類ではない。

「いやあ、すまんすまん」チャーリーがもどってきてブレザーを脱ぎ、椅子の背にかけて、腰を下ろした。「元気そうじゃないか、こいつめ。こっちの水が合ってるんだな。でもたしか、なにもない鄙びた村だって聞いたような気がするぜ。どうなってるんだ、おい。俺が来ることを大々的に宣伝したか」

トラックの男たちが、木のステージを支える架台を組みはじめていた。ステージのすぐ前に踊る場所を広くとって、残る三方を囲むようにテーブルとベンチが並べられている。「今日は年に一度の村祭りなんだよ」マックスは言った。「食べて、踊って、豆電球に、なにやらに。そう、あとは風船とか。帰る前にカフェでチケットを買っていこう。おまえ、えらく運がいいぜ。村長からパン屋の娘まで、みんなにいっぺんに会えるんだからな」

そのひとことですぐさま豊満な若い女性を想像し、チャーリーは両手を擦り合わせながら目を輝かせた。「フランス語を少し練習しとかないとな。人生、なにが起こるかわからん」

「アメリカ英語でもいいいぜ」

チャーリーはマックスの顔をのぞきこんだ。「なんだ、おい、話せよ、なにがあった」

クリスティーがとつぜん訪ねてきて、ふたりで弁護士のもとへ相談に行ったこと、それに鋳鉄のフライパン事件の一部始終をマックスはチャーリーに話して聞かせた。「ああ、それでか」チャーリーは言った。「頭の傷の理由を聞こうと思ってたんだ。おまえ、どうせ、しつこく言い寄ったんだろう。かわいそうに。なんてやつだ。男性ホルモンの言いなりだな。恥を知れ、恥を」

「言っとくが、チャーリー、彼女はぜんぜん俺の好みじゃない。ブロンドだぜ。知ってるだろう、俺がブロンドには懲りてるのを」

チャーリーは人差し指をふりたてた。「妹の件は、ありゃ運が悪かったんだ」そこで頭をふりながら、「まあ、お互い様か、運がないのは。いや、ブロンドにだって、例外はいるぜ。感じの悪いブロンドばかりじゃない。イートン・スクエアにフラットを計測しに行ったときに、部屋で寝てた女の話はしたっけかな」

横たわるブロンドの姿をマックスは払いのけた。「俺は村で相手を見つけるつもりだから」とりすました言い方が自分でも気になって、マックスは慌てて付け加えた。「とにかく、いや、いい子だよ、クリスティーは。きっと気に入る」

「美人か?」

「とびきりの。それに、ワインに少しばかりくわしいんだ。ふたりで試飲して、ガラガラペッって楽しくやれるぜ、きっと」

コーヒーのお代わりを注文し、つづけてマックスはカーヴでルーセルから告白された件について報告した。じっとしていることのないチャーリーの眉が、新たな事実を聞かされるたびに大きく吊りあがった。「なんだか宝の山でも見つけたような話だな、そのワイン。ぜひ味わってみたいよ」

「こっちは誰が買っているのか、ぜひ知りたいね。ルーセルには二本分くらい抜いて、持って来てもらうよう頼んである。まだ若いんだけどね。去年の十月に樽詰めされたばかりで。でも飲めば感じはわかると思うよ」

ふたりが話しているあいだに、小さな派手な色のヴァンが狭い広場に縫うように入りこみ、ステージに横付けしていた。黄緑色の車体にピンクの蛍光色で「ムッシュー・ラ・フェット」――パーティー屋、と書いてある。ムッシュー・ラ・フェットその人なのか、運転手はヴァンから降りてステージ脇にスピーカーを設置すると、アンプとマイクをつなぎ、一歩下がって煙草に火をつけてからメイン・スイッチを入れた。広場に耳をつんざくような機械の雑音が響きわたり、鳩がいっせいに飛び立った。カフェの犬も頭をもたげて吠えた。彼はつまみをいじって調整し、人差し指でマイクのスイッチを入れた。「アン……ドゥ……トロワ……ボンジュール、サン＝ポン！」またキーンという雑音。犬は口をすぼめ、店の奥にひっこんで、ここのほうがまだましとばかりピンボール・マシーンの横にへたりこんだ。

「いいねえ」チャーリーが言った。「実にのどかな、いい村だ」

ふたりで家に着くと、若きイギリスのご主人様の姿を一刻も早く拝みたくてたまらないマダム・パスパルトゥが、玄関で待ちかまえていた。そのまま膝をかがめて恭しくお辞儀をする姿が一瞬マックスの脳裏に浮かんだが、彼女もさすがにそこまではせず、笑顔をつくって握手を求めただけだった。

「エンチャント、マダム」帽子を上げ、怪しげなフランス語でチャーリーは挨拶した。

「エンチャント」もう一度作り笑いをしてみせるマダム・パスパルトゥの頬に、ほんのり赤みがさした。

二階の寝室へ案内すると、マダム・パスパルトゥは枕の見えない埃を払い、ベッドサイド・テーブルに置かれたデカンタと女王の写真の位置をこれ見よがしに微調整して、チャーリーの注意を促した。

チャーリーはベッドにスーツケースをのせ、開いて、丸めた洗濯物とスモークサーモン、ソーセージ二袋をとりだした。「そうだ、これ、冷蔵庫に入れといてくれ、だめになっちまわないうちに」とマックスに手渡す。

「私はこちらを」とマダム・パスパルトゥは洗濯物を抱えこんだ。「ムッシューは糊のきいたシャツとハンカチがお好みですか、それともオー・ナチュレル？」洗いざらしのほうが？

意味が理解できないまま、チャーリーは大きくにっこりとうなずいた。「いやいや、これはどうも。ご親切に」マダム・パスパルトゥはプロヴァンスのオムレツ、クレスペウとサラダの簡単な昼食が用意してございますのでとマックスに言い残し、洗い場に置いてある年代物の気まぐれな洗濯機に汚れ物を放りこむべく、急ぎ寝室を出ていった。

マックスは頭をふった。「馴れてくれよ。どうも彼女、おまえをどこか名家の紳士と勘違いしてるみたいなんだ」ベッドの端に腰かける彼の前で、チャーリーは荷ほどきをし、残りの服を箪笥に入れはじめた。「昼飯のあとで、土地を案内するよ」

「見た感じじゃ、やっぱりすごいよな。まちがいなくシャトー、お城だぜ、こりゃ。規模は小さいが、シャトーの要素がちゃんと揃ってる。近ごろじゃ、それが大事なんだよ。生活するうえで多少不便でも、舞踏室がありそうな雰囲気、そいつが肝心なんだ。実際にはそんなもの、なくったってかまやしない。わかるか、俺の言ってる意味。とにかく、俺たちゃいま、十八世紀初頭に建てられた城にいる。当時の特色は代々の当主によって維持管理され、ひとつも損なわれていない。造りも堂々たるもので領地内に広大な畑があり、立地は人里離れた場所で、といっても山奥じゃない。広告の謳い文句が目に見えるようだな。モンテ・カルロで会った連中なら、喉から手が出るほど欲しがる物件だぜ。おっ、そうだ、忘れてた」チャーリーはズボンにくるんであったラフロイグの壜をとりだした。「ウィスキー、まだこいつだって飲むだろ。さて、と。その麗しの同居人はどこなんだ？」

クリスティーは午前中いっぱいかけてガイドブックとヨーロッパ地図を前に、次なる訪問地を検討していたところだった。ロンドン？　ヴェニス？　パリ？　キッチン・テーブルから目を上げたところへ、男ふたりが入ってきた。

「クリスティー、紹介するよ、チャーリーだ」

チャーリーが目を丸くするのを、マックスは見逃さなかった。髪を後ろへ撫でつけ、彼は急いで握手を求めた。「どうぞよろしく。いやあ、助かったぜ、今夜はマックスと踊らなきゃならないのかと思ってた」

クリスティーはくすりと笑った。笑顔でなにも言わず見つめ合うふたりにかまわず、マックスはグラスを用意し、冷蔵庫からワインを出した。

洗い場から出てきたマダム・パスパルトゥが、無言で笑みを交わし合うふたりに気づかないはずはない。大いにけっこう、と言わんばかりの顔で、ワインの栓を抜こうとしているマックスに彼女はそっと歩み寄った。「ムッシュー・マックス」声を潜めて叫んだのは、内緒話のつもりだろう。「もしかして、お昼はふたりきりにしてさしあげたほうがよろしいんじゃないですか」

「え、なんだって？　ばかな。チャーリーとは久しぶりなんだぜ。話したいことが山ほどあるよ」

マダム・パスパルトゥはふんと鼻を鳴らした。まったく男ときたら、鈍感なんだから。

昼食の時間を利用して、ルーセルのワインの話をもっとくわしくしようと考えていたマックスだが、代わりにチャーリーお得意の販売戦略の一端を見せつけられるはめになった。売り物はむろん彼自身だが、まずはロンドンの街の魅力を説いて、ヴェニスやパリよりもそちらへ来させようという魂胆である。「知ってるかい？」とチャーリーはクリスティーに問いかけた。「いまのこの時期、ヴェニスじゃ鳩の数よりも観光客のほうが多いんだぜ。嘘じゃない。それに人込みでうっかり足を滑らせたが最後、運河にドボン。あっという間にゴンドラに轢かれちまう。危ないのなんのって。パリはと言えば、あそこは夏は街中が閉店だ。地下鉄がたまたま動いていればラッキーっていうくらいのもんで。パリっ子は、みんなこっちの海岸のほうへヴァカンスに来てるか、どこだかの温泉保養地で肝臓を炭酸水に浸してる。そこへ行くと、ロンドンはちがうよ。なんでもありだ。芝居、クラブ、パブ、土産物屋、レストラン、ロンドン塔に護衛兵、バッキンガム宮殿、お洒落なノッティングヒル――家族や友達に送る絵葉書のことを考えてみろよ。それに天気だって、いくら歩きまわっても陽焼けせずにすむ。若い女性のお肌の味方。タクシーの運転手は英語を話せるし……そう、言うまでもないことだが、誰もがあの国では英語を話せる」

「わあ」クリスティーは喜んだ。「それって夢みたい」そしてテーブル越しに手をのばし、サラダの皿に落ちたチャーリーのナプキンを、シャツの襟ぐりに挟みなおしてやった。

「まじめな話、それって大きいんだよな、特に初めての海外旅行では。もうひとつ見逃せないのが、きみにはロンドンを知り尽くした友達がいるってことだ。そいつが、いつでも喜んで案内役をつとめる気でいる」椅子の背にもたれ、チャーリーは胸をとんと叩いた。「モワ。僕だよ。アパートには、使ってない部屋もあるし」

忙《せわ》しなく動いていた眉がぴたりととまり、なんの下心もないふうを装うのにチャーリーは懸命だった。互いににっこり微笑み合っているふたりの横で、マックスは透明人間にでもなったような気がしてきた。と同時に、アパートの空き部屋なんて、どうせ最初から必要ないさ、とも思った。沈黙を破り、大げさな溜息をついて見せてから、マックスは言った「やれやれ、これでひとつ肩の荷が下りたよ。旅行の行き先が決まったら、ワインの話をしたいんだけど、いいですか？」

一部始終をもう一度くりかえして達した結論は、前回と同じものだった。ナタリー・オーゼとじかに会って話をし、洗いざらい白状させる。まず無理だろうな、とマックスは言い、するわけないわよ、とクリスティーも一笑に付した。あるいは九月に謎のトラックがやって来るのを待ちかまえるか。

「で、どうするんだ?」チャーリーが聞いた。「ワインの行き先を友好的にたずねるか? いま警察に連絡するから、ちょっと待ってくれって?」そこで頭をふりながら、「それに、もうひとつ忘れてることがある。ばらしちまったことを、ルーセルがナタリー・オーゼに話してないって保証はないだろうが」

たしかに、すでに伝わっている可能性はじゅうぶんあるとマックスも思った。「ひとことも話さない、とは言っていたが、まあ、あてにならないしな」

クリスティーは、眉をしかめながらテーブルの上のワインの空き壜を見つめていた。「ねえ、ちょっと待って。マックス、あなた、ナタリー・オーゼの家でなにか見たって言わなかった? ワインのラベルかなにか」

マックスはうなずいた。「ああ、そう、そのとおり。あとでメモしたんだけど、どっかにやっちゃったな」そして立ちあがり、「チャーリーを案内してやってくれよ。そのあいだに探してくるから」

キッチンの窓の前で監視態勢をとっていたマダム・パスパルトゥがテーブルの片づ

けにのりだし、肩を寄せ合って話しながら庭へ出ていくクリスティーとチャーリーの後ろ姿を見送った。「思ったとおり」とさも満足げな表情だった。「アン・クード・ドゥ・フードル」ひと目惚れだわ。

一時間近くも苛々しながら、マックスは服という服のポケットや、抽斗だの簞笥だのにつっこんであるメモ、リストの類を片っ端から捜してまわった。やっと見つかったそれは、英語の小切手帳の裏に走り書きしてあった。書いた当時と同じく、いま見ても名前はひとつもぴんと来ない。

階下へ下りると、敷地内を一周してきたチャーリーが興奮冷めやらぬ口調でまくしたてた。「いやあ、驚きだぜ。あとはちょっと家の手入れをして、プールをつくって――プールはやっぱりないとな――そうすりゃ、じゅうぶん七桁の数字で行ける。ポンドでだぞ、もちろん」出物に目を輝かせる不動産業者の意気込みで彼は言った。「後ろが山で、屋敷のまわりはすべて自分のとこの広い畑、つまり隣近所とのつきあいも心配する必要がない。おい、もしなんなら……」

マックスは手を上げて制した。「チャーリー、調子にのってヘリの発着所まで考える前に、ちょっとこれを見てくれないか。この銘柄に見覚えは？」

チャーリーは小切手帳から目を上げ、空いたほうの手をそれでパンとはたいて、「うん、たしか、どこかで……いや、思い出せないな」そして腕時計を見た。「ロンドンは、たしか一時間遅れだったよな。ビリーに聞けば、わかるかもしれない。待ってくれ、電話してみる」

家に入っていくチャーリーを、クリスティーはにこにこしながら見ている。出会って以来、その頬はゆるみっぱなしだった。

「気が合ってよかったよ」マックスは言った。「二十年来の親友なんだ。学校がいっしょで。ほんと、いいやつだから」

「最高に素敵」クリスティーは言った。「いつもああなの？」

「最高に素敵？」マックスはにやりとした。「それはどうかわからないけど、でも裏表がないのはたしかだな――だから好きなんだよ。ロンドンへ行ったら、きっと楽しいぜ」

クリスティーにせがまれて、ロンドン観光お薦めの場所をマックスは挙げはじめた――テート美術館、ナショナル・ギャラリー、ハーヴェイ・ニコルズ、ポートベロー・ロードの骨董市、そしてぜったいに避けるべきは安っぽいチェーン店のパブ、土曜の夜のピカデリー広場、ドネル・ケバブもどき。加えてソーホーの怪しげな……と説明しはじめたところへ、チャーリーが頭をふりながらもどってきた。

「はずれだ、残念ながら。秘書が出て、ビリーは神様とゴルフだとさ――コノートのバイヤーかなにかのことを言ってるんだろう、たぶん。いずれにせよ、明日にならないと、オフィスには出てこない」そう言って、小切手帳をマックスに放りかえした。「それはともかくとして、どうするんだ、今晩は。俺だけ異星人に見られるのはごめんだぜ。みんな、なにを着て行くんだ？　俺も仲間に入れろよ」

マックスはチャーリーの姿をしげしげと見た——くたびれた厚地のフランネルに、黒い革靴、ジャーミン・ストリート仕立ての青と白のストライプのシャツの襟をはだけ、紛れもない赤ら顔は——誰が、どこから、いつ見ても、イギリス人以外のなにものでもない。髪もイギリス人そのものだった。「ベレー帽は持ってきてないのか？　あれをかぶると、いいかもしれない」

第十七章

　ワイン貯蔵庫を調べているうちに奥の奥までのぞくことになり、そこで見つけたのが、年代物のなかなかいいシャンパンだった。チャーリー来訪のお祝いにはこれしかないだろう。壜を持ちだしたマックスは、埃を拭い、代用品がないのでしかたなしにマダム・パスパルトゥのポリバケツに氷を入れて冷やすことにした。所帯じみた青いバケツと深みのある気品あふれる壜の色合いがまるでそぐわず、完璧とは言えないが、少なくとも飲み頃まで冷やすことはできる。汚れをとったシャンパンのボトルネックをマックスは両手で持ち、そっとまわしながら氷に埋めた。

　まだまだ学ぶべきこと、覚えていかねばならないことはたくさんあるが、ワインやワインにまつわる儀式、手順のひとつひとつにマックスは大いなる喜びを見出しはじめていた――どれもロンドン暮らしでは味わう余裕のなかった楽しみと言っていい。ロンドンではワインは、旨いかまずいか、安いか高いかのどちらかで、歴史もなにもない、バーやレストランで注文さえすれば運ばれてくる単なる酒でしかなかった。ここでは事情がまったくちがう。ブドウ栽培から壜詰めの段階まで、全工程に携わることになるのだ。いまとなっては、それが楽しみでしかたなかった。ワインが仕事。グラスに鼻を近づけるたびにチャーリーが口癖のように言っているが、もしこれが神の思し召しなら、これほど高貴な職業があるだろうか。

「おい、どうだ?」チャーリーの声がした。「こんな感じで」玄関から出てきて前庭に立ち、両腕を大きく広げてマックスの感想を待っている。シャワーを浴びてまだ濡れたままの髪を後ろへ撫でつけ、明るい緑色をした大麻の柄の半袖シャツの裾を出し、白い綿のズボンをはいていた。「去年、マルティニクで買ったんだ」とシャツの襟を直しながら、「海岸で売り歩いてた男から。その名もマリファナシャツ。トレ・クールって、そいつが言うからさ――うん、たしか、そう言ったと思ったけど」

「たしかにクールだよ、チャーリー」マックスは言った。「まちがいなく。それごと巻いて吸えそうだ。よくそんなシャツがあったもんだな」

マックスはシャンパンに注意をもどし、ネックの針金をはずしてコルク栓をわずかに押しあげた。上からかぶせた掌に、命あって逃げようとする生き物さながら、せりあがってくるのがわかる。さらに指で押しあげると、泡が小さく立ちのぼり、溜息をつくような、くぐもった音とともに栓は静かに抜けた。

見守っていたチャーリーが満足げにうなずいた。「そう、やりかたとしては、それが正しい。壜をふりまわして、スカッド・ミサイルみたいに派手にコルクを飛ばすのは、あれは見るに堪えん。いいシャンパンを無駄にするなと言いたいね。ところで、そいつは、銘柄は？」

汗をかいた壜を、マックスはバケツから抜いた。「クリュッグの八三年もの。貯蔵庫の隅の隅で見つけたんだ。叔父さんが自分で買って、忘れてたんだろう」

「ありがたや」マックスがグラスに注ぐと、かすかにトーストのような繊細な香りが立ちのぼった。チャーリーはそれを深々と吸いこみ、目を閉じて、グラスを耳に近づけた。「声が聞ける世界で唯一のワイン。ブドウの調べだ。乾杯」

ふたりは無言ですすり、はじける泡の感触を舌に味わった。「おい、まじめな話」チャーリーが言った。「だいじょうぶか、このシャツで。自己主張せず、派手すぎず──目指すは、それだ。自然体で、品よく、休日を過ごすケーリー・グラントみたいな感じだな、言ってみれば」

マックスは玄関のほうへ顎をしゃくった。「お相手が来たぜ、彼女に聞けよ」

クリスティーはルーセルの家の夕食に招かれたときと同じ黒いドレスを着ていた。マダム・パスパルトゥのアイロンがけも完璧なそれに、気分も浮き立つ同じ深紅のハイヒールの爪先から、今日は同じ深紅のペディキュアをのぞかせている。チャーリーは長々と賞賛の口笛を吹いた。

ありがとう、というふうにクリスティーはちょこんとお辞儀をして、「そのシャツも素敵よ、チャーリー。とってもクール」

マックスは彼女にシャンパンのグラスを渡した。「乾杯だ。このすべてをお膳立てしてくれた、ヘンリー叔父さんに。その眠りの安らかならんことを」グラスをかかげて三人は互いに顔を見合わせ、それぞれ今宵への期待を胸に、笑みを浮かべた。

壜のシャンパンが減るかたわらで太陽も同じように沈み、三人が村に着いたときには、柔らかなバラ色の夕暮れが訪れていた。広場にはすでに人が大勢集まり、がやがやと楽しげで、挨拶やお喋りの声と混ざり合うようにスピーカーから音楽が流れている。カフェのテラス席にはテーブルの数が増え、見事なひげをたくわえたアコーディオン・バンドのメンバー四人が、一張羅の黒いズボンに刺繍入りのベスト、白シャツといういでたちで、演奏前の景気づけにパスティスを飲んでいた。子どもたちは追いかけっこに夢中で、時には大人の脚の森をくぐり抜けたりもしている。犬たちがおこぼれ目当てというより、ただ期待してうろつく横にはバーベキュー炉が据えられ、ファニーの店の料理人が番をする羊の串刺し肉や乾いた血の色をした辛いメルゲズ・ソーセージから、肉汁が垂れては炭火ではぜていた。

マックスが人込みを縫って即席のバーカウンターに近づくと、鎖骨から膝までを慎ましやかにエプロンで隠したファニーがみずから、並べたグラスに気前よくワインを注いでいた。「いつもと、ちょっとちがうじゃないか」エプロンを指さしながらマックスは言った。

答える代わりにファニーはその場でゆっくりとまわって肩越しに彼をふりむき、眉を吊りあげてみせた。エプロンの下は背中が大きく開いたラヴェンダー色のシルクのシャツで、下はスカートに見えなくもないという程度のものしかはいていない。「このほうがいいかしら？」

マックスはごくりと唾をのみ、ワインを三人分注文した。「ずっとここに釘付けじゃないだろうね。なにか食べたほうがいい。席をとっておこうか？」

「いやあ、ファニー！　こいつは飲みだしたらやめられないな」郵便局のギシャール夫妻がすっかりできあがった状態でカウンターにへばりつき、まだお代わりを飲もうとしていた。「ボンソワール、ムッシュー・スキナー。今夜はイギリス人が踊る姿を拝めるのかな？」

ファニーのウインクに気をよくしながら、マックスはグラスを持ってクリスティーとチャーリーを捜しはじめた。ふたりはカフェのテーブルで、いまの様子を見ていたところだった。

「なにがおかしいんだよ」にやにやする彼らの顔を、マックスは見比べた。

「別に」チャーリーが言った。「なんにも」

「もう何日もああやって、様子を探り合ってるのよ」クリスティーが言った。「要注意ね、マックス。彼女、きっと今夜あたり襲いかかってくるから」

「ふたりとも」マックスはやれやれと頭をふった。「げすの勘ぐりはやめてほしいね。若い女性に敬意を表して、なにが悪いんだい、彼女はただ……」

「ドレスがハンカチ・サイズときてるもんなあ」チャーリーが勝手にあとを引き継ぐ。

「うん、たぶんクリスティーの言うとおりだ」

三人で——チャーリーの表現を借りるなら、まだ若くてはしゃぎすぎの感はあるけれども基本的には気だてのいい——ワインをすすりながら、目の前を通りすぎるパレードを見物した。祭りには近隣の村からだけでなく、外国からも見物客が訪れていた。磨き抜いたマホガニーのように陽焼けしたドイツ人が話す言葉は、喉を使った擦れるような発音が荒っぽく聞こえ、甘いささやきのようなフランス語ばかりのなかでもすぐにそれとわかる。市場で見かけたアメリカ人の自転車乗りたちは装いを替えて、今夜は金持ちのティーンエイジャーふう——皺とまるで縁がないような、あの独特のぱりっとしたコットンパンツに銀色のバックルがついたベルトを締め、おろしたてのようなエアークッションのスニーカーをはき、定番のスポーツチームか軍のロゴ入りキャップをかぶっている。浅黒い痩せた体に装いも黒一色で、熱帯魚の群がる浅瀬に入りこんだサメさながら滑るように人込みを歩くのはロマの人々。さほど涼しくもない夜気を遮るべく淡い色のカシミアのセーターを肩にかけたパリっ子の姿も、ちらほらと目についた。だが、クリスティーが言うように、イギリス人はほかにはいないようだった。

「ああ」滞在期間十日にしてすでに土地者気分のマックスは、心得顔で説明をはじめた。「リュベロンの反対側にいるんだよ――ゴルド、メネルブ、ボニューが形づくる黄金の三角地帯。噂によると、あっちのほうがもっとみんな社交的で、毎晩パーティーみたいなものらしい。おまえにうってつけかもしれないな、チャーリー。不動産価格を話題にするのが、連中は好きなようだから」

少し離れたテーブルで、景気づけのパスティスの最後の一杯をあおったアコーディオン・バンドのメンバーが楽器を抱え、ステージに向かった。スピーカーから流れていたラップの卑語隠語がぷつりと途切れ、ステージの前が慌ただしく片づけられた。バーでは、はずしたエプロンをファニーが交替にきた小柄な老人の頭からかけようとしている。鼻先に大きく開いた胸元を突きつけられ、老人は催眠術にでもかかったように動けない。

チャーリーがマックスを小突いた。「早くしないと、ほかの若い男にとられちまうぜ」そしてクリスティーといっしょに立ちあがった。「先に行って、どこかテーブルを確保しとくよ」

ところがファニーをそのテーブルへ連れて行くまでが、暢気なお祭りの晩ならではというか、知り合いやら常連客と行き合っては抱擁のくりかえしで、探るような、時には敵意さえ感じられる妻たちの視線からなかなか逃れることができない。レストランでのファニーは仕事が山ほどあって安全――いくら魅力的だろうが着飾っていようが、心配するには及ばない存在だった。けれども仕事から解放され、とりわけお行儀のいい亭主ですらパリでの週末を夢見てしまうような服に身を包んだファニーは、細君たちには歓迎すべからざる相手にほかならなかった。ワインと音楽とダンスの晩となれば、なおさらである。バーからテーブルまでの距離、五十メートル足らずに所要時間十分は、われながら上出来だろう、とマックスは思った。

クリスティーとチャーリーは、ステージに面した細長いテーブルの片隅四席に、ワイン入りの小さなカラフを置いて待っていた。ファニーを紹介されると、チャーリーはいつにも増して大はりきりで立ちあがり、差しだされた手をとってお辞儀をしながら、また怪しげなフランス語でこれまでにないほど熱心に初対面の挨拶を口にしはじめた。しかし、その声は残念ながら音合わせを始めたアコーディオン・バンドの賑やかな音にかき消されてしまい、言葉の障壁が明らかになったのは、サン゠ポンにはいつまでいらっしゃるの、とファニーがたずねたときのことだった。

ファニーはマックスをふりむいた。「お友達、フランス語わからないの？」

「話せるのは単語四つまで。今夜は僕が公式通訳を務めるよ」

というわけでマックスは、近くの席にすわる村人たちについて説明するファニーの言葉をそのまま訳しはじめた。いわばサン＝ポンの略式紳士録といったところである。

「あそこにいるのが二十年来の村長ボレルさん。温厚篤実で、男やもめ。未亡人のゴネットさんにお熱で――いたいた、となりのテーブルに――彼女、郵便局勤めなんだけど、彼はトレ・ティミード、とにかく小心者だから。でも今夜は音楽が一役買ってくれるかも。このテーブルの反対側の端にすわっているのはエピスリー、食料品屋のアルレットさんとご主人で……ご覧のとおり、彼女はあの体格、ご主人は小柄でしょう。尻に敷かれてるっていう噂よ」ファニーはくすりと笑い、ワインをすすった。彼女の香りを吸いこみ、その髪を払いのけて項《うなじ》にキスしたい衝動を抑えるのにマックスは苦労した。

「あのふたりは地元の人間には見えないね」広場の端のほうで、集まった人々を見下すように立っている裕福そうななりのふたりを、マックスは顎でしゃくった。

ファニーはふんと鼻を鳴らした。「ヴィルヌーヴ＝ルベー夫妻ね、もったいぶっちゃって。パリの十六区に家があって、エクスの近くに別荘を持ってるの。奥さんはルイ十四世の直系の子孫だって自分で言ってるわ。ほんとの話よきっと。だって、そっくりだもの」そこでまたくすくすと笑い、「ナタリー・オーゼとも知り合い。まさに、類は友を呼ぶ、よね」

「ナタリーのことは、あまりよく思っていないみたいだね」

ファニーはマックスの顔を見て、茶色い剝きだしの肩を半分すくめるように彼のほうへ向けた。「趣味がちがう、とでも言っておこうかしら」

ナタリーは今晩あらわれるのだろうか、と思ったそのとき、がっしりした手にマックスは肩をつかまれた。ふりむくと、イヴ・モンタンになりきったルーセルと、あでやかな濃い紫のドレスを身にまとったリュディヴィーヌの姿があった。ファニーは彼らのことは気に入っているらしく、空いた席を捜すべく夫妻が立ち去ると、マックスにささやいた。「いい人よ。お店を始めるとき、なにかと親切にしてくれてね。それに彼、あなたの叔父さんのことも、とってもよく面倒を見てた……ああ、メルド。ほら、タコが来た」

マックスが顔を上げると、ごつい体をした赤ら顔の中年男が、それとなく色目を使いながらこちらへ近づいてくるところだった。「ガストンよ――お店に肉を卸してくれてるの」ファニーは言った。「獣よ。でも肉はおいしい。彼と踊らなきゃ」

「ボンソワール、マ・ジョリー！」いよう、べっぴんさん。男はテーブルの前に立ち、マックスを無視して人差し指を宙でまわしながら肉付きのいい腰をふった。「俺たちのために、パソ・ドブレを演奏してくれてるぜ」

ひと目でそれとわかる作り笑いを見せ、すまなそうにマックスの肩をつかんでから、ファニーはガストンに手をあずけ、頼んでもいないのに腰に添えられたもういっぽうの手を我慢しながら、ステージの前へと出ていった。

浮かない顔のマックスに気づいてクリスティーが、「恋の鞘当てを心配してるなら」腕をぽんぽんと叩いた。「だいじょうぶよ、ぜんぜん勝負になってないから。ねえ、私たちも行っていい？　パソ・ドブレなら、チャーリーはヌレエフになれるんですって」

不埒なガストンの手の動きをいちいち気にすまいと努めるマックスの耳に、聞き慣れた甲高い声が響き、派手なレモン・イエローのドレスにペパーミントグリーンの羽根のイヤリングで見事に飾りたてたマダム・パスパルトゥがあらわれた。「ひとりですわってちゃいけません、ムッシュー・マックス。踊らなきゃ。さあ、踊りましょう」とっさにマックスは逃げ場を探したが、見当たらない。そこでファニーもこんな気持ちだったのだろうと不承不承立ちあがり、極楽鳥と手に手をとってステージの前へ向かった。

不本意ながら、は最初のいっときだけだった。マダム・パスパルトゥの身のこなしは素晴らしいのひとことで、ステップは正確かつ軽やか、マックスがまちがえればそれにさりげなく合わせ、戸惑えばリードし、向きを変えるべきときには変えてくれるので、実際よりもはるかに熟練した踊り手の気分になれる。数分もたたないうちにマックスはマダム・パスパルトゥと一心同体となり、緊張がほぐれて周囲の踊り手を見まわす余裕さえ持てるようになった。ここでは踊りかたは実にさまざま、正統派のほうが少ないくらいだった。

最年少は黒髪がくるくると巻き毛になった七歳くらいの女の子で、祖父の足下に立ち、パソ・ドブレのステップの途中で転ばないよう、その片脚にしっかりとしがみついて練習中だった。相手の老人は摺り足で動きながら片手を孫娘の肩に添え、もういっぽうの手にはワイングラスを持っている。ふたりの向こうに、ガストンをなるべく近づけまいと体を弓なりに反らせながら踊っているファニーの姿が見えた。マックスに気づくと、ファニーは目を剝いて空を仰ぎ、歯ぎしりをしてみせた。これを歓喜の笑顔と誤解したガストンの色目が、ますます大胆になった。

対照的に、ルーセル夫妻は村人全員にこれぞパソ・ドブレの見本ともいうべき踊りを披露していた——体をぴったりと寄せ合い、背筋をまっすぐにのばし、胸を張って、小指はぴんと立てている。向きを変えるときの呼吸もぴったりで、ふたりの頭が同時に瞬時に逆方向を向くさまは見えない糸でぐいとひっぱられているかのようだし、景気づけにリュディヴィーヌはヒールを後ろへ蹴りあげるのも忘れなかった。あのふたり、とマックスが指さしてみせると、派手なヒール蹴りは遠慮しているマダム・パスパルトゥもうなずいた。「若いころ、ダンス大会でよく入賞してました。ほら、ステップをおろそかにしないで、ムッシュー・マックス、音楽に合わせて、リズムにのって」

言われたとおり踊るうちにマックスはそれとなくマダムに押される感じで、いつのまにか端のほうまで来ていた。はるか向こうの照明が途切れるあたりに、クリスティーとチャーリーの姿が見えた――体を絡め合い、ほとんど動かず、ふたりきりの世界に浸っている。マダム・パスパルトゥはさも満足げに「ああ」とつぶやき、大きく旋回して羽根のイヤリングでマックスの顎をくすぐりながら、華やかな踊りの輪の中央へととってかえした。

思わぬレッスンに感謝しつつ、マダム・パスパルトゥを友人たちの待つテーブルへ送り届け、ふと見ると、ガストンから逃れたファニーがバーベキュー炉でふたり分の料理をよそっているところだった。マックスが背後から近づき腕に触れると、ファニーは体をびくりとさせた。ふりむいてマックスに気づくと、にっこりし、「ごめんなさい。またガストンかと思っちゃった。もう、うんざりよ。あなたに食事をさせなきゃって、それを口実にやっと逃げだしてきたの」そう言って、縁が黒く焦げたピンク色の仔羊肉と、黄金色に焼けたポテト・グラタンののった皿を手渡した。「とは言っても」とそこでわざと口をとがらせ、「あなたはミミと楽しくやっていたようですけど。女性とは、いつもあんなふうに踊るの?」

「え、ミミっていうの、彼女。知らなかった」たしかに踊り上手にはぴったりの名前である。

テーブルにもどってみると、クリスティーとチャーリーはまだはるか彼方の薄暗がりで体を寄せ合っていた。ようやくファニーを独り占めできる、とマックスは思った。

「ねえ、出会ってから、初めてだね、ふたりきりになるの——その、まわりの約百五十人を勘定に入れなければの話だけど」

ファニーは黒い瞳をきらきらさせながらマックスの顔をのぞきこんだ。「まわりの百五十人て?」

マックスは料理のことなどすっかり忘れ、手の甲でそっと彼女の頰に触れた。「もし、よかったら……」

「いやあ、これしかない、これしかないよな、食欲増進にはなんたって威勢のいいパソ・ドブレ」乱れた髪、陶然とした、最高に幸せそうな顔でいつのまにかチャーリーが帰還していた。しばらくしてわれに返り、マックスの表情に気づくと、「おっと、いけねえ。すまん、邪魔しちまったか。なんたる無粋」立ったまま申し訳なさそうに、決まり悪そうに体をくねらせている。

ファニーが笑い声を上げ、テーブルの下で太股をそっとマックスのそれに押しつけてきた。「なんて言ってるの?」

「早く食べないと、料理が冷めちゃうってさ」真剣に気を遣うチャーリーの表情がマックスにはおかしかった。「さあ、おい、すわれよ、おまえも。それはそうと、なにした、クリスティーに」

チャーリーはこのうえなく幸福そうな笑顔にもどって、「料理をとりに行っただけさ。最高だぜ、彼女。こんなに楽しい夜が過ごせるとは思わなかった」そしてファニーに向かってにっこりし、「ベッロ・フィエスタ——ああ、来た来た」

料理の皿をテーブルに置いてすわり、クリスティーは頭をふった。「公証人の彼女、来てるわよ、もしお忘れでなければ。ダンスに誘われるかと思っちゃった」チャーリーの不思議そうな顔に気づいて、彼女は語を継いだ。「マックス、話してあげて」

食べながら、ファニーのことを考えてマックスは二か国語で一部始終を説明し、その姿を捜して四人であたりを見回した。真っ先に見つけたのはファニーだった。ヴィルヌーヴ＝ルベー夫妻、それに痩身で洒落た服装の中年男といっしょにすわっている。あの男はナタリーのアクセソワール、小道具みたいなものだとファニーは鼻で笑った。来ていたか、ありがたい、とマックスは思った。例のワインの件でルーセルがなにか話していれば、決して姿はあらわさないはずだからである。いいや、ワインの話は明日でいい。

アコーディオン演奏の第一部が人々の心を大いに浮き立たせて終わり、バンドのメンバーはふたたびカフェでパスティス漬け、代わってディスクジョッキーが音響機器を操る番となった。賑やかな曲がいっとき流れ、次にがらりとテンポが変わった。広場いっぱいにダイアナ・クラルの歌声が低く、ゆっくりと、心の奥深く染み入るように流れはじめた。歌詞は英語だが、その意味するところは万国共通、求愛のささやきを思わせるような歌だった。

道は険しいかもしれない
でも月明かりと音楽のあるうちに
愛とロマンスのあるうちに
踊ろう、音楽と向き合って

マックスはファニーの手首をそっとつかんで立ちあがった。熱い血の脈打つのが指先に感じられた。

クリスティーがふたりを見てにやりとし、ウインクした。「まわりには誰もいないと思って」

そのつもりで、マックスとファニーは踊った。ル・トゥ・ヴィラージュ――ガストンをのぞく村人全員に、温かく見守られながら。

第十八章

　翌朝、珍しく遅く、珍しく静かに、マダム・パスパルトゥはあらわれた。人目を忍ぶがごとく、と言ってもいいかもしれない。前の晩の踊りすぎ、飲みすぎが祟って体に力が入らないため、なにをするにもためらいがちで動作に勢いがなかった。いつもなら力いっぱい開け放つ鎧戸をそうっと開け、頭痛持ちには耐えられない唸りを発する掃除機も、いまのところは収納庫におさまったままである。

　家のなかはしんと静まりかえり、ときおり配水管が遠くかすかな呻きを漏らす以外にはなにも聞こえなかった。もし聞こえたとすれば、マダム・パスパルトゥの好奇心が全開で働く音のほうがよほど大きく響いて聞こえたことだろう。友人たちといっしょになって、村のほかの全員とともに、マダムがクリスティーとチャーリー、ファニーとマックスが踊る姿に注目していたことは言うまでもない。そしてある結論に達していた。屋敷の隅々まで立ち入ることのできる、誰よりも有利な立場にいるひとりとして、一同を代表し、その結論と事実に相違がないことをたしかめる役目をマダム・パスパルトゥは担っていた。純粋な慈愛に満ちた思いやりとしての好奇心からである、もちろん。

キッチンの中央に立ち、なにかいい考えが閃かないものかとマダム・パスパルトゥは思案しつつ、次なる一歩を踏みだせないでいた。どういうまことしやかな理由があれば、寝室のドアを開けて、頭数をかぞえられるものだろうか。キッチンの時計を見ると、すでに十時半をまわろうとしている。そこで、いつだったかテレラマ誌で読んだ記事を思い出した瞬間、完璧な方法が頭に浮かんだ。それはアン・ブレ・コックニー——生粋のコックニーだという、ある有名なイギリス人俳優を紹介したインタヴュー記事で、彼に言わせるならイギリス人にとって理想的な一日の始まりとは、ベッドで起き抜けに一杯の紅茶を飲むこと——スプーンが立つくらい濃い本式の紅茶を飲むことだ、というのである。

マダム・パスパルトゥはやかんに水を入れて火にかけ、お盆を用意した——ティーポット、カップに受け皿、砂糖壺、ミルク（まったくもって妙な取り合わせだが、イギリス人はこれが大のお気に入りらしい）。そして日付がヘンリー叔父の生前まで遡るアールグレイのティーバッグを見つけ、たぶんイギリス式でいくとこうよね、と見当をつけながら熱湯に二袋入れて、クレオソート並みに濃い紅茶を用意した。

階段を上り、踊り場で一瞬躊躇してから左へ折れ、チャーリーのために用意した寝室へ向かった。ドアをノックし、首をかしげて返事を待つ。なんの音も、声もしない。もう一度ノックしてから、ドアを押し開けた。

いかにも独身男性らしく、脱いだものが隅の肘掛け椅子にくしゃくしゃに放りだされていた。が、チャーリー自身の姿はない。ベッドに寝た形跡もなく、コニャックは手つかずのままである。王室の額入り写真から女王ににっこりされ、マダム・パスパルトゥも思わず笑みをかえした。若いふたりは、どこかほかの場所にいるにちがいない。やっぱり、と彼女はひとりごちた。

せっかく淹れたお茶を無駄にするのはもったいないので、次なる目標、マックスの部屋へと足を向けた。しかし、ここも同じだった。空っぽで、ベッドに人が寝た形跡はない。階段を下りながら、さて、どうしたものかと思案した。アメリカ娘の部屋までのぞくのは、えげつないだろうか。いいや、そんなことはない――と、外に車のとまる音がした。お盆をひっくりかえさないよう急いで階段を下り、キッチンへ舞いもどったところへ、ちょうどマックスが入ってきた――寝癖に無精ひげのまま、バゲットとクロワッサンの入った袋を抱え、このうえなく幸せそうな顔をしている。

「いやあ、いい天気だ！」両頰に音をたててキスされ、マダム・パスパルトゥはびっくりした。「調子はどうだい、マダム。村へ行ってきたんだよ――すごくいい天気、最高の天気だね。どう、ダンスの疲れはもう残ってない？」バゲットとクロワッサンをテーブルに置き、ふたり分の紅茶がのったお盆に気づいて、マックスは言った。

「なに、それ。ルーム・サービス？」

「ムッシュー・チャールズにと思ったんですけどね。いらっしゃらないものだから」

「まさか！　ほんとに？　途中で道に迷ったかな」

「でも、お車は外にありますよ」マダム・パスパルトゥは、とぼけた顔を精いっぱい装った。「どこにいらっしゃるんでしょうねえ」

「さあ、僕にもわからないな」応じながら内心、考えていることはいっしょだよ、とマックスは思った。「ひょっとして、彼女の部屋はのぞいてみた？」

「まさか、ご冗談でしょう、そんな！」大げさに鼻を鳴らし、マダム・パスパルトゥはさっと話題を変えた。「ところで、ムッシュー・マックス。そちらはいかがでした、ゆうべは。こんなことを申しあげるのもなんですけど、お上手でしたよ、パソ・ドブレ」

「そりゃあ、だって、パートナーが最高だったから」そこでほんの三十分前までは別の最高の相手の腕に抱かれていたことを思い出しながら、赤面せずにいられるマックスではなかった。

たしかな手応えを感じてマダム・パスパルトゥはほっとした——ひとつどころの騒

ぎではない、実はふたつもベッドが空っぽだったことを、これで友人たちに大いばりで報告できる。コーヒーの準備をはじめ、挽きたての豆のいい香りが漂うなか、今度は自分にとって印象深い前夜の出来事をマックスに話しはじめた。ひとつ事件があって――ムッシュー・マックスはご存じなかったかもしれませんが――肉屋のガストンがね、ええ、みんな言ってますよ、ありゃ飲み過ぎだって、そう、オーゼ先生のお尻を撫でようとしたんです。で、思い切りひっぱたかれて、頰に手の跡がくっきり。お開きになるころには、アメリカ人たちがワインに酔った勢いで人気者になって、アコーディオン・バンドのメンバーに拍手ついでに野球帽をプレゼントしてました。パン屋の娘は――ああ、これは言わぬが花だわ、ロマの若者とのことは。それはそうと、村長がついに勇気をふりしぼってマダム・ゴネットにダンスを申し込みましたよ。ええ、なんだかんだいっても、楽しい夜でした。

マックスが半分聞き流しながら、まだファニーのことを考えているところへ、チャーリーが――やはりぼさぼさの髪のまま、大きく口元をゆるめながら――ロンドンの名門ギャリック・クラブのネクタイと同じサーモンピンクとキュウリ色の縞模様のボクサーショーツ一枚で眠そうに入ってきた。「おう、やっといたか」チャーリーはマックスに言った。「ゆうべはさんざん捜したんだぞ」

「ひきとめられたんだよ。断りきれなくてさ。わかってるだろう。ほら、パンだ」

コーヒーとクロワッサンを前に親友ふたりはテーブルをはさみ、宝くじにでも当ったみたいに、しまりのない笑顔を向け合った——といっても、そこはイギリス人、詳細な打ち明け話にまで至ることはない。話すまでもなかった。顔にすべて書いてある。最後は結局マダム・パスパルトゥの掃除機に追い立てられ、キッチンを退散するはめになった。

「いやあ、気持ちいいなあ、背中にぽかぽか陽が当たって」チャーリーが言った。庭でコーヒーを飲み終えようとするふたりの前を、数羽の鳩が党大会で存在を誇示する政治家さながら偉そうに歩きまわっている。噴水の音が涼しげに聞こえるなか、徐々に気温は上がろうとしていた。チャーリーが水盤を顎でしゃくった。「魚かなにか、いるのか？」

濁った濃緑色の水面に目をやって、マックスは頭をふった。「サメが半ダースくらいいるかもしれないけど。あんな汚い水じゃ、いたって、見えないよ。秋には水を空けて、きれいに掃除するつもりなんだ。鯉でも飼うかな。スイレンを浮かべて」

じっとのぞきこむような目をして、チャーリーは言った。「ということは、決めたんだな。ここに住むことに」

「うん、まあ、やってみようと、思ってる」

チャーリーはマックスの背をぽんと叩いた。「それがいい。俺だったら、そうするよ。で、とりあえず、今日の予定は？　こっちはクリスティーを連れて、村へ昼飯でも食いに行こうかと思ってるんだが」

珍しく人気のないブドウ畑を、マックスは見やった。パソ・ドブレの踊りすぎでルーセルは今日は動けないのだろう。「友達のビリーとやらに電話してもらえるかな。例のワインの件で、なにかわかりそうかどうか」

チャーリーが庭にもどってきたのは、二時間近くたってからのことだった。今度はクリスティーもいっしょで、シャワーを浴びたばかりの頬を上気させ、ふたりとも恥ずかしそうな顔をしている。マックスはちょうど電話を終えたところだった。「ファニーの店に予約を入れておいたよ。実をいうと、僕も入れて三人分。ファニーは英語はできないから、メニュー解読に、助っ人がいるんじゃないかと思ってね」

「いや、それには及ばな」――言いかけてチャーリーはクリスティーに脇腹を小突かれ、慌ててとりつくろった――「助かるよ、ありがたい。聞いてくれ、前に一度、カンヌで――そう、もう何年も前、フランス語が上達する以前の話だけど――メニューで唯一、これだけは俺にもわかるってやつを注文したんだ、オムレット・ノルヴェジエンヌとかいうのを。付け合わせにはフレンチ・フライ。そしたら、ちゃんといっしょに持ってきやがったよ。最初のはプディングだって、ひとつも説明しないでさ」

もう一度総額を計算し、ひとり悦に入ってから、ジャン＝マリー・フィッツジェラルドは過去七年にわたるワインの売り上げを記した小さな擦りきれたノートを閉じた。当局の人間の目に決して触れぬよう、注意しておくに越したことはない。回転椅子をくるりとまわし、背後の本棚からひび割れた革装のモリエール著『守銭奴』を抜いて開くと、ページをくりぬいたなかにノートはうまいぐあいに収まるようになっていた。

ほぼ文句なしに、ことはうまく運んでいた。リュクセンブルクの銀行口座に預けてあるユーロは、すでに大富豪の資産並みの額にまで達している。あと一年か二年この調子でいけば、パーク・アヴェニューに洒落たアパート、税金逃れに最適な陽光あふれるバハマに別荘とボートを購入しても、まだ現金をクッションにくつろげるような優雅な暮らしが生涯送れることだろう。引退は早ければ早いほどいい、とフィッツジェラルドは思った。ボルドーの街や、明けても暮れてもワイン相手の商売には、もう飽き飽きしていた――とはいえ、すべてはそのワインのおかげ、という点は認めざるをえない。ワインと、いとも簡単に騙されてしまう人間が世の中にはいるおかげ。

約束された未来の優雅な生活へ向けて整然とことが運んでいるなかで、問題があるとしたらひとつだけ——例のイギリス人が大事なブドウ畑に興味を持ちすぎている点が、フィッツジェラルドは気に入らなかった。当たり年の今年は、まだだいじょうぶだろう。検査や調査に時間がかかって、エノローグの報告書が出るのはヴァンダンジュ、収穫が終わってからのことになる。しかし、その後は？　イギリス人が屋敷も土地も手放す気になってくれればいいのだが。

ナタリーに連絡をとるのを忘れないようにしよう、とフィッツジェラルドは思った。説得できるとしたら、そう、彼女しかいない。

クリスティーとチャーリーとマックスの三人が村に着いてみると、前夜の祭りの名残はどこへやらだった。色とりどりの豆電球はまだプラタナスの枝にかけられ、葉のあいだから熱帯の果物のように顔をのぞかせてはいるものの、テーブルやベンチやステージは一夜のうちに解体され、きれいに片づけられてトラックの積み荷となり、次なる村祭りへと向かったあとだった。カフェのテラス席でくつろぐ旅行客の姿もまばらで、店内から聞こえるのはトランプを繰る音のみ——奥のいつものテーブルで老人四人が終わりのないゲームを楽しんでいる。ひとり、ふたりがパンを抱え、昼食の時間を気にしながら急ぎ足で通りすぎる以外、広場に人影はない。サン＝ポンはすでに日常生活をとりもどしていた。

マックスに対するファニーの接客態度がほかの常連客に対するそれとちがって特別だったかといえば、よほど観察眼の鋭い人間でないかぎり、それもわからなかったことだろう。挨拶のキスを交わすさい、頬に鼻をこすりつけるのが気持ち長かったと言えるかもしれない。注文をとるべくテーブルの脇に立った彼女の太股は、たしかに彼の肩に触れていた。同じようによく見れば、厨房へもどりながらお尻を一回よけいにふってみせたのもわかったはずである。が、総じてチャーリーの言うとおりファニーは慎重そのもの――家に連れ帰って母親に堂々と紹介しても差し支えのない、お行儀のよさだった。「さて、と」チャーリーはしわくちゃの封筒をポケットからとりだし、テーブルに置いた。「例の、謎のワインについてだが」空のグラスをマックスに差しだし、ワインを注いでもらいながら、メモに目を落とす。「調べるのは、かなり厄介だったようだ。でもビリーはやりかたを心得ている。内容的に信頼できるものであることは、まちがいない。信じられるかどうかは別として」

「まず第一に、こりゃ俺たちの手には届かない、知る人ぞ知る、ビリーに言わせるなら、手元に唸るほど金がある筋金入りの愛好家のためのワインだそうだ。業界で近ごろ流行の現象になってる――ほら、ガレージ・ワインてやつだよ、マックス、覚えてるだろ？――小さなブドウ園で、ごく限られた量しか生産されていないワイン。その手の市場がこの何年かで馬鹿みたいに勢いを得て、値段も目の玉が飛びでるほど跳ねあがってる。センスはないが金だけはある、通気取りの連中に大人気ってわけだ」チャーリーはそこでワインをすすり、マックスの顔を見た。「これのことだよ、ロンドンで食事したときに、俺が話したのは。ヘンリー叔父さんも、どうせならそういうブドウ園をボルドーに遺してくれりゃよかったのにな。

「いずれにせよ、この問題のワインも同じことで、値段はえらく高い。一ケース三万から四万ドル――卸値で、それも手に入ればの話だ。実際には、よほど運がよくないと買えない。というのは、生産量が年に二百から三百ケースと、かぎられてるからで、その大半がアジア行き、あとはアメリカにほんの少し、ドイツに少し売却されているだけで、フランス国内では一本も売られていない。なぜか。おまけにだ、手の内はなるべく明かさないのが醸造元のやりかたで、試飲ができるのは招待者のみ、かつ特定の代理人を通してでなければ買うことができない。ええと、その代理人の名前はというと」――チャーリーは封筒をひっくりかえし、裏の走り書きに目をやった――「ああ、あった、これだ。たぶん男だろうけど、はっきりしねえんだよな、フランス人の名前ってのは。そう、代理人の名は、ジャン＝マリー・フィッツジェラルド」

ワインを飲みかけていたマックスはむせそうになった。「誰だって？」

「この前、来た人じゃない」身をのりだしてクリスティーが封筒の名前をたしかめようとする。「同姓同名が、ボルドーにほかにもいるってこと？」

戸惑うふたりの顔をチャーリーは見比べた。ブドウ園にやって来たフィッツジェラルドの件をマックスが説明すると、困惑の表情はテーブルを囲んで三つになった。「もしこれがあの人なら」クリスティーが言った。「いったいぜんたい、なにしに来たのかしら、わざわざ……」

「……エノローグを装って、ナタリー・オーゼに紹介されたふりをして」マックスがつづけた。「彼女がまだなにか企んでいることは、まちがいないな」

それまで手をつけずにいた前菜を食べながら三人は沈思黙考し、生ハムと甘く熟れたカヴァイヨンのメロンの最後のひときれを飲みこんだところで、マックスが口を開いた。「いまふと思ったんだけど、ナタリー・オーゼが毎年現金で買いとって、トラックで出荷してきたルーセルのワイン——うちのワインの行き先が——仮にフィッツジェラルドのところだとしたら……」そこで皿を下げにきたファニーの胸が耳に触れ、一瞬気をとられながらも、マックスはすぐわれに返ってつづけた。「フィッツジェラルドが壜詰めして洒落たラベルを貼り、値を吊りあげて、売りさばいているのだとしたら……」

チャーリーは封筒に再度目をやった。「俺、まちがえてないよな？　ル・コワン・

ペルデュ——でいいんだろう、おまえが見たラベルの銘柄ってのは」

うなずいて、マックスは椅子の背にもたれた。「詐欺だな、まぎれもない。でも、うまくいけば大金持ち。リュベロンの地物のワインは高くても一本二十ドルか二十五ドルだ。中身は同じでもボルドーのラベルを貼って、曰く付きの特別限定品に仕立てあげれば、値は天井知らずになる」

クリスティーが頭をふった。「ばれるわよ。買うほうだって、そこまで愚かじゃないと思うけど」

「いいや、そいつはどうかな」チャーリーが言った。「驚くなかれ、なんでもありのワイン業界だぜ、そうだろ？　ガレージ・ワイン、ブティック・ワイン、オートクチュール・ワイン、呼び名はいろいろだけど、誰だったか、こんなことを言ってる。どれも壜詰めされた裸の王様だ、と」バター、パセリ、ニンニクの香り高いムール貝のファルシを目の前に置くファニーに、ありがとう、とチャーリーはうなずいてみせた。「たとえば、上客のひとりふたりにこっそり情報を流して、こういう素晴らしい貴重なワインがあるんですが、と秘密の商談をもちかけてみろよ。相手がとやかく言うと思うかい。壜詰めされた裸の王様だぜ」喩えがよほど気に入ったのか、ムール貝をフォークで刺しながらチャーリーはくりかえした。「そこはそれ、商売だから、人間の本性をうまく利用して売りつけるわけさ。目をつけたカモの自尊心に訴えて、あなたの趣味のよさにはいつも感心させられるとか、素晴らしい味覚をお持ちだとか、ひたすらおだててみせる。そのうえで、知られざる逸品の話を持ちだし——不動産でもあるんだよ、手あかのついたような売り口上が。実際それで二度も物件が売れてるんだから、ほんとだぜ。そう、それで、幸運な買い手のひとりにぜひなっていただきたい、とかなんとか。幻のワインがいち早く手に入るとなれば、相手は大喜びするに決まってる。そしてだ、ここが肝心なところ」——チャーリーはフォークで宙を突いて強調してみせた——「信頼できるごく少数の客以外にこの話はしないでくれ、と釘を刺す。話が公になれば、すべては台無し。そう、だからきっとフランス国内では売らないんだろうな。カエルどもが相手じゃ、どんなやばいところを突かれるか、わかったもんじゃない」ふたりに向かって、チャーリーは眉を吊りあげて見せた。「どうだい？　ありえない話じゃないだろう？」

常識的には、まず考えられないように思われた。けれども、それを言うなら、ワイン一本に五十万ドルも払う人間がいるという話のほうが、もっと信じられない、理解しかねるわよね、とクリスティーは言った。でも実際、あったことなのよ。この数字はチャーリーには初耳で、飛びつくように彼は言った。「ほうらみろ。俺の言ったとおり。常識もへったくれもない、それがワインの世界なのさ」

「でも、もしその話がほんとうだとして」クリスティーは言った。「どうやって証明できる？」

　ムール貝と、つづいてチーズを前に、さまざまな案や反対意見が出された。警察への通報にはマックスが首を縦にふらなかった。ほかの誰よりもルーセルが痛手を負うことになるからである。ナタリー・オーゼと直接話す案も再度浮上したが、前と同じ理由から却下された。ナタリーははなから否定するに決まっているし、証拠がない、と突っぱねられれば、それまでである。話し合えば話し合うほど、結論はひとつしかない、ジャン＝マリー・フィッツジェラルドに的を絞るしかないように思われた。

　コーヒーを飲みながらくつろぎ、昼休みを終えた村が徐々に活気をとりもどすさまを三人で眺めていたそのとき、マックスがクリスティーをふりむいて言った。「世界一の金持ちって、誰だ？」

「さあね。ビル・ゲイツかな」

「ジョージ・ソロスとか？」とチャーリー。「ロックフェラー、デュポン、ロスチャイルド――いや、待てよ、トゥンガのスルタンはどうだ？　かなり持ってそうだぜ」

　トゥンガのスルタンについてマックスが知っていることといえば――石油で莫大な富を得ているということだけだった。世界の主要都市すべてに不動産、カナダに森林、ワイオミングに広大な牧場、アフリカに金鉱およびダイヤモンド鉱山、ロシアにガス田開発権を所有する大富豪。主たる住まいとしている宮殿の部屋数は四百にのぼり、そのどれもが目を瞠るような骨董品でととのえられているという。そうした断片的な情報はよく耳にするものの、本人はめったに公の場に姿をあらわさず、写真も公開されることがない、巨万の富を有する世捨て人として、謎のベールに包まれている。

「文句なし」マックスは言った。「うってつけだ。チャーリー、よかったよ、おまえがいてくれて。いいか、こうしよう、よく聞いてくれ」

第十九章

「そうやってふたりに睨まれてちゃ、できないだろう」チャーリーは言った。「ひとりにしてくれよ。芸術性高いパフォーマンスをこれからやろうってんだから。たしかに敵は英語を話すんだろうな？　フランス語は困るぜ、正直言って自信がない」

「だいじょうぶ、私を信じて」クリスティーが言った。「話せるはずだから」ふたりが出ていってドアが閉まると、チャーリーは壁も天井も古びた広い居間にひとりきりになった。低いテーブルにメモと鉛筆を置いて椅子にすわり、マックスから手渡された名刺を親指でなぞる――カッパープレート書体でジャン＝マリー・フィッツジェラルドと名前が印刷された昔ながらのシンプルなものだった。深呼吸して、電話をかけた。

「ウイ？」若い女性の声――ぶっきらぼうな、どことなく不機嫌な応対の声に促され、上流階級の客を相手にするときにしか使わない、とっておきの、低いおっとりした声でチャーリーは話しはじめた。

「こんにちは」英語で切りだし、しばし間を置いて、相手の接客態度が外国人相手のそれに切り替わるのを待った。「フィッツジェラルドさんとお話ししたいのですが、そちらにおいででしょうか?」わざとゆっくり、はっきりした口調でそうたずねる。

意外なことに、ややアメリカ訛りのある流暢な英語がすぐに返ってきた。「失礼ですが、どちらさまでしょうか」

「ウィリス。チャールズ・ウィリスと申します。実は、ある方の代理で、ご連絡さしあげている次第なのですが」

「その方のお名前は?」

「いいや、そこまではちょっと、ここで申しあげるわけには——フィッツジェラルドさんと、直接お話しできれば……」

少々お待ちくださいと言われ、保留ボタンで室内楽が流れる二分ほどのあいだにチャーリーはメモの内容を確認した。それから、「ウィリスさんですか? ジャン＝マリー・フィッツジェラルドです。どういったご用件でしょうか」クリスティーの言ったとおりだ、とチャーリーは思った。相手の話す英語は、訛りもほとんど気にならない完璧なものだった。

「申し訳ありませんが、フィッツジェラルドさん。本題に入る前に、ひとつお願いがあります。この会話と、その後の取引については、いっさい口外しないと、お約束していただきたい」確認の返事を待って、チャーリーは先をつづけた。「実は私、さる高名な方の私的ワイン・コンサルタント兼買付代理人を務めておりまして……その方はワインを人生の楽しみのひとつとされていて、その方面にとてもおくわしい、たいへんな愛好家でいらっしゃる。一方で、非常に謙虚というか、とても慎み深い方でいらして、世間の目にさらされるのを好まない、それでさきほどのようなお願いを、まずしなければならなかったわけなのですが。いや、用件に入るとしましょう。つい先日、その方がおたくのワインの噂を耳にされましてね、ル・コワン・ペルデュでしたか。私に調査と試飲、場合によっては買付けを、と依頼されてきた。そんなこんなで、まあ、私はいま、ここフランスに……」

受話器を通して、相手の好奇心のむくむくと頭をもたげる様子が伝わってくるようだった。「なるほど、ウィリスさん」フィッツジェラルドは言った。「むろん、内密にというのは、これは私どもにとりましても、非常に重要なことでして。お客様のお名前を公表するようなことは、私どもは決していたしません。取引は秘密厳守を旨としておりますので、どうぞ、ご安心を。ええ、というわけですので、信頼関係に傷がつく心配はまったくないと思っていただいて――差し支えなければ、そのお方のお名前を。正直な話、興味がありますので、とても」

さあ来たぞ、とチャーリーは思った。声を一段と低くして、ささやくように彼は言った。「依頼主というのは、トゥンガのスルタン——国王でいらっしゃるのです」一瞬、間があってフィッツジェラルドが沈黙したのは、どこかで読んだトゥンガ国王の推定資産額を思い出そうとしていたからだろう——百兆? 二百兆だったか? 有り余るほどだ、いずれにせよ。「ああ、さようでございますか」おもむろにフィッツジェラルドは言った。「ええ、もちろん、お名前は存じあげております」受話器に向かって話しながら、ケースあたり七万五千ドルという数字を何気なく走り書きした。「お住まいはどちらでしたでしょうか、おたずねしても?」

「ふだんお暮らしになっているのは、トゥンガです。ご自分の国ですしね、ご存じのことと思いますが。やはり、わが家がいちばん居心地がいい。旅行は退屈だとおっしゃって」

「ええ、そうでしょう、そうでしょうとも。このところ、まあ、いやな世の中になってきていますからね。それにしても、そんな遠方まで私どものワインの評判が伝わっているとは、うれしいかぎりです」トゥンガなる国がどこにあるのか、正確な位置はわからなかったが——インドネシアのどこかだろう、たぶん——遠方にはちがいないとフィッツジェラルドは思った。前に書いた数字を消して、十万ドルと訂正した。

「幸いなことに、まだ何ケースか残っておりますので」そこで、またとない名案でも思いついたかのように、声音が軽くなった。「試飲していただけるように、いたしましょうか？　むろん、内々の場を設けてということですが」

「ああ、そうですね」チャーリーはメモを動かして、かさこそと紙の音をたてた——多忙な人間がスケジュール表でもめくっているかのような。「明日でもかまいませんがね、そちらのご都合さえよろしければ。もう一度、念を押しておきますが——その、なんと言ったらいいか——他言無用でお願いしますよ。スルタンは世間の話題になって、とやかく言われることを、ことのほか恐れていらっしゃる」

というわけだった。詳細が決まると、チャーリーは電話を置き、してやったりと居間でひとり軽快なジグを踊ってから、クリスティーとマックスがいる前庭へ出た。

結果はチャーリーの顔に書いてあった。「ひっかかったか」開口一番、マックスが言った。「やっぱり。うまく行くと思ってたよ。さすがチャーリー、頼りになるなあ」

「楽しかったぞ、けっこう。試飲の話も、すんなり持ちだしてきたし。でも、おい、信じていいんだろうな。詐称罪はフランスでは何年食らうんだ？　いや、いい、言ってくれるな。いずれにせよ、もう決まった話だ。明日の午後三時半にボルドーで会う約束になった」そこでチャーリーの顔から笑みが消えた。「ここまで来て言いたかないが、おい、ひとつ問題があるぜ。いま思いついた。試飲するワインがルーセルのワインだって、どうやってわかるんだ？　見分けろといわれても、俺には無理だぜ」

マックスはにやりとした。「まかせとけって。秘密兵器がある」

翌朝早く、マルセイユのマリニャーヌ空港はエール・フランスのボルドー行きシャトル便カウンターに、ブリーフケースをさげた常連のビジネスマンたちに交ざって、奇妙な四人連れが姿をあらわした――ジーンズに薄いジャケットをはおったクリスティーとマックス、フランネルのブレザーにストライプのシャツ、蝶ネクタイにサングラスというでたちのチャーリー、それに落ち着きなくあたりを見まわして不安げなのは、ルーセルである。今朝のルーセルは正装し、二十年前にあつらえて以来、結婚式と葬式にしか着たことのない黒のスーツに身をかためていた。

生まれてこのかたルーセルはマルセイユ――外国人ばかりで油断のならない街としか思えないマルセイユより遠くへは行ったことがなく、飛行機に乗るのはこれが初めてだった。気乗りがしなかったのは言うまでもない。空を飛ぶのも不安だし、おまけにボルドーで人と会って不愉快なことになる可能性も恐ろしく高いときている。けれども、今回と、加えて今後のすべてがうまく行くか否かはその肩にかかっているのだからとマックスに説得されて、どうにかみずからを奮い立たせるしかなかったのである。それでもやはり馴れない場所にひとりは怖くて、できるかぎりマックスのそばを離れぬよう心がけていたところが、ある時点でそれも不可能となり、マックスだけがひとりセキュリティ・ゲートをくぐって行ってしまった。ふりむいて、マックスはルーセルを手招きした。

ビー……ビービービービービー。感電でもしたかのようにルーセルは飛びあがった。もどって、ゲートをくぐりなおすよう言われたが、同じことで、やはり不穏な音が派手に響きわたる。ひとり横へ連れていかれることになって、ルーセルの表情にも不穏の色が濃くなり、仏頂面の女性係官が棒状の金属探知器をその体に走らせたところが、腹のあたりでブザーが緊急事態を告げた。ベストのポケットに忍ばせていたのは、畑にも食卓にも欠かせない、長年持ち歩いてきた農夫の永遠の伴侶とも言うべき古いオピネルのナイフである。咎めるように彼女は眉をしかめ、ナイフを没収してプラスチック容器に放りこむと、行ってよろしい、と手をふった。

ルーセルの恐れが、怒りに変わった。断じて、その場を動こうとしない。ナイフは彼の所有物である。なんとしてもとりかえさねば。離れて立つマックスをふりむき、ルーセルはぐいと親指を女性係官に向けた。「大事なナイフをとりやがった！」ゲートで順番を待っていたほかの乗客たちが何事かと急にそわそわしはじめる前で、女性係官は近くにいた武装警備員に目をやった。

マックスが来てルーセルの腕をつかんだ。「逆らわないほうがいい。あれでパイロットの首をかき切られては困ると思ったんだよ」

「ア・ボン？　どうしてそんなことしなくちゃならないんだい、こっちが乗せてもらってるってのに」

説き伏せるのは容易ではなかったが、どうにかセキュリティ・ゲートから出発ラウンジのバーまで連れていき、そこでマックスがさまざまな事情を説明しパスティスをおごったうえで、高級品のラギオルの名まで出しながら新しいナイフを買ってやる約束をすると、ルーセルはようやく機嫌をなおしてにっこり笑顔になった。

エンジン全開の、いつもながら凄まじい振動と騒音で、飛行機は滑走路から飛び立とうとした。マックスがふと見ると、ルーセルは今度は陽焼けした手に関節が白く浮きでるほど強く、座席の肘掛けを握りしめていた。短い飛行時間のあいだじゅう、その状態は変わらず、ただの金属の筒で高度三万フィートの空に浮くのはたしかに気持ちのいいものではないし不自然極まりない、でも命を落とすことにはならないから、とマックスがいくら説得を試みても無駄だった。ルーセルが顔に血の気をとりもどしたのは、ボルドーの空港で生存祝いに再度パスティスをかたむけたときである。レンタカーに乗りこむさいには、緊張する必要はなかった。同じ乗り物でも、こちらは納得がいく。

ホテルへ向かう車中、マックスとチャーリーは念入りに計画の見直しをおこなった。午後の試飲にはチャーリーがひとりで臨むことになっていた。そこで、それ相応に感心したふうを装い、値段の交渉に入るが、最終的にはむろん、依頼主であるスルタンの同意を得ないとならない。時差の関係上、ボルドーからトゥンガへの電話連絡は真夜中となるため、銀行為替手形の受け渡しと発送の詳細についての確認は翌日に、という方向へ話を持っていく。そして翌日には今度は全員がチャーリーに同行し、フィッツジェラルドはルーセルと顔を合わせることになって、悪事が露見、警察へ通報となる。なんてことはない。

「これだけは忘れるなよ」マックスは言った。「今日の午後のいちばんの目的は、サンプルを持って帰ってくることだ、ルーセルが持参した自分のワインと、味を比べることができるよう」とチャーリーに目をやって、「だいじょうぶか?」

うなずくチャーリーだが、不安がないわけではなかった。「まあ、たぶん。うまく行くよう、祈るまでだな。電話で話すだけなら、簡単だが……」

「できるさ、おまえなら、もちろん。他人になりかわるのは得意中の得意じゃないか。覚えてるぞ、学生時代にやったハムレット」

チャーリーは眉根を寄せた。「オフィーリアだぜ、俺が演じたのは」

すかさずマックスは言った。「そらみろ。まんまと俺を騙してる。オフィーリアに比べれば、なんの、朝飯前さ、これしき」

後部席のクリスティーがくすくすと笑った。身をのりだし、チャーリーの肩をつかみながら、「だいじょうぶよ。今日は鬘だって、いらない役なんだから」

滞在場所はマックスがミシュラン・ガイドで見つけたビジネスマン向けのホテル、クラレットだった。名前からして今回の仕事にぴったりなうえ、フィッツジェラルドが指定した試飲場所から歩いてすぐ、シャルトロン埠頭のはずれと場所も便利だったからである。荷物を部屋に置いてボルドーの地図を広げると、四人は河岸通りを歩き、湾曲したガロンヌ河を一望のもとに見渡せるカフェに入った。ハム・サンドイッチとワインをカラフで注文し、チャーリーはたったひとりの観客クリスティーを相手に芝居のリハーサルをはじめた。マックスとルーセルは特に気負うでもなく楽観的な気分で、将来について話し合った——あと数時間のうちにどう転ぶか決まるといっても過言ではない、将来について。

時間が来た。終わったらホテルで落ち合う約束をして、地図を片手にチャーリーはグザヴィエ・アルノザン通りへと向かった。

チャーリーのノックに応えてドアを開けたのは、フィッツジェラルド自身だった。

「ようこそ、おいでくださいました、ウィリスさん」握手をしながら彼は言った。「秘書には午後は休みをとらせましたので、ご安心ください。ほかには誰もおりません。

そのほうが、落ち着いて話ができるかと思いまして」

「お気遣いいただき、恐縮です」チャーリーはかすかに笑みを浮かべながら会釈し、フィッツジェラルドのあとについて廊下を試飲室へと向かった。どこかに備えつけられたスピーカーから、静かにバッハのフーガが流れている。試飲室の磨き抜かれたマホガニーのテーブルには壜とグラス、銀の燭台が置かれ、片隅に艶光りする銅製のクラショワール、吐き出しバケツと、その横に白いリネンのナプキン数枚が趣味よく扇形に重ねてあった。まさにバッカスの神殿、ワインの聖堂。どこからか司祭があらわれ、祝福の祈りを捧げてもおかしくないとチャーリーは思った。

　フィッツジェラルドはポケットから鰐皮の薄いケースをとりだし、チャーリーに名刺を渡した。代わりに相手からも受けとるつもりでいるのは、まちがいなかった。

　これは予想していたことだった。チャーリーは黒いサングラスの目をまっすぐ相手に向け、ゆっくりと頭をふった。「私の依頼主は慎重を通り過ぎて、ときに秘密主義と言われるほどでしてね。この私が自分のことを宣伝して歩くのを好まれない。だから名刺は持ち歩かないことにしているのです。ご理解していただければ、と」

「それはもちろん。失礼いたしました。では、よろしければ、さっそく……」フィッツジェラルドは皺ひとつないツィードのジャケットの腕をテーブルに向け、わずかに首をかしげた。

チャーリーは急にわからなくなった。もしこれが詐欺なら、あまりにも出来過ぎている。あくまでも上品かつ優雅な物腰のフィッツジェラルドは、紛れもないボルドーのワイン商にしか見えない。悪事をはたらく図というのは、想像しにくかった。が、そこでロンドンの不動産業界を牛耳る何人かの知り合いをチャーリーは思い出した。魅力的で、学歴も身なりも申し分のない口達者な男たち――それがみな、家を売るためには自分の祖母を追い立てることもいとわない、根っからの悪人ばかりなのだから。その事実に勇気づけられ、派手な仕草でサングラスをとりながらテーブルに近づいたところで、哀調に満ちたフーガの旋律が終わり、部屋は静かになった。

「もしよろしければ」フィッツジェラルドが切りだした。「先に九九年ものを。それから二〇〇〇年を試されるのがよろしいかと――個人的には、この年の出来が大いに気に入っていましてね」グラス二脚にワインを注ぐと、ひとつをチャーリーに差しだした。

ワイン講座に通って経験を積み、前の晩もバスルームの鏡に向かって入念に最後のリハーサルをおこなうなど何時間も練習を重ねてきたおかげで、この極めて重要な儀式に際し気を遣うべき極めて重要な事柄は、すべて頭のなかに入っていた。グラスのベースを人差し指と親指ではさみ、蠟燭の炎にかざして目を細めながら、ワイン通が全神経を集中させている姿に見えますようにと、チャーリーは祈った。

「ご覧のとおり」フィッツジェラルドが横から言った。「ローブが特に素晴らしい、言うなれば……」

片手を上げ、チャーリーは制した。「どうか、お静かに」首をごくわずかにかしげながら、グラスを大きくゆっくりとまわす。そしてブーケがじゅうぶん立ちのぼったと判断したところで、グラスに鼻を近づけ、空いたほうの手で小さく優雅に扇いで――これは気取ったやりかたのひとつとして講座で仕入れたものである――準備万端ととのった鼻孔に香りを引き寄せた。深々と吸いこみ、天井を仰ぎ見て、首をかしげ、もう一度深く吸いこんでから、ふうむと満足げな声を小さく漏らした。

グラスを唇に近づけると、チャーリーは少量すすり、しばし口のなかにとどめておいてから、音響効果と密かに呼んでいるステップに入った――空気を吸いこみ、鞴《ふいご》のように両頰を膨らませ、すぼめ、嚙んで、すすいで、最後に吐き出す。静寂の間で、クラショワールの底の銅板にワインの叩きつけられる音が、思わずびくりとするほど異様に大きく響いた。

フィッツジェラルドが両の眉を疑問符のように吊りあげて待っている。

「素晴らしい、いや、素晴らしい」チャーリーは言い、いちかばちかで賛辞の言葉を口にした。「ペトリュスを思い出します。いや、ペトリュスより、たくましい。それでも、これより二〇〇〇年もののほうが、お気に召されていると？」

フィッツジェラルドの片笑みが、顔全体に大きく広がった。「お褒めにあずかり、光栄ですね。ええ、二〇〇〇年ものには、驚かれると思いますよ。エトネ、びっくりされる、と言ってもよいかもしれない。ちょっと失礼」フィッツジェラルドはチャーリーの手からグラスをとりあげ、代わりに当たり年二〇〇〇年もののワインが入ったグラスを持たせた。再度ゆっくりと、慎重に、試飲の儀式を進めるチャーリーの様子をじっと見守るフィッツジェラルドは、ネズミに狙いをさだめて飛びかかる寸前の猫さながらだった。

ふたたび銅板に液体の飛び散る音を響かせると、「見事だ」とリネンのナプキンで口を拭きながら、チャーリーは言った。「心から、お祝い申しあげますよ、フィッツジェラルドさん。こんなボルドーはいまだかつて味わったことがない。やりましたね」

フィッツジェラルドは控えめに肩をすくめて見せ、「できるかぎりのことをしているまでです。有機肥料を使うのはむろんのこと、収穫も手作業で、アヴェク・トリ、丁寧な選別をおこなっている。ご存じのとおり、それによってエタ・サニテールは保証されるわけで……」

なんのこっちゃ？　と内心思いながらもチャーリーは心得顔でうなずいた。「けっこう、けっこう」

「それに醸造過程では、かならずピジャージュと呼ばれる作業をおこなっています。

祖父の代から変わらず。昔ながらの方法がいちばんということもある」

なんだ、ピジャージュとは。ワイン講座では教えてくれなかったぞ。なにやら複雑で、あまり衛生的ではないもののように聞こえたが、「ちがいは明らかすぎるほど」とチャーリーは言った。「隅々にまで神が宿っている」――そしてフィッツジェラルドに向かって小首をかしげながら――「……といったところですかね。それはいいとして、もっと俗な、金銭の問題、細かな数字に話を移すとしましょうか。買うなら二〇〇〇年ものでしょうね、ええ。まったくもって、おっしゃるとおりだ。より複雑で、フィニッシュも長く、なんというか、こう、厳粛な味わいがある。それなりの値がついて当然、と思わざるをえないところですが……」

それとはわからぬほど、すまなそうに微かに肩をすくめて、フィッツジェラルドは言った。「ケース当たり十万ドル」そしてにっこりし、「送料込みです、世界各地どこであれ、場所を問わず」

内心ぎょっとしたものの、どうにか落ち着きをとりもどし、取るに足りない問題というふうにチャーリーは手をふった。「輸送に関しては、ご心配なく。スルタンは自家用機の手配を望まれるでしょうから。民間の航空会社の安全性については、価値ある荷物を任せられるレベルにはないと考えておいでだ」ふたたび天井を仰ぎ、黙考してから、口を開いた。口調はてきぱきとした事務的なものに変わっていた。「けっこうです。このワインの購入を、依頼主には勧めるといたしましょう。そうだな、十ケースという数字は、可能ですか？」

「私どもの貯蔵庫を空になさるおつもりですか、ウィリスさん」秘蔵の品を手放したくはない、どうしたものかと悩むふうを精いっぱい装いながらフィッツジェラルドは答えた。「でも、まあ、いいでしょう、十ケース、なんとかします」

「ありがたい」チャーリーは腕時計に目をやった。「時差は九時間、これが少々厄介なところでしてね。今夜遅くでないと電話連絡はできない。しかし逆にいえば、今日の午後、空いた時間を使って銀行為替手形の手配をすませることができる。クレディ・スイスで差し支えありませんか？」

差し支えのあろうはずがない。フィッツジェラルドの脳裏ではすでに、長年の夢だったシルバーのランボルギーニがエンジン音を派手にとどろかせていた。

「明日の午前十時に、またここへ伺うということで、よろしいですね？」チャーリーはサングラスをかけ、ドアに向かいかけて、ふと足をとめた。「そうだ、ひとつだけ、お願いしてもいいでしょうか」

真っ裸で逆立ちして口笛でフランス国歌を吹けと言われてもやってしまいそうなほどに、フィッツジェラルドは舞いあがっていた。「私にできることでしたら、なんなりと」

「抜栓したこの二〇〇〇年ものを、いただいて帰ってもよろしいでしょうか。今夜、電話で報告するときに、舌に味わいを残しておきたいのですよ。そうすれば名状しがたいなにか《ジュ・ヌ・セ・パ・キ》が加わって、説得力も増すにちがいない」

「キではなく、クワです」フィッツジェラルドもまた、外国人の発音の誤りを見過ごすことのできないひとりだった。「ええ、どうぞ。コルク栓を持ってまいりましょう」

チャーリーを見送って玄関のドアを閉じると、フィッツジェラルドは試飲室にもどり、ひとりグラスにワインを注いで腰を下ろしながら、翌日振り出される予定の百万ドルの小切手に思いを馳せた。ニューヨークのアパートの面積を広げ、バハマのヨットも大型化を考えるべきかもしれない。ワインをひとくちすする。たしかに旨い。あと一歩で、謳い文句も嘘ではなくなるところだ。

　最初に見つけたバーに入ってチャーリーはへたりこみ、興奮冷めやらぬままグラスにたっぷりのブランデーを注文した。ひと芝居打っただけなのに、実際に誰かの百万ドルを使いワインを百二十本注文したかのような錯覚にとらわれ、頭がくらくらした。素晴らしいワインであることはまちがいない。が、ほんとうにルーセルの手になるものだろうか。フィッツジェラルドに手渡された壜を見つめ、おおよその値段を計算して、あらためて唖然とした。そんな大金をワイン一本に払う人間の気が知れない。裸の王様というフレーズがよみがえった。

三人はホテルのロビーで待っていた。マックスは落ち着きなく歩きまわりながら、クリスティーはひとつも集中できぬヘラルド・トリビューン紙をただ広げたまま、そしてルーセルはスポーツ新聞を読むでもなくめくりながら。そこにチャーリーが加わると、手にした壜に即座に視線が集まった。

「そら、持ってきたぜ」三人の前の低いテーブルに置きながら、チャーリーは言った。「いまの相場で、およそ八千ドル。勉強してやってもいいぜ、俺がひとくち、ふたくち、飲んでるからな。味もなかなかのもんだ」すわって蝶ネクタイをはずしながら、クリスティーやマックスの矢継ぎ早の質問に答えているあいだに、ルーセルがコルク栓を抜き、ネックに慎重に鼻を近づけた。

なにやら考えこむルーセルに、マックスは言った。「クロード、壜を置いたほうがいい。聞けば卒倒しかねない話だから。フィッツジェラルドはそのワインに、ケース当たり十万ドルの値をつけているそうだ。あんたが造ったワインに」

驚いてルーセルは目を丸くし、ゆっくりと頭をふった。世の中、狂ってるとしか言いようがない。十万ドルといったら、当たり年の総売り上げ以上ではないか。怒るのはあとまわしにして、いまはただ呆気にとられるしかなかった。「トゥ・リゴール、ノン?」冗談だろう、え?

「いいや、ほんとうだとも。さあ、まず実際にうちのワインかどうか、たしかめないことには。わかるのは造った本人だけだ。家から一本、持ってきてるね、比較用に」

顔をのぞきこんだところ、ルーセルがしっかりうなずいたので、マックスは安心した。

「よし。じゃあ、さっそくとってきてもらうことにして、バーで会おう」

バーはホテルのロビーのすぐ横にあり、地元の酒の品揃えが豊富で、聞き酒歓迎のありがたい場所だった。時間が早いので、昼食以来一滴もなしの渇ききった喉を潤しに押しかけてくるビジネスマンたちの姿もまだ見当たらず、ちょうどいい気晴らしができたとばかりにバーテンダーは喜んでいる。ルーセルが二本目を手にもどってくるころには、試飲用グラス、紙ナプキン、吐き出したい向きには空のアイスバケツの三点セットがテーブルの上に用意されていた。

全員が無言でじっと見守るなか、ルーセルはワインを注ぎ、光にかざし、グラスをまわし、においを嗅いで、口にふくんだ。飲みこみ、さらにひとくちすすって、味をみると、考えこんだ。

「ボン」歯の隙間から息を吸いこみ、くりかえし彼はうなずいた。「たしかにうちのワインだ」

マックスが身をのりだし、クロードの腕に手を置いた。「まちがいないか、クロード。ほんとに、ほんとなんだな?」

ルーセルは憤慨した顔で、体を強ばらせた。「ベ・ウイ。ブドウの段階から、こいつとはつき合ってるんですぜ。あたしが造ったワインですよ」持ってきた壜からワインを注ぎ、味をみて、もう一度うなずいた。「まちがいない」

全員揃ってついた安堵の溜息は、成り行きを見守り熱心に聞き耳をたてていたバーテンダーにも、はっきりと聞こえたほどだった。彼をテーブルに呼ぶのに大仰な仕草は必要なかった。笑顔の面々を見て、バーテンダーは期待を胸に近づいてきた。過去の経験からして、陽気な客が盛大に飲み、かつチップをはずんでくれなかったためしはない。憂さ晴らしに来る惨めな客たちとはちがう。「はい、なんでございましょう、ムッシュー」

「みんなでシャンパンでも飲もうかと思うんだ。クリュッグを——もし冷えたのがあれば」

ええ、もちろん、ございますとも。なにか、特別なお祝いごとでも? バーテンダーの目は抜栓したルーセルのワイン二本に釘付けで、なかなか立ち去ろうとしない。ボルドーという土地柄、ラベルのない壜には誰もが特別の興味を示して当然だった。

「当たり年でね、大いに期待の持てる出来なんだ」マックスは説明した。「成功をみんなで祝おうと思って」

シャンパンを用意すべくバーテンダーが姿を消すのを待ってから、クリスティーが口を開いた。「クロードの鼻を疑うわけじゃないけど。きちんとした分析もしてもらったほうがいいんじゃない？　念には念を入れて」そう言って一同を見渡す。「ほら、DNA解析とか。この街なら、いくらでもあるはずだと思うけど、やってくれるところは」

バーテンダーに聞いてみると、たしかにそのとおりだった。それどころか、彼の兄弟が実際その手の仕事をしているという。電話一本で使いの者がワインのサンプルをとりに来て、その晩さっそく解析してくれることになった。

話が一段落したところで、乾杯となった。素晴らしいワインを醸したルーセルに、難役を演じてのけた名優チャーリーに、くすくす笑うクリスティーに（とこれはチャーリーひとりで――なぜか理由は明かしたがらないのだが）、そして実り多き未来に、乾杯。夕食時となり部屋にもどって着替えるころには、体の隅々で弾けるシャンパンの泡のように誰もが元気潑剌としていた。

その勢いはやがて、わずかながらそがれることになるのだが、それもほんの一時のことだった。いつのまにか親友のひとりとなったバーテンダーの薦めで一行が訪れたのは、サン゠レミ通りにあるビストロ――壁には一九二〇年代のポスターが貼られ、細長い水銀ガラスの鏡が並び、臙脂色のモールスキンの長椅子に、料理は昔ながらの、しっかりした味や素材のものばかり、というその店でメニューを前にあれこれと迷いながらマックスがふと気づくと、ルーセルの口数が妙に少ない。

「どうしたんだい、クロード。なにかまずいことでも？　ワインのことを心配しているのか？」

ルーセルは片耳をひっぱりながら、メニューを置いた。「ホテルを出る前に、家に電話したんですがね――その、女房に結果を話そうと思って――そしたら、今朝、ナタリー・オーゼから連絡があったっていうんですよ」

「どんな用件で？」

「それが、言わなかったそうで。あたしは留守だとリュディヴィーヌが話すと、明日またかけ直すから、と。小作契約の件かもしれない。わかりませんが」

マックスはぞんざいに手をふった。「せっかくの食事時に、よけいなことは考えるなよ。帰ってから、たしかめればいいじゃないか。さあ、料理はなににする？」

時間をたっぷりかけて食事を楽しみ、ますます愉快な気分になってホテルのバーにもどると、ワインの分析結果が届いていた。四人は締めくくりの一杯をかたむけながら喜び合った。ルーセルの鼻が嗅ぎ分けたとおり、誰もがほっとする内容だったからである。

深夜をだいぶまわってマックスが部屋にもどると、電話にメッセージが残されていることを示す小さな赤いライトが点滅していた。マダム・パスパルトゥからで、果たせるかな、ボルドー特産の小さなお菓子——いけないと思いつつも、つい手がのびてしまうカラメル色のカヌレを一箱、土産にかならず忘れないでくれという再三の念押しである。それをメモしてからマックスは服を脱ぎ、エヴィアンを一本持ってバスルームに入った。寝る前にゆっくりとシャワーを浴び、ミネラルウォーターを一リットル飲むほうが、翌朝アスピリンを頬張るより、はるかに宿酔いには効き目がある。濡れた頭を枕に横たえるが早いか、マックスは眠りに落ちていた。

電話の音で叩き起こされ、朦朧とした頭でなんとも言えず楽しかった夢の世界をふりかえった——ファニー、ワイン、将来、ファニー——受話器をとるなり例のきんきん声が耳に響いて、マックスは思わず身をすくめた。

「ムッシュー・マックス！　セ・モワ」私ですよ。

寝ぼけ眼で時計を見ると、八時である。やあ、おはよう、とマダム・パスパルトゥに言ってから、エヴィアンはどこかと手をのばした。

朝早くから申し訳ないとは思ったんですが、と彼女は切りだした。オーゼ先生がお会いしたいといって訪ねてきたことを、お伝えしなければと思いましてね。お留守だと申しあげたら、行き先を教えろと言うじゃありませんか。どうです、まあ！　ずうずうしいったら！　あさましくも、好奇心まるだし！　おまけに、ですよ。どういう用件で会いたいのか、たずねても、答えやしない。強情で気むずかしい人ですよ、ほんとに。もちろん、なにを聞かれても教えてやりませんでしたけどね。週の後半にまたおいでください、とだけ言っておきました。

猛烈な勢いでまくしたて、さて感想やいかにと一転、口を閉じたマダム・パスパルトゥは、マックスから罵詈雑言の類がひとつも返ってこないので、がっかりしたようだった。カヌレの大箱を買って帰るよ、とマックスは約束し、考えこみながら受話器を置いた。どういう問題が起きたにせよ、帰ってから対処するしかない。

朝食をすませ、ホテルを出た四人の物腰は控えめで、歩きかたもゆっくりなら、話し声も静かだった。前夜、飲みすぎたせいも、もちろんあるが、これからいよいよ問題の相手と対決することを考えると、とてもではないがはしゃぐ気にはなれない。ある人間が大嘘つきの詐欺師であるという事実をつきとめるのと、それを相手に面と向かって言うのとでは、別問題である。降参して白状するだろうか。真っ向から否定して警察を呼ぶだろうか。逆上してワインの壜を投げつけてくるだろうか。グザヴィエ・アルノザン通りの建物に到着したのは、遠くの教会の鐘がちょうど十時を打ったときだった。チャーリーが肩をそびやかし、蝶ネクタイを直して、ドアをノックした。廊下を近づく足音が聞こえ、ドアを開けたのは、筋骨たくましく無表情なダークスーツの若い男だった。

「フィッツジェラルドさんと約束があるのですが」自信に満ちた声でチャーリーは言ったが、内心ぎょっとしていた。

若い男はにこりともせず、口もきかず、脇へどいて四人を請じ入れ、先頭に立って試飲室へ向かった。

細長いマホガニーのテーブルには灰皿が置かれているきりだった。その奥の椅子には、髪を短く刈りこみ骨張った細長い顎をした年嵩の男がすわっている。若いほうと同じで、やはりダークスーツだった。その彼がわざとらしく、ゆっくりと煙草を一本抜いて火をつける様子を四人が見守っているあいだに、背後に足音が聞こえ、ふりむくと制服警官二人がドアの両脇を固めていた。奥にすわる男が眉間に皺を寄せ、初めて口を開いた。「外で待ってろ」制服組二人に命じると、彼は指をぱちんと鳴らした。

「ドアは閉めて」

「フィッツジェラルド氏はどこだね?」気圧されまいとチャーリーは怒鳴るように言った。「こんな話は、聞いたことがない」

テーブルの奥の男が手を上げた。「フランス語が話せるのは？」マックスとルーセルがうなずく。「よろしい。通訳してくれたまえ。私の名はランベール。ランベール警部」立ちあがり、テーブルをまわってその端に腰かけると、目をすがめ、煙草の煙越しに四人を睨みつけた。「昨日、とある筋からの情報で……おまえたちの行動が明らかになった。ボルドーでは歓迎されざる、われわれにとっては不愉快極まりない、大胆なやり口と言わねばならない。わが街のワインの名声を歪め、卑劣なすり替えを企てて、不正手段、背信行為により利益を得ようとする――どれも犯罪としては非常に深刻で、重刑に値するものだ」灰皿で煙草を揉み消し、ランベール警部は椅子にもどった。強ばった四人の顔を見上げ、うなずいて、彼はくりかえした。「重刑に」

「ピュタン」畜生、とルーセルが罵る。

「冗談じゃないぜ」大筋ではチャーリーにもわかる話の内容だった。

「説明させてくれ」マックスは言った。

「いやあ、電話をもらってよかったよ」フィッツジェラルドは言った。「本物だと信じきっていたからね。怪しいところはひとつもなかった。試飲するときも、話すときも。おまけに、フランスから遠く離れた、地球の裏側から買ってくれるというのだから――完璧じゃないか。まあ、いまにして思えば、あの馬鹿高い言い値に素直に応じた時点で、なにかおかしいと思わなければならなかったのだろうが。なに、まちがいは誰にでもあるものさ」肩をすくめると、彼はまた表情を明るくした。「幸い、致命傷は負わずにすんだ――ありがとう、きみのおかげだよ。さあ、もっとシャンパンを。そして聞かせてくれないか。なにをきっかけに、怪しいと思ったのか。最後に話したときには、なにしろ時間がなくて慌てていたから」

テーブルから見下ろすことのできるホテル・ブリストルの中庭は、熱波に襲われオーヴンに放りこまれたかのようなパリにあっても、緑豊かで涼しげだった。ナタリー・オーゼはシャンパンをひとくちすすってから答えた。「運がよかったのよ。ちょうどルーセルと今年の出荷について話し合わなければならなくて、でも、訪ねていくと、留守だっていうでしょ。妙だと思ったの。あの男、旅行なんて大嫌いなはずだもの。どこかに一泊したという話でさえ、聞いたことがない。おまけに奥さんは連絡先さえ教えてくれないし。しかたなしにスキナーのところへ行ったら、みんな留守で、あの小うるさい年増の家政婦しかいないじゃない。だから、あなたに電話してみたのよ。そうしたら、ちょうど、あるイギリス人から依頼があって、試飲させたところだというから……」グラスをじっと見つめ、彼女は頭をふった。「ルーセルが意気地をなくして急に馬鹿正直になっちゃったのは、ほんと、残念な話。またとない方法だったのにね」

身をのりだして、フィッツジェラルドは彼女の手に触れた。「いいじゃないか。ここまで来られたんだ。じゅうぶんすぎるほどさ。きみはカリフォルニアで、私はニューヨークで、これからやっていける。それにしても便利な国だな、アメリカというのは。行方をくらますにはうってつけ。明日のいまごろには、ふたりとも、無事向こうへ着いてるだろう」テーブルにすわるもうひとりの男、骨張った細長い顎をして髪を短く刈りこんだ男を、フィッツジェラルドはふりむいた。「そっちはどうだ、フィリップ。警官役は楽しかったか?」

笑みを見せると、ごつい顔立ちが別人のように柔らかくなった。「いつでもどうぞってなもんさ。これだけ報酬がもらえるなら」フィッツジェラルドに手渡された百ユーロ札の束は、厚みがありすぎて二つのポケットに分けて押しこまねばならないほどだった。「笑っちまったね。制服姿を目にしたらもう、身分証明書を見せろとも言いやしない。人間てのは案外、外見だけで騙されちまうもんなんだな」

「思いこみのなせる業だよ、フィリップ」フィッツジェラルドは言った。「思いこみのなせる業。ワインも似たようなものだ。それで、最後はどういうふうに話を?」

「スキナーとルーセルの言い分には、説得力があったよ、ああ。裁判所なら、お説教と軽い罰金で釈放ってとこだな。いずれにせよ、面倒を起こす心配はないと思うね。ムッシュー・フィッツジェラルドとやらとワインの取引については、ただちに正式に捜査を開始する、なにかあれば知らせる、そう言っておいた。出過ぎた真似はせず、おとなしく待機して、いざというときに協力さえしてくれれば、刑事告発は免れるだろう、と。俺の予想では四人とも向こう半年は自分の身の安全を祈るだけの毎日だ、きっと」

「さすが、フィリップ。よくやってくれた。そういうことなら、うん、多少の贅沢は許されて然るべきだろうな」フィッツジェラルドが手を上げるが早いか、ウェイターたちが背後に集まった。「この店のフォアグラは絶品だぞ。いっしょにシャトー・ディケムを一杯か二杯、やりたいところだな。置いてあるだろう、もちろん」

第二十章

いっぱい食わされたことにマックスが気づくまでに、さほど時間はかからなかった。まず、そう思わざるを得ない、なによりのきっかけとなったのが、オーゼ先生、一夜にして失踪という事実で、村人たちも興味津々、さまざまな憶測が向こう数か月、いや、ひょっとしたら数年のあいだ飛び交うことになるのはまちがいなかった。郵便局に転送先の住所すら残されていないとなれば、事態はふつうではない、ひょっとして犯罪絡みか、と誰もが疑って当然である。駆け落ちだろうか？　それとも――と思いついた人間はみな恐怖とスリルにぞくぞくした顔で――もっとなにか忌まわしい事件？　痴情沙汰で、事務所も家も手放さざるをえなくなったのだろうか。マルセイユで姿を見かけた、家に電気がついているのを見た、いや、顧客の財産横領で高飛びしたんだ、そうじゃない、悪事だらけの世の中を見限って慈悲の聖母修道会に入ったのさと、ひとり歩きを始めた噂はとどまるところを知らなかった。その中身は毎日入れ替わり、カフェの老人が言うように、テレビドラマなどより、聞いていてはるかにおもしろかった。

マックスとルーセルは当然のことながら、思うところあっても口には出さず、やがては人の興味も薄れるだろう、と噂が静まるのをただ待ちつづけた。そのうち、この公証人失踪事件もサン＝ポン九百年の歴史に残る未解決の謎のひとつとして、闇に葬り去られることになるにちがいない。

謎の断片のもうひとつが明らかになったのは、マックスがボルドーのフィッツジェラルドに連絡をとろうとして、電話がはずされているのを知ったときである。けれども、してやられたことを裏付ける証拠となったのは別の一本の電話で、これはルーセルにせがまれて、かけたものだった。

そもそもの陰謀の主犯格のひとりである――検察側からみれば、扇動者ということにもなりかねない――ルーセルは、気懸かりでしかたなかったのだ。当局に知れた場合にどんな罰則が待ち受けているか、頭のなかであれこれと思い描いて、どれだけ悩んだかしれなかった――貯めた財産から（莫大な利子をつけた）税金を徴収され、中告漏れでさらに罰金を科せられ、破産、場合によっては懲役刑まで科せられ、一家離散、人生崩壊……。ボルドーでの出来事があってからというもの、畑に出て作業するルーセルの頭上には、のしかかる暗雲が目に見えるようだった。食欲がなくなり、妻に話しかけることもほとんどなくなり、飼い犬には八つ当たりしてばかり。そんな状況にやがて自分でも耐えられなくなり、ついにマックスに頼みこんでボルドーの警察に連絡してもらうことにしたのである。最悪の結果に直面することになろうと、ただそれを恐れてびくびくと毎日を過ごすよりましだった。

男ふたりでキッチンにすわり、マックスがまずボルドーの連絡先を調べるべく番号案内にかけた。しばらく手間どったのち、ようやくランベール警部につながった。

「ウイ?」働きすぎで苛立っているのか、早口のそっけない返事だった。

「あの、私、スキナー、マックス・スキナーですが」

「え、誰だって?」

「覚えてませんか? ええと、先週、ボルドーでお会いした……」

「いや、会ってませんね、ムッシュー、人違いでしょう」

「ランベール警部でいらっしゃいますよね?」

「いかにも」

「失礼ですが、ボルドーに、ほかにランベールという名前の警部さんは?」

「いないね」

「ほんとにほんとですか? だって、つい先週……」

「ムッシュー」――声がだんだんいきり立ってきた――「ランベールなんて、どこにでもある名だ。私がたまたま知っているところによれば、フランス全土にランベールという名の家は約六万七千戸。しかしながらボルドー警察にランベールはたったのひとり、それが、この私でね。くだらない電話でこっちの貴重な時間を奪う以外に、もっとなにかすることがあるんじゃないのかね。それじゃ、ムッシュー」

相手がなんと答えているか聞きとろうと、ルーセルは唇を嚙みながら身をのりだしていた。マックスは電話を置き、頭をふって、にやりとした。「とんだ食わせ者だぜ」

「え、誰が、なにが?」

「フィッツジェラルドだよ。あの男が仕組んだにちがいない。ランベールだか、なんだか知らないが、警部なんて、とんでもない、大嘘だよ。まんまとはめられたんだ」マックスは頭をふらずにいられなかった。帽子から白ウサギが出てくる手品の種明かしでもされたような気分だった。「完璧に、いっぱい食わされた。たいしたもんだ。してやられたよ」

眉間の皺が消え、ルーセルの顔に晴れやかな希望の光が射しはじめた。「でも、あの警官たちはちゃんと……」

「いまはなんだって借りられる時代だよ、クロード。特に制服なんか、いくらでもね。覚えてるかい、僕ら、身分証明書を見せろとは、ひとことも言わなかったろう。まあ、ああいう状況じゃ、ふつうは思いつかない、無理もないけど。そうさ。だからつまり、すべてを知っているのは僕らと、フィッツジェラルドと、あの男たちだけということになる。連中が誰かに話すはずはない、そうだろう？　もしばれたら、警察官に偽装なんて、どんな刑罰を食らうかわかったもんじゃないからね。一件落着だよ。よかったな。ああ、こっちもひと安心だ、これで」

ルーセルは立ちあがってテーブルをまわり、マックスに近づくと、笑みを浮かべ大きく両腕を広げた。「シェ・ラミ、シェ・ラミ」おお、友よ、とくりかえしながらマックスを椅子から抱えあげ、背骨が折れそうなほど強く抱きしめて、肥料袋でも扱うがごとく軽々とふりまわし、両頬にキスをした。

「落ち着けよ、おい」マックスは言った。「下ろしてくれったら。チャーリーを呼んで、せっかくのいい知らせを、伝えてやらなきゃ」

抜けるような青空の下、八月中旬になると炎暑にいっとき安らぎを与える雷雨が訪れるようになり、夏は過ぎていった。畑とカーヴでの肉体労働はきつく、休みなしだったが、長く暑い一日の終わりにはかならずファニーの差し入れと甘い慰めの言葉が待っていた。マックスはトラクターの運転を覚え、光り輝く秋を迎えると、ブドウの収穫作業にみずから携わり、手で摘んでは粒を傷めぬよう大きさで選り分けることもできるようになった。顔も腕も酢漬けクルミさながらの色に陽焼けし、掌の皮もみるみる厚くなり、着ている服は色褪せ、埃だらけ、髪ものびてぼさぼさだったが、これまでにない幸せを心から感じていた。

マダム・パスパルトゥは、ロンドンから定期的に届く絵葉書に大喜びだった。なかでもお気に入りはむろん、王室メンバーの写真入り絵葉書である。サン＝ポンで自分が見守るなか芽生えた恋を、クリスティーとチャーリーが順調に育んでいることに、大いなる満足感を彼女は覚えているようだった。

それが証拠に、新しい絵葉書が届くたびにマックスに向かってこう言うのである。

「これがもし永遠の誓いをたてるところまで行かなかったとしたら、それこそ驚きですよ。式は役場で挙げるのがいちばん、そうは思いません？　着ていくものを考えなきゃ。もちろん、ムッシュー・マックス、立会人はあなたですよ」

チャーリーがこれまで貫き通してきた独身主義を知るマックスでさえ、これにはうなずかざるをえなかった。

マックスとルーセルは地元の農業銀行のモーリスに相談し、融資を受けて、弱ったブドウの古株を冬のあいだにルーセルの考えた割合でカベルネとメルローに植え替える計画を立てていた。建築業のいとこの手を借りて手入れの必要だったカーヴの改装にも着手し、古いペンキを落として壁も天井も白く塗り変え、入ったすぐ脇には素朴な石造りのバーカウンターを設置。幹線道からカーヴまでの悪路も平らにならして、道路脇にはデギュスタシオン、聞き酒に立ち寄りたい人にはすぐわかるよう、目印として、シンプルだが洒落た看板を立てることにした。

将来へ向けての誇りであり喜びであり希望でもある、例の砂利だらけの畑のワインについては、ル・コワン・ペルデュという名称を引き継ぐつもりはなかった。代わりにブドウ園の名をつけて、幻の名酒らしく装いも一新した。細長いコルクに鉛の口金《キャップシール》、壜は有害な紫外線を通さないとされる特殊で高価なフイユ・モルト、枯葉色のガラス製である。ラベルは渋く、控えめそのものだった。ル・グリフォンという銘柄と、ヴァン・ドゥ・ペイ・ドュ・ヴォークリューズ、すなわちヴォークリューズ地方産ワインであるという記載、それに生産者元詰めを表わすM・スキナー・エ・C・ルーセル・プロプリエテールの名称のみ。目標は、愛飲家たちのあいだで原産地統制名称ワイン並みに評価されている数少ない地方ワインのひとつ、同じプロヴァンス産のドメーヌ・ドゥ・トレヴァロンと張り合えるだけの評判を得ることだった。

むろん、なにもかもまだ始まったばかりだが、幸先のいいことがいくつかあった。遠くはエクスの店も含めて、何軒かの近隣のいいレストランが、ル・グリフォンをワインリストに加えることに同意してくれたのである。リュベロンの相場からは考えられないほどの高値であるにもかかわらず。翌年の五月、マックスとルーセルはマコン・ワイン・コンクールへの出品を考えた。三大コンクールのひとつでメダルを獲得できれば、こんなうれしいことはない。それでなくても口コミで評判はすでに広がりつつあった。

十月の晴天の朝、たまたまカーヴを訪れたアメリカ人観光客たちの耳には、残念ながら、この噂はまだ届いていなかったらしい。マックスとルーセルは裏で出荷の準備をしているところだった。ルーセルはバーに向かい、グラスを並べてワインを注ぐと、ボンヌ・デギュスタシオン、どうぞ、ごゆっくり、と言って作業にもどった。

マックスは聞き耳をたてずにいられなかった。

「おい、旨いじゃないか」ほかの客からも同意のつぶやきが漏れた。「ほら、なんだか味がボルドーに似てるだろう。こりゃ、ぜったいカベルネを使ってるな」

「アメリカまで送ってくれるかしら」

「もちろん送ってくれるさ。送ってくれないわけがない」

「値段はどこに書いてある？　ああ、あった、この小さなカードに。ええと、たしかユーロはほとんどそのままドルに読み替えりゃいいんだよな？」

一瞬の沈黙。そして「冗談だろう！　いったい何様のつもりだい、こいつら。一本三十ドルだぜ！」

「最初は」とマックスは言った。「値切りにかかってくるんじゃないかと思ったよ。でも、そのうち金を出し合いはじめて、二本買ってくれた。そのとき思ったんだ、このブドウ園のモットーは、〈地道に稼ぐべし〉にしよう、と。歴史的瞬間だよ、初めてアメリカ人に売れたんだからね。ナパ・ヴァレーのワイナリーを脅かす存在になりつつあるということだ」

グラスを手にとり、マックスはチャーリー越しに、家の前のプラタナスの木陰に置かれた長テーブルを囲む一同の顔を見やった。クリスティーとチャーリーが週末を利用してロンドンから訪ねてくると聞いて、ファニーが店を閉め、自分の得意料理で内輪の昼食会を開くことを提案、この秋初のカスレをふるまうと言いだしたのである。招待客選定にあたっての彼女の主張はこうだった——カスレはとにかく大勢で食べなければ——もちろん、然るべき天候のもとでね。その意味では、望むべくもない日を迎えたといっていい。十月も終わりに近づくと爽やかな小春日和がつづくようになり、朝晩は涼しく、昼間は外で食事をするのにちょうどいい暖かさで、食欲が失せるような炎暑とはもう無縁だった。

そして実際、食事が始まってみると、一皿めが片づくころには——あとのことを考えて、ウズラの卵のスプレッド、タプナード添えに、タラのブランダードをのせたトースト、生野菜といった軽い前菜だったが——みな上着を脱ぎはじめていた。ルーセル夫妻は娘と愛犬を同伴していた。赤にゴールドという目もあやに秋色をまとったマダム・パスパルトゥは、スキンヘッドに銀のイヤリング、前腕に刺青という、地元の銀行支店長にしては珍しいタイプのモーリスを、特別な友人だといって連れてきていた。ファニーは店のシェフ夫妻と、頭数を揃えるために厨房見習いの若いアーメドにも声をかけていた。

チャーリーはマックスからルーセル夫妻へと向きなおり、言語としての英語、その珍しい特性についての講釈を再度試みていた。「英語には性《セックス》がないんだよ、わかるかい。ルもラもない。従って人生、より苦労が少ない。プリュ・ファシール」

「セックスがない」鸚鵡返しに言って、ルーセルは考えこんだ。「クリケットばかりしてるってことかね、ノン？」

英文法の深奥へ迷いこもうとする彼らにかまわず、鼻をひくつかせながらマックスがキッチンへ向かうと、ちょうどクリスティーとファニーがオーヴンから巨大な陶製の深皿をとりだしたところだった。キッチンのテーブルに置かれた深皿は荷車の車輪並みの大きさで、パン粉を散らした表面がこんがり黄金色に焼きあがっている。

「ヴォワラ」ほうら、とファニーが言った。「ル・ヴレ・カスレ・ドゥ・トゥールーズ」これがトゥールーズの本物のカスレよ。マックスはファニーの顔を見て、にっこりした。大きな鍋つかみの手袋が、これほど似合う女性はいないと思った。それをはずし、ファニーは指で髪の毛を梳いた。

マックスは身をかがめ、コレステロールがたっぷり摂れることまちがいなしの風味豊かな香りを、深々と吸いこんだ。「うーん、旨そうだ。なにが入ってるんだい？」

ファニーは材料を指折り数えあげはじめた。「白インゲンに、鴨のコンフィに、ニンニク入りソーセージ、塩漬け豚、子羊の胸肉と肩肉、鴨の脂身、小タマネギ、豚の腰肉、（もちろん、なくてはならぬ）トゥールーズ産ソーセージ、トマト、白ワイン、ニンニク、ハーブが何種類かと……」

「マックス」クリスティーが言った。「涎垂らしてないで、手伝ってよ」そしてファニーの鍋つかみを渡しながら、「外へ運ぶときは気をつけてね。重いんだから」

巨大な深皿はテーブルの面々から拍手喝采で迎えられ、招待客代表として入刀を任されたクリスティーがこんがり焼けた表面にスプーンを入れると、なんとも言えずいい香りと湯気がふわりと立ちのぼった。渡された皿に熱々の中身がよそわれ、ワインの味見と賞賛の言葉、料理人への乾杯と儀式がひととおりすんだところで、カスレではよくあることだが、沈黙がテーブルを支配した。

最初にわれに返って口を開いたのは、マダム・パスパルトゥだった。二杯目、いや三杯目のワインの勢いで彼女は身をのりだし、マックスの肩をたたきながら言った。「それで?」とテーブルの端まで聞こえるささやき声で、クリスティーとチャーリーを顎でしゃくりつつ、「発表はいつなの?」

「マダムとモーリスが先に発表するのを、待ってるんだよ、きっと」マダム・パスパルトゥはえっと反り身になった。モーリスはカスレの中身のなにかをうっとりと口に運んでいる。

マックスはチャーリーに声をかけた。「ふたりとも本気かどうかって、ここにいるマダムが知りたがってるぞ」とたんにクリスティーは頬を赤らめ、チャーリーは大きくにっと笑った。その意味するところは、通訳なしでマダムにもわかったにちがいない。


肌寒さを感じて客が席を立ちはじめたときには、すでに五時近くになっていた。クリスティーとチャーリーはセーターをはおってブドウ畑へ散歩に出かけた。ほかの面々は、村のカフェへくつろぎに行ったり、食後の休憩にテレビを観たりと、みなそれぞれだった。ただひとりルーセルだけが遅い昼寝をはじめたのは、むろん夕食に備えるためである。手をふって最後の客を見送ると、マックスは家に入った。キッチンの暖炉に火を熾し、村祭りの晩、初めてふたりで踊った記念にとファニーが買ったダイアナ・クラルのＣＤをかける。腕まくりをして汚れた皿の山に見とれていると、背後から足音が聞こえ、ファニーが腰に腕を絡ませてきた。

耳元のささやきを聞きとるには、首をかたむけねばならなかった。「皿洗いは、いいの、いましなくて」

「いいの？」

「そう。別のことをするんだから」

ふりむいて、ふたりは向き合った。「そうだな、踊ろうか」

ファニーの手がゆっくりと背筋を這いのぼった。「踊ってから……」

訳者あとがき

ロンドンの金融界で働く三十代後半のマックス・スキナーは、金儲けと出世にしか興味がなく、趣味はジョギングで、離婚経験ありの独身生活ゆえ食事は不規則、ワインはうまいかまずいか、高いか安いかでしか判断できない。そんな彼がとつぜん、亡き叔父の小さなぶどう園を相続することになった。場所は少年時代に夏休みを過ごした思い出の地、南仏プロヴァンスの村サン＝ポン。「農夫になれ！」とワイン好きの陽気な親友チャーリーに半ば無責任に背を押され、人生再出発の可能性もそれとなく考えつつ、とりあえずは法的手続きをすませるため彼は現地へ飛ぶ。そこで待っていたのは、昔と変わらぬ美しい風景や村の暮らしと、魅力的な女性ふたり、相続をめぐる予想外の問題、そしてぶどう畑に隠されたひとつの謎だった……。

大ベストセラー『南仏プロヴァンスの12か月』その他一連のプロヴァンス作品でお馴染み、ピーター・メイルの最新作（小説第五作目）は、ワインをめぐる物語である。五感を刺激して、南仏の強烈な夏の陽射しやあふれる色彩、乾いた空気、ラヴェンダーの香り、焼きたてパンやワインや料理のにおいで読者を包みこみ、つかの間のプロヴァンス旅行へと誘いだしてくれる生き生きとした筆致は、健在だ。とにかくおいしそう、気持ちがよさそう。スローで精神的に真に豊かな暮らしを、これほどストレートに、愉快に描ける作家はそういないのではないか。細かなことを言えば、同じネタの使いまわしがなくはないけれど、それでもやはり、訪れてみたくなる。味わってみたくなる。彼の描くプロヴァンスは、決して食べ飽きることのない旬の野菜や、昔から愛されてきた素朴な家庭料理のようなものなのかもしれない。いわば、シンプルだが素材の持ち味を生かした一皿ならぬ一作といったところ。緑の美しいぶどう畑を背景に、市場には出まわらない秘密のワインの存在が明らかになり、恋が芽生え、また登場人物のだれもが少しだけ人生の向きを変えて、最後には自分なりの新しいなにかを手にしていく、どこかちょっとシェイクスピアの喜劇にも似た紺碧の空の下でのひと夏のプロヴァンス物語を、読者のみなさんにはぜひ楽しんでいただきたい。

原題は *a good year* ――ア・グッド・イヤー。本書でも描かれているように、長年にわたるぶどう畑の手入れから収穫、選別や醸造や貯蔵にいたるまで、ワイン造りはその苦労も並大抵のものではない。けれども努力が実って満足のいく結果が得られれば、その年は「いい一年《ア・グッド・イヤー》」だったことになる。フランスのワイン生産者たちも実際にそのような表現を使うところから、このタイトルはつけられたらしい。発案者は実はアカデミー賞映画監督のリドリー・スコット。献辞でも触れられているが、小説が生まれたきっかけもまた、スコット監督が一九九〇年代半ばに見つけてとっておいた、ガレージ・ワインに関する小さな新聞記事の切り抜きであったという。

本書の著者ピーター・メイルとリドリー・スコット監督は、一九七〇年代にそれぞれ広告マン、CM会社の撮影監督だったころからのつきあいで、メイルはご存じのとおり、ロンドンをひきはらって現在はプロヴァンス（書いたエッセイが大ベストセラーとなった当時のメネルブではなく、リュベロン山の反対側の麓に位置する小さな村）に住み、スコット監督もまた近くに別荘とぶどう園を所有している。そんなふたりがある日ランチをともにしたさい、前述の新聞記事――ガレージ・ワインのことが話題にのぼった。そして「小説のいい材料になりそうだ」と言うメイルに、「書いてくれれば映画にするよ」とスコット監督が請け合った。そこから本書が生まれ、映画化も実現したというのだから、ふたりがそのテーブルで飲んだワインの銘柄については知る由もないが、なにやらガレージ・ワインの勢いがのりうつったような話ではないか。

原作 *a good year* は二〇〇四年刊行、同名の映画は二〇〇六年十一月に二〇世紀フォックス配給で封切られた。日本では角川映画配給により「プロヴァンスの贈りもの」として二〇〇七年夏に公開が予定されている。

映画化の話もあると聞いて初めて本書に目を通したとき、〝フライパン事件〟のくだりで「彼しかいないだろう」と訳者が勝手に思い浮かべたマックス・スキナー役は、ヒュー・グラントだった。しかしふたを開けてみれば、主演はなんとラッセル・クロウ。つまり二〇〇〇年度アカデミー賞で五部門を受賞した歴史スペクタクルの傑作「グラディエーター」と同じ監督、主演による初の人生ドラマ／コメディがプロヴァンスを舞台に誕生したわけで、一部ストーリーや登場人物など原作と異なる部分もあるが、映画もまた素晴らしい作品に仕上がっている。こちらの魅力はやはりR・クロウのあの巧さと、イギリス、フランス、オーストラリアと出身もさまざまな脇役たちの個性的な演技、そして背景、小道具などを駆使しながら、それらすべてをフレンチ・コメディーふうにみごとにまとめあげた名匠リドリー・スコット監督ならではのセンスのよさ。対する原作小説の魅力が、軽快でユーモラスな――自分も村のカフェにすわり登場人物たちのやりとりを目の当たりにしているかのような、読み終わればすぐにでも近くのビストロに足を運びたくなるような――ピーター・メイルの語りであることは、いうまでもない。もしも両方に接する機会があれば、映像と活字、それぞれのおもしろさを味わいつつ、インパクトや余韻、ユーモア度、脳内における食欲および快楽中枢への刺激度（!?）などを比較しながら、伝達手段としての両者のちがいをあらためて認識するのに、これは恰好の作品といえるかもしれない。

小説と映画ではあらすじも登場人物も多少異なると書いたが、ワインを通して描かれているテーマはむろん同じである。文中、主人公のマックスがこんなふうに語るところがある。ヘンリー叔父が遺したぶどう畑で未熟なぶどうの実を見つめながら、「陽に当たり、汁気をたっぷりと含んで大きくなるには、まだあと数週間、飲めるワインになるまでにはさらに何年もかかることだろう。ワイン生産者に課せられた忍耐がどういうものか、わかるような気がしてきた——忍耐と、天候の良し悪しという運」。

作品幕開けの舞台は、効率優先でただひたすら経済的利益を追わねばならない忙しい現代社会、都会生活の象徴ともいえる金融界である。そこにどっぷりと浸かっていた主人公マックスが、ひょんなことから飛びこむはめになるのは、南仏の名もない小さなぶどう畑でのワイン造り——つまりは紛れもないスローフード、スローライフの世界。どちらにより魅力を感じるかは人それぞれだが、近年、後者に目を向ける人々が増えはじめているのはまちがいのないところだろう。都会ではやれ不況だ、持ち直しだ、グローバル化だ、プチ・バブルだと忙しいが、スローフード、スローライフの典型ともいえる南仏プロヴァンスの食や暮らしは、一大ブームが巻き起こった十数年前もいまも、（観光客が増えた以外）おそらくはほとんど変わっていない。そもそも意のままにはならない自然相手の生活では、あくせくしたところで始まらないし、時間の流れ、すなわち季節の移り変わりも、当たり前の話、人の手では変えようがないから、ぶどう栽培業者は日々こつこつと畑の手入れに励むしかない。仕事とはそういうもの、食べていく、食べものをつくるとはそういうことだと、だれもが心得ている。市場には旨いハム・ソーセージ屋も、パン屋も、チーズ屋も健在。すべての店が大型スーパーマーケットにとって変わったりはしていない。そう、相変わらずですよ、だから、いいんです、と本書を手にした読者に、ピーター・メイルは語りかけているような気がする。村の人間模様や祭りや、楽しい食卓の風景を、たとえくりかえしになろうと自分が味わった感動そのままに描くことで、人生の意味というものを問いかけているような気がする。

本書を訳したおかげで、造り手の顔が見えるワインが飲みたくなり、訳者もインターネットでフランスのビオ・ワインなどをちょくちょく買うようになってしまった（もちろん値段の手頃なものばかりですけれど）。そんな、ワインに関してはまったくの素人の訳語に目を通して、適切な助言を与えてくださった食文化ジャーナリストの岡元麻理恵さんに、この場を借りて厚くお礼申しあげます。

二〇〇七年春

小梨　直

エッセイ　ピーター・メイルのこと

「南仏プロヴァンスの12か月」とその続編、「南仏プロヴァンスの木陰から」が世界中の読者を魅了して、プロヴァンスのピーター・メイルか、ピーター・メイルのプロヴァンスか、と言われるまでになってから、かれこれ二十年が経とうとしている。ふた昔である。日本でもこの二作は歓迎されて、一時は町の小さな酒屋でもワインの棚に〝ピーター・メイルのおすすめ〟などと貼り紙を見かけるほどだったから、プロヴァンス文学ではご本家のアルフォンス・ドーデも、マルセル・パニョルも顔色なしで、一世を風靡するとはまさにこれである。

その後、一九九九年にピーター・メイルは「南仏プロヴァンスの昼下り」を著し、前の二編を併せて今や古典的とも評価されているプロヴァンス随筆三部作を完成した。

これによってピーター・メイルは大方の遠い憧れだったプロヴァンスの扉を世界に向けて開け放ったと言える。

ロンドン広告業界で成功したピーター・メイルがその地位を惜しげもなく捨てて南仏に居を移した経緯はあちこちで紹介されているが、旅行者ではなく、生活者としてこの地に根をおろした異邦人の新鮮な目で周囲を観察したところがプロヴァンス作家、ピーター・メイルの真骨頂である。親愛の眼差しは、気候風土、人心、料理、ワイン、その他もろもろ、プロヴァンスのすべてに向けられている。視野が広く、焦点深度の深いレンズが捉えた映像に似て、そこには生粋の土地者さえ気づかなかった発見がある。その発見を語るピーター・メイルは笑いの精神に徹している。

異邦人が特殊な地域社会にとけ込むには何かと不自由を伴うが、ピーター・メイルはそれを苦労と言わず、急《せ》かず焦らず、自分を突きはなしてカリカチュアに描くことでプロヴァンスを読者の手の届く距離に引き寄せた。鋭い観察に裏付けられた洒脱な笑いは、当地の人々が作者を受け入れる上でも効果を発揮したと想像する。これはピーター・メイルの小説作品にも共通するところで、「ホテル・パスティス」から最新作の「プロヴァンスの贈りもの」にいたる五編はどれもみな明るい笑いに満ちている。随筆三部作で描いた南仏プロヴァンスを、あたかもオランジュの古代劇場に見立てるかのように、ピーター・メイルは個性豊かな登場人物を数多く小説の舞台に遊ばせているが、とりわけ自伝的要素を色濃く反映した「ホテル・パスティス」の主人公サイモン・ショーは諧謔《かいぎゃく》のうちに人生の充足を探究する作家ピーター・メイルのすべてを凝縮して出色の造形である。

「プロヴァンスの贈りもの」は小説第三作の「南仏のトリュフをめぐる大冒険」と同様、この地の特産物をめぐる黒い欲望に目を向けた作品だが、リドリー・スコットの映画化では、ロンドン・シティの辣腕証券マンである主人公マックス・スキナーがあるきっかけからプロヴァンスでスローライフを発見する話になっていて、「ホテル・パスティス」のサイモン・ショーが帰ってきたような懐かしい印象を醸す仕上がりである。文章作品のエッセンスが随所にさりげなくあしらわれているのはリドリー・スコットの洒落っ気であり、ピーター・メイルからの贈りものでもあろう。ここに語られた発見の驚き、生きる歓び、エピキュリアン（快楽主義者）の幸福は誰もが胸に抱きながらどこかに置き忘れている願望かもしれない。

だがピーター・メイルは、人はみなそれぞれの心に自分のプロヴァンスを見つけることができると言っている。

一連の作品でピーター・メイルは万人の夢を掘り起こした。

池　央耿

プロヴァンスの贈《おく》りもの

二〇〇七年 六 月二〇日　初版印刷
二〇〇七年 六 月三〇日　初版発行

著　者　P・メイル
訳　者　小《こ》梨直《なしなお》
発行者　若森繁男
発行所　株式会社河出書房新社
〒一五一－〇〇五一
東京都渋谷区千駄ヶ谷二－三二－二
電話〇三－三四〇四－八六一一（編集）
　　〇三－三四〇四－一二〇一（営業）
http://www.kawade.co.jp/

ロゴ・表紙デザイン　粟津潔
本文フォーマット　佐々木暁
印刷・製本　中央精版印刷株式会社

落丁本・乱丁本はおとりかえいたします。

Printed in Japan　ISBN978-4-309-46293-6

南仏プロヴァンスの12か月

ピーター・メイル　池央耿〔訳〕　46149-6

オリーヴが繁り、ラヴェンダーが薫る豊かな自然。多彩な料理、個性的な人々。至福の体験を綴った珠玉のエッセイ。英国紀行文学賞受賞の大ベストセラー。

南仏プロヴァンスの木陰から

ピーター・メイル　小梨直〔訳〕　46152-6

ベストセラー『南仏プロヴァンスの12か月』の続編。本当の豊かな生活を南仏に見いだした著者がふたたび綴った、美味なる“プロヴァンスの物語”。どこから読んでもみな楽しい、傑作エッセイ集。

贅沢の探求

ピーター・メイル　小梨直〔訳〕　46153-3

仕立屋も靴屋も、トリュフ狩りの名人もシャンペン造りの名人も、みな生き生きと仕事をしていた……。ベストセラー『南仏プロヴァンスの12か月』の著者が巧みに描く超一流品の世界。

南仏のトリュフをめぐる大冒険

ピーター・メイル　池央耿〔訳〕　46184-7

“南仏の黒いダイヤ”と呼ばれる世界三大珍味の一つトリュフ。破産寸前だが生来楽天家のベネットが偶然手に入れたその人工栽培の秘法。しかしそれがたたって不気味な黒幕やマフィアから追われる羽目に……。

短篇集　シャーロック・ホームズのSF大冒険　上・下

マイク・レズニック／マーティン・H・グリーンバーグ〔編〕 日暮雅通〔監訳〕　上／46277-6　下／46278-3

ＳＦミステリを題材にした、世界初の書き下ろしホームズ・パロディ短篇集。現代ＳＦ界の有名作家26人による26篇の魅力的なアンソロジー。過去・現在・未来・死後の四つのパートで構成された名作。

風の博物誌　上・下

ライアル・ワトソン　木幡和枝〔訳〕　上／46158-8　下／46159-5

風は地球に生命を与える天の息である。“見えないもの”の様々な姿を、諸科学・思想・文学を駆使して描き、トータルな視点からユニークな生命観を展開する、“不思議な力”の博物誌。